王曉平 編著

日藏詩經古寫本刻本彙編

（第一辑）

第一册

中華書局

圖書在版編目(CIP)數據

日藏詩經古寫本刻本彙編(第一輯):全12册/王曉平編著. —北京:中華書局,2016.1
ISBN 978-7-101-10968-9

Ⅰ.日…　Ⅱ.王…　Ⅲ.古體詩-詩集-中國-春秋時代
Ⅳ.I222.2

中國版本圖書館CIP數據核字(2015)第127811號

責任編輯:王　勇

日藏詩經古寫本刻本彙編(第一輯)
(全十二册)
王曉平 編著
*
中 華 書 局 出 版 發 行
(北京市豐臺區太平橋西里38號　100073)
http://www.zhbc.com.cn
E-mail:zhbc@zhbc.com.cn
北京市白帆印務有限公司印刷
*
880×1230毫米 1/16 · 311印張 · 28插頁 · 250千字
2016年1月北京第1版　2016年1月北京第1次印刷
印數:1-500册　定價:3800.00元

ISBN 978-7-101-10968-9

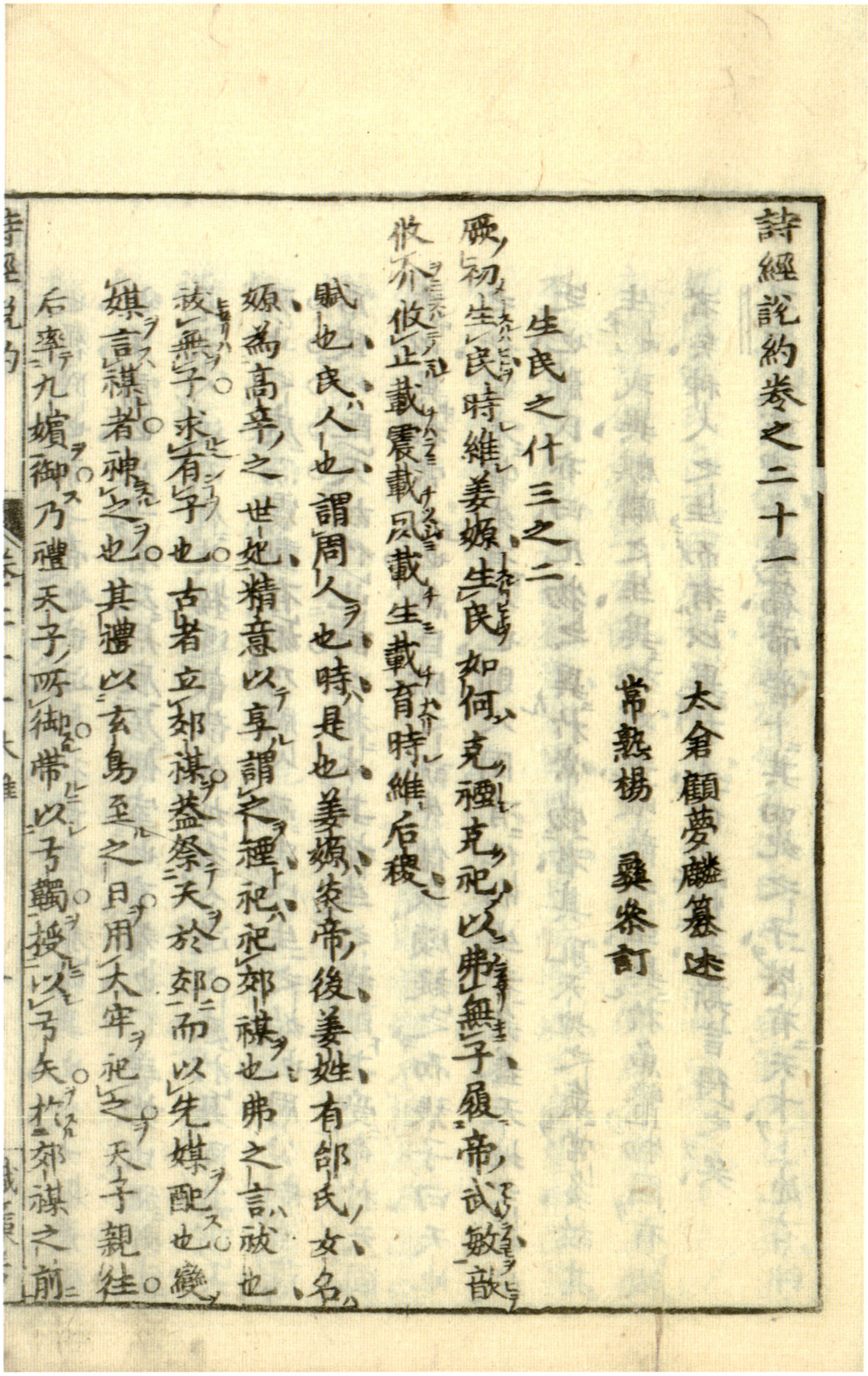

詩經說約卷之二十一

太倉顧夢麟纂述

常熟楊　彝參訂

生民之什三之二

厥初生民時維姜嫄生民如何克禋克祀以弗無子履帝武敏歆攸介攸止載震載夙載生載育時維后稷

賦也民人也謂周人也時是也姜嫄炎帝後姜姓有邰氏女名嫄為高辛之世妃精意以享謂之禋祀祀郊禖也弗之言祓也祓無子求有子也古者立郊禖蓋祭天於郊而以先媒配也變媒言禖者神之也其禮以玄鳥至之日用太牢祀之天子親往后率九嬪御乃禮天子所御帶以弓韣授以弓矢於郊禖之前

一　江户時代前期刊明顧夢麟撰《詩經説約》（王曉平　藏）

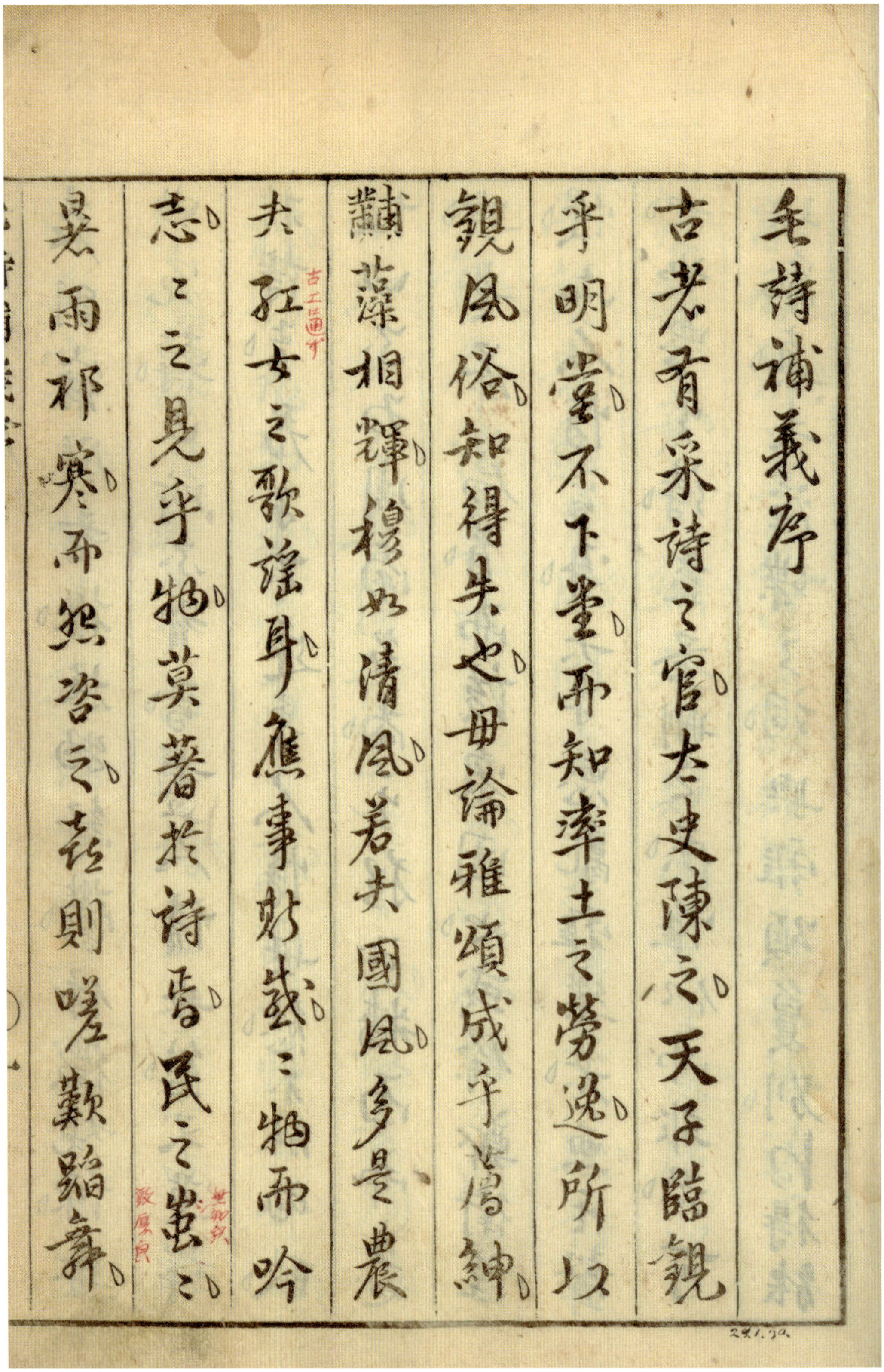

毛詩補義序

古者有采詩之官太史陳之天子臨覲
乎明堂不下堂而知率土之勞逸所以
覲風俗知得失也毋論雅頌成乎薦紳
黼藻相輝穆如清風若夫國風多是農
夫紅女之歌謠耳應事觸物而吟
志之之見乎物莫著於詩焉民之蚩蚩
晏雨祁寒而怨咨之甚則嗟歎蹈舞

二　一七四六年刊岡白駒撰《毛詩補義》（王曉平　藏）

浚音峻 樂音洛

睍胡顯反 睆華板反 說音悅下篇註同

報之者故母不安○爰有寒泉在浚之下 浚衛邑也在浚之下言有益於浚【箋云】爰曰也曰有寒泉者在浚之下浸潤之使浚之民逸樂以興七子不能如也 我室欲去嫁也 知音智

有子七人母氏勞苦○睍睆黃鳥載好其音 睍睆好貌【箋云】睍睆以興顏色說也載好其音者興其辭令順也以言七子不能如也

有子七人莫慰母心 慰安也

凱風四章章四句

雄雉刺衛宣公也淫亂不恤國事軍旅數起大夫久役男女怨曠國人患之而作是詩 淫亂者宣公荒放於妻妾烝於夷姜之等國人久處軍役之事故男多曠女多怨也男曠而苦其事女怨而望其君子 數色角反

三 一七四九年刊《毛詩鄭箋》（王曉平 藏）

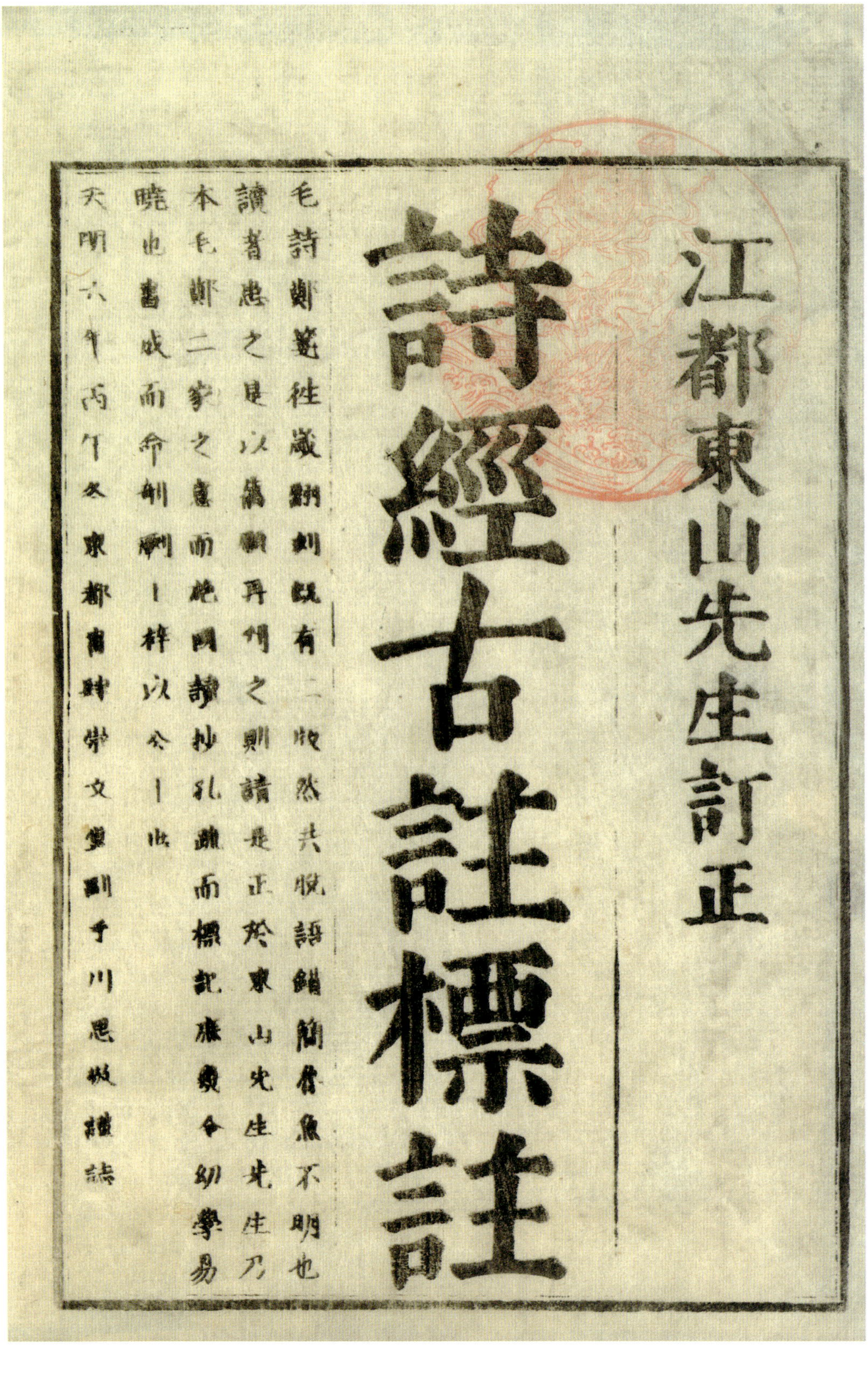
江都東山先生訂正

詩經古註標註

毛詩鄭箋注疏翻刻既有一牧然其脫語錯簡者亦不明也
讀者患之是以備翻再刊之則請是正於東山先生先生乃
本毛鄭二家之意而施國讀抄孔疏而標註焉使令幼學易
曉也書成而命剞劂上梓以公于世
天明六年丙午冬　東都書肆崇文堂副千川思撤謹識

四　一七八六年刊《詩經古注標注》（王曉平　藏）

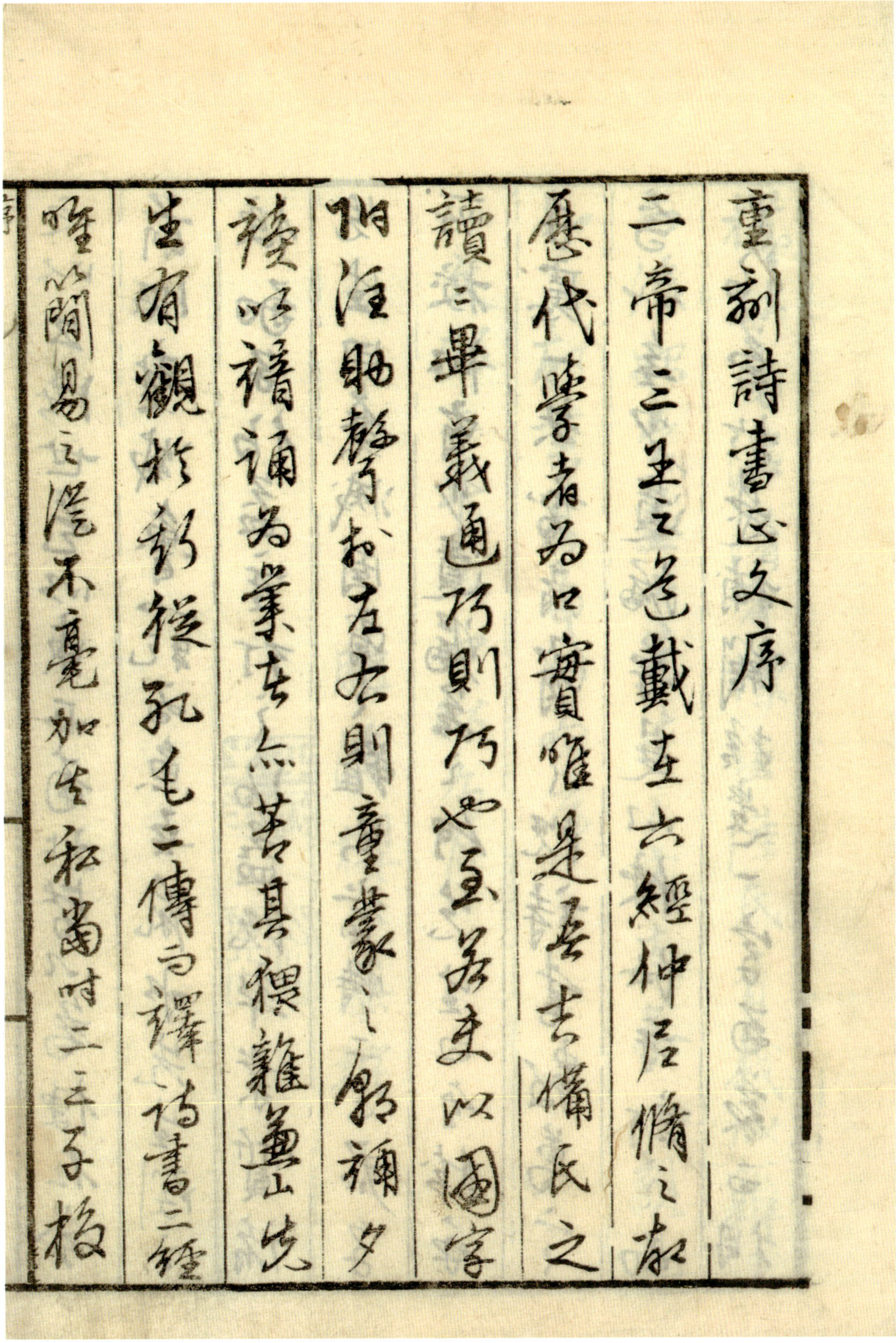
重刻詩書正文序
二帝三王之道載在六經仲尼脩之叔
歷代學者為口實雖是古備氏之
讀讀畢義通所則所也至若更以國字
附注助聲於左右則童蒙之輩補夕
讀以講誦為業者亦苦其猥雜兼山先
生有觀於斯從孔毛二傳句譯詩書二經
唯以簡易之從不毫加生私當時二三子校

五　一八一九年刊《毛詩正文》（王曉平　藏）

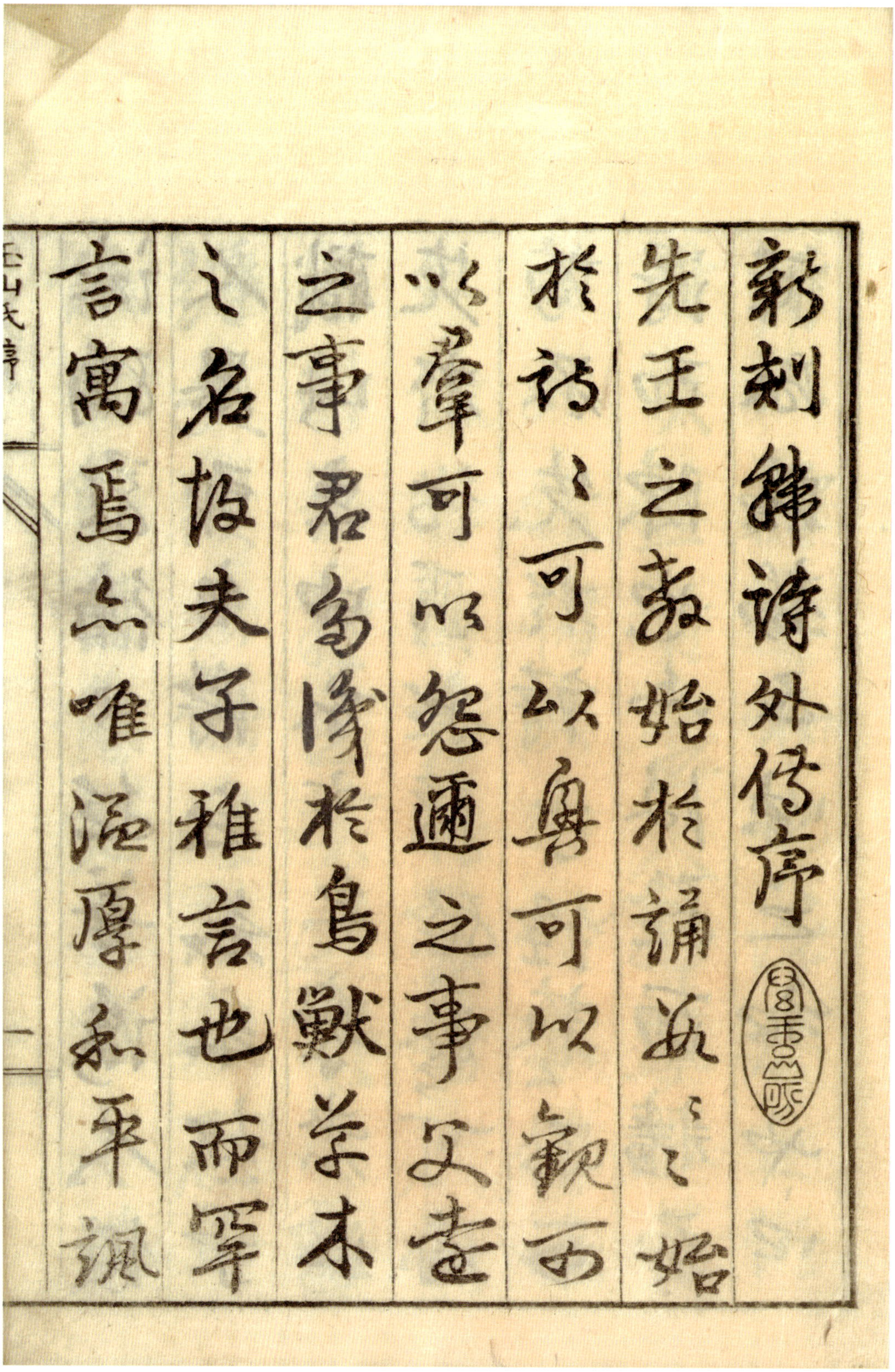
新刻韓詩外傳序
先王之教始於誦然之始
於詩之可以興可以觀可
以羣可以怨邇之事父遠
之事君多識於鳥獸草木
之名彼夫子雅言也而罕
言寓焉然唯溫厚和平諷
玉山氏序　一

六　一八二五年刊《韓詩外傳》（王曉平　藏）

安政五戊午仲夏

清　姜我英　吳蓀右　彙輯

日本　菅野侗　校訂

志賀氏藏

詩經正解

侍御許青嶼先生鑒定

毛詩講義言人人殊士子明經茫無宗主本坊敦請姜吳兩先生彙輯衆說融貫新裁恪循功令之須行依傍紫陽之傳註無義不析奚夐皎若列星有蘊必宣直可功同寶筏掾觚應制固當奉作指南詩苑詞壇亦宜遵爲玉律誠希世之奇珍當窗之佳玩也初學通材各置一編于案頭其所裨益良復不淺

七　一八五八年刊《詩經正解》（王曉平 藏）

元治再刻　全八冊

頭書

詩經集註

大坂書林　積玉圃　宋榮堂　合梓

八　一八六四年刊《詩經集注》（王曉平 藏）

本書出版得到國家古籍整理出版專項經費資助

總目録

第一册
日藏詩經古寫本刻本彙編出版緣起……一
東洋文庫藏唐抄本毛詩殘卷……一
京都市藏唐抄本毛詩正義秦風殘卷……五五
東京國立博物館藏唐抄本毛詩正義
卷十八……九一
大念佛寺抄本毛詩二南殘卷……一一五
日本宫内廳書陵部藏群書治要詩……二三一
第二册
毛詩考（上）……四一一
第三册
毛詩考（下）……九一三
第四册
韓詩外傳……一四〇三
第五册
第六册
毛詩輯疏（上）……一七五五
毛詩輯疏（下）……二二四五
第七册
毛詩鄭箋（上）……二七〇七
第八册
毛詩鄭箋（下）……三〇四三
第九册
再刻頭書詩經集注（上）……三三七七
第十册
再刻頭書詩經集注（下）……三七八五
第十一册
潁濱先生詩集傳（上）……四二三七
第十二册
潁濱先生詩集傳（下）……四五九三

日藏詩經古寫本刻本彙編出版緣起

《詩經》傳到日本的時間很早，據《日本書紀》記載，繼體（五〇七—五三一）、欽明朝（五四〇—五七一）時期五經博士自百濟到日本，以後「博士家」代代相傳，不絶如縷。鎌倉（一一八五—一三三三）、室町（一三三三—一五六八）時代五山文學興盛，僧俗間對中國典籍廣泛研讀，至今有《毛詩抄》等《詩經》授課講稿傳世。江户時代儒學興盛，湧現出一批《詩經》研究著述。

《詩經》在傳入日本之後，以清原家、大江家兩大傳承系統爲代表的學人苦心鑽研漢唐學者的著述，整理與傳授着自古家傳的「家本」。日本研究《詩經》的學風，長期以來受漢唐影響頗深，江户時代宋學影響方盛，朱子學派、古學派、陽明學派、折衷學派先後對《詩經》作出别具特色的解讀。直到近現代，《詩經》仍不斷被反復重譯，學者對《詩經》研究的興趣依然濃厚。

江户時代的學人將自己的學術智慧和對本土文化需要的認知投射到《詩經》研究中，在接受明代詩經學影響的同時提出了「人情詩説」，以排斥與對抗朱熹的「勸善懲惡詩説」，兩者實際上體現了不同的《詩經》價值觀。「勸善懲惡」强調的是教化功能，是指向民衆的；「人情詩説」强調的是「知人情」的效用，不妨看作是藩儒向幕府提供的「文化建議」，是指向爲政者的。近現代以來，西方學術思想對日本詩經學的影響是多方面的，它引導學者用西方文化人類學者看待原始民族文化的眼光去解讀《詩經》，也逆向啓發學者重視中國特有的金文材料與少數民族風俗。日本詩經學與現實政治保持着相當的距離，卻與處於意識形態主流的「國學」多有相互爲用、平行回應、堪稱同盟的時候。兩者的結合點，便是將追尋與回歸日本文化的源頭作爲《詩經》研究的目的。

在一千多年的發展過程中，日本詩經學形成了重實證、重原典、重學術史研究的特點。總的説來，日本詩經學大大豐富了詩經學的内容和表述方式。日本學者對《詩經》的翻譯、介紹和研究爲《詩經》的國際傳播做出了積極貢獻。近代以來日本學者的《詩經》研究多受到西方學術影響，在文獻研究和詩意闡釋方面多有創見，特色鮮明。

《詩經》今存寫本，以敦煌石窟所見卷子爲最古，皆唐宋以前人手寫，大有裨於《詩經》研究。除此之外，則有古代流傳於日本之唐抄本和日人所書寫之抄本數通。唐人抄寫而傳入日本的抄本，學界稱爲唐抄本。同時，還有日人抄寫而與唐抄本密切相關的抄本。其中静嘉堂藏《毛詩鄭箋》二十卷、龍谷本和清原宣賢手抄《毛詩》等皆很完整。《詩經》之古印本，即最古之宋本，國内當數國家圖書館保存之監本等，餘則罕存；而日本今尚存宋紹興九年（一一三九）所刊《毛詩正義》單疏本和南宋十行本，即《附音釋毛詩注疏》，前書列入日本「國寶」，後書亦列入日本「重要文化財」。日本江户時代活字本中的《毛詩》白文與《毛詩鄭箋》，多以保存舊貌爲己任，亦有應珍視者。

江户時代的山井鼎利用足利學校所藏寫本對經籍進行校勘，所著《七經孟子考文》的《毛詩》部分對清人啓示良多。《詩經》還出現了一些日本人作注的本子。以江户後期爲例，就可以舉出皆川淇園的《毛詩繹解》（亦名《詩經繹解》），還有載有一八三四年跋的仁井田南陽的《毛詩補傳》、安井息軒的《毛詩輯疏》力欲糾正阮元《校勘記》不重視日本寫本的傾向，岡白駒的《毛詩補義》、龜井昭陽的《毛詩考》對詩解也有所發明。明治時代（一八六八——一九一一）竹添光鴻的《毛詩會箋》吸收清人考據學成果，重視日本歷代所傳《詩經》寫本，同時開始引入西方文學理論説詩。

近代以來，日本學者對《詩經》主體與本質的認識呈現出多樣化傾向，分别主張祭祀歌説、宫廷文學與貴族文學説、古代歌謡説、戀歌説、民謡説、歌舞劇詩説等。研究方法也各不相同，既有來自西方而又日本化了的文化人類學、民俗學和比較文學的方法，又有中國清代考據學以及江户時代以來契沖、本居宣長等人「國學」研究方法的影響，其中尤以法國學者葛蘭言和日本學者折口信夫的影響最爲巨大。岡村繁對《毛詩正義》的校注、家井真所著

《〈詩經〉原義研究》以及白川静《詩經研究》等著述，都具有很高水準。後兩者的共同特點是特别注重吸收金文中的文字材料以證詩，文字學家白川静《詩經國風》、《詩經雅頌》新説尤多。田中和夫所著《毛詩正義研究》、《毛詩注疏譯注》、《漢唐詩經學研究》廣泛涉及對詩篇的考釋。

《詩經》對日本文化曾經産生多方面的影響，語言、文學、繪畫、音樂乃至戲劇，都曾留下《詩經》的印記。在前近代，濃縮《詩經》詩句及相關概念用作年號及用作地名、店鋪名、學校名者屢見不鮮。由於《詩經》既是經學研究的對象，又是文學研究的對象，歷代文人對《詩經》學習都相當重視，並多有學者爲天皇、皇室、重臣講讀《詩經》、以《詩經》詩句爲題賦詩的記載。然而百餘年來，這些歷史逐漸被風化、被淡忘，淹没在所謂「國際化」的浪潮之中，上述「詩經現象」也化爲歷史的陳跡。

日本學者在保留《詩經》文獻方面貢獻良多。在現存古代漢籍中，《詩經》資料最爲豐富，奈良時代從中國傳來的唐寫本，至今有存，而平安時代以來的重抄本更保留了日本獨特的訓詁和語言文字資料。從與敦煌寫卷的對比研究中可以清楚看出，日本古代《詩經》寫本多借用中國寫本的書寫習慣並有所創新。由於經學世代相傳，各家重視自家傳本，獨守傳統，也就形成了不斷將自藏古本與中國新傳來的本子反復校勘的做法。江户山井鼎等人以足利學校古本爲底本，對於《傳》、《箋》、《正義》的校勘至今仍不失爲參考文獻。

日本所傳《詩經》寫本和刻本，有些保存了我國已散佚的文獻，被列爲「國寶」和「重要文化財」。歷代學者對《毛詩》的理解不僅見於專著，而且還散見於各種隨筆和文集。日本詩經學會自二十世紀七十年代創立以來，創辦了會刊《詩經研究》，至今已出版三十餘期。遺憾的是，由於日本國内中國學研究所處的邊緣化地位，古代的寫本和刻本尚未得到充分研究，甚至有些破損日甚，逐漸散佚，亟待搶救，日本國外對這些學術資源的瞭解則更爲貧乏。

日本所藏《詩經》文獻，是一筆國際文化遺産。爲了保存流傳海外的《詩經》文獻，擴大中國學研究的視野，促進國際詩經學的發展和國際學術交流，中華書局決定編輯出版《日藏詩經古寫本刻本彙編》叢刊。此叢刊帶有搶救國際文學遺産的性質，這些文獻在日本被學界邊緣化，有其文化變遷的背景，作爲漢字文化發源地的中國，學術界則不能聽任其消亡於異邦。

本叢刊所影印的十餘種書籍，均爲日本秘藏罕見文獻，可供詩經學、日本中國學、比較文學研究者參考，中日古代語言文字研究者和文化交流史研究者也可從中得到啓發。此次出版的古寫本刻本爲第一輯，其他珍稀文獻將陸續出版，以饗讀者。

王曉平　二〇一五年二月

東洋文庫藏唐抄本毛詩殘卷

目録

東洋文庫藏唐抄本毛詩殘卷研究序説……五
東洋文庫藏唐抄本毛詩殘卷及釋録……一一
國風……二一
蟋蟀……二一
山有樞……二七
揚之水……三一
椒聊……三五
綢繆……三七
杕杜……四一
羔裘……四五
鴇羽……四九

東洋文庫藏唐抄本毛詩殘卷研究序説

王曉平

原日本京都帝國大學藏舊抄本《毛詩唐風殘卷》（以下簡稱《唐風殘卷》），抄録《毛詩詁訓傳》中的自《蟋蟀》至《鴇羽》八首，今收入羅振玉赴日歸國前捐資京都大學影印的古抄本第一集中，題作《毛詩殘卷》，同集中還收入了《毛詩正義》殘卷[一]。

《唐風殘卷》爲鄭玄注本，存卷第六《唐蟋蟀詁訓傳第十》之中的《蟋蟀》、《山有樞》、《揚之水》、《椒聊》、《綢繆》、《杕杜》、《羔裘》、《鴇羽》共八首，缺《無衣》、《有杕之杜》、《葛生》、《采苓》四首，無疏，乃所謂《毛詩傳箋》本。從書法上講，用規整的楷書寫成，而墨綫柔和。狩野直喜將其斷爲奈良時代抄本。

《唐風殘卷》舊藏山城鳴瀧院，後歸東京和田氏。狩野直喜曾借影印後歸還，並爲録考語，以「明此本之可貴，在其因發揮經義，未得與夫錦繡珠玉僅喜人目者同列而論焉」。一九一九年十月一日出版的《史林》第四卷第四號，刊登了狩野直喜撰寫的這篇《舊抄本毛詩殘卷跋》（下簡稱狩野《跋》）一文，這篇文章現收進了他的《支那學文藪》中。文中他指出：

> 右舊抄本《毛詩・唐風・蟋蟀》至《鴇羽》，凡壹百十三行，字體雅遒，其爲奈良朝人士手寫無疑。今校以

[一]〔日〕京都帝國大學文學部編《毛詩唐風殘卷・毛詩秦風正義殘卷》，京都帝國大學文學部景印唐抄本，第一集，京都帝國大學文學部，一九二二年。

唐石經、宋小字本、相臺本，同異甚多，不遑枚舉。與《七經孟子考文》所引互相對勘，亦有合有不合。〔二〕

這篇文章原載京都帝國大學影印古抄本第一集，文中「其爲奈良朝人士手寫無疑」一句，作「其爲奈良抄本無疑」，都明確斷定其爲日本奈良時代的抄本。即公元七一〇年至七八四年，唐景雲一年至興元一年的抄本。在殘卷中没有標注假名，在正反面也都没有有關抄寫年代和抄寫者的任何標識，不同於現存大念佛寺的《毛詩鄭箋》，可以從反面文字明確看出是日本人抄寫的。有學者還認爲其楷書是唐人風格，也不能猝然論定是「奈良朝人士手寫」。不論它是出自唐人之手而由日本遣唐使帶到日本的，還是奈良朝人士按照這樣的本子抄寫的，都比較好地保存了唐代《毛詩》本子的原貌，這恰是我們重視同類日本抄本的原因。

狩野《跋》列舉的數條，足以證明這一抄本的文獻學價值。狩野《跋》中對《唐風殘卷》稱讚有加，説「隋唐古經傳之存於我者，固爲不少，即若足利之藏，其資助考鏡裨益學術，世所共知，然以此比彼，長短互見，而竟不如此本之佳，不翅千歲古香，詩美藝圃也」。同時狩野本人是最早對敦煌文獻給以特别關注的日本學者之一，所以他能敏感地將此抄本與敦煌《詩經》殘卷聯繫起來加以探討：

> 予已跋此書，思敦煌石室遺書中亦有《毛詩》殘卷（原本今藏法國巴黎國民圖書館），試取對校。若《綢繆》經文「邂逅」作「解覯」，《羔裘》《毛傳》：「袪，袂也」作「祛，袂末也」。《綢繆》《鄭箋》：「斥嫁取得者」，無「嫁」字，兩書正同，可見唐時抄本往往如此。遺書本書體拙陋，類童蒙抄寫，訛奪互見，年代亦稍後於此書，而長處竟不可没。蓋是仍唐人抄本勝於宋以後刻本萬萬矣。

〔二〕〔日〕狩野直喜著《舊抄本毛詩殘卷跋》，《支那学文藪》，東京：みすず書房，一九七三年，四六一—四六二頁。

狩野直喜舉出的例子，説明這個抄本爲我們提供了進一步探討的材料。

如《羔裘》《傳》：「袪，袂也。」小字本、相臺本同。阮本亦作「袪，袂也」。阮校：「案《釋文》『袪』下云『袂末也』，《正義》云此解直云『袪，袂。定本云袪，袂末，與禮合』，《釋文》本與定本同。下《傳》云『本末不同』，《正義》云『以裘身爲本，裘袂爲末』是也，無取於『袂爲本，袪爲袂末』。當以《正義》本爲長。見段玉裁《毛詩詁訓傳注》。」阮本既説當以《正義》本爲長，而未舉《正義》於此尚別有説。關於兩字在《詩經》中的用法，《正義》在釋《鄭風・遵大路》《傳》「袪，袂也」時已清楚説明：「《喪服》云：『袂屬幅。袪尺二寸。』則袂是袪之本，袪爲袂之末。《唐風・羔裘》《傳》云：『袪，袂末。』則袂、袪不同。此云『袪，袂也』，以袪、袂俱是衣袖，本末別耳，故舉類以曉人。《唐風》取本末爲義，故言『袂末』。」是《正義》又曾明謂《唐風》《傳》爲「袪，袂末」，而非「袪，袂也」。考日本静嘉堂藏《毛詩鄭箋》、足利學校藏南宋十行本《毛詩注疏》、寬延印本《毛詩鄭箋》等日本藏本皆作「袪，袂也」，此皆屬宋本系統。蓋其「末」字脱之久，學人各自爲説，不免産生前後矛盾或表述不清之處，本抄本爲探討古本原貌，增加了新資料。本抄本與阮本校，知阮校多允當，亦有值得再議之處，此不一一討論。

關於《毛詩詁訓傳》中的「也」字，前人多有論説。其中陳澧之説尤詳：「《毛傳》連以一字訓一字者，惟於最後一訓用『也』字，其上雖累至數十字，皆不用『也』字，此傳例也。然者。今考『也』字不合傳例之處，其下皆有《鄭箋》，此由昔人用《箋》綴《傳》下，傳無『也』字則文勢不斷，故增『也』字以隔絶之。此已不當增而增矣。段氏定本又於舊所未增者而亦增之，如淑，善；逑，匹也；寤，覺；寐，寢也。『善』字、『覺』字下皆增『也』字，則段氏亦未知傳例矣。」張舜徽稱道此言「至爲精諦」，明確傳例「單字易明者，以單字釋之，層累而下，其辭已盡，則用『也』字以別之，辭未盡，不須用『也』字。」並引《顔氏家訓・書證篇》所云：「俗學聞經傳中時須『也』字，輒以意加之，每不得所，益成可笑。」認爲很多「也」字都是俗學所妄增者〔二〕。島田翰之意，則不同，他曾説：「其書愈古者，其語辭極多；

〔二〕張舜徽著《廣校讎略附釋例三種》，北京：中華書局，一九六三年。

其語辭益少者，其書愈下。蓋先儒注體，每於句絶處，迺用語辭以明意義深淺輕重。漢魏傳疏莫不皆然，而淺人不察焉，視爲繁蕪，迺删落、加之，及刻書漸行，務略語辭以省其工，並不可無者，而皆删之，於是蕩然無復古意矣。」〔一〕在今天，判斷哪一個「也」字是《毛傳》所原有的，哪一個是後人所增加的，是什麽時候增加的，已經很難辦到，而且似乎也没有必要一定要分清楚。可能陳澧和島田翰所説的現象都存在。這是因爲《毛傳》是經過無數世代各種程度的學人學習過的，越是初學者或者所謂「俗學」，越是希望傳注明確細膩，才感到容易接受。在抄寫閱讀過程中加上或者減少「也」字，都會是常有的事情。對於日本學人來説，閱讀困難倍增，加上本國語言粘着語法的影響，對斷句更加要求明確。今天我們請日本學人和中國學人來斷點同一段古文，可能會發現日本學人斷開來讀的情況更多些，也是這個道理。

在日本抄本中，《傳》、《箋》一字釋一字時多用「也」字表明語氣。不僅通行本在很多情況下删去了「也」字，而且現存日本唐抄本也有删去的情況，因爲存在通行本有而抄本卻無的例子；但是，這種情況是比較少的。日本藏抄本與敦煌殘卷的情況相近。

今天如果忽略這種情形，也會造成對原文的誤讀。例如《蟋蟀》「蟋蟀在堂，歲聿其暮。今我不樂，日月其除」，上述抄本《傳》「聿」、「除」二字的解釋是：「聿，遂也；除，去也」，意思很明白。而足利本（南宋刊十行本）已删去了「遂」後的「也」字。通行本也没有這個「也」字。

這個抄本有一個值得注意的現象，就是在有些字的旁邊，有另外的字寫得比較小，很可能是對訛誤的字進行的校正，例如《椒聊》：「彼己之子，碩大無崩」，「崩」字旁有小字「朋」，《鄭箋》：「無崩，平均，不崩黨也」，崩字旁均有小字「朋」，這表明當時通行本作「朋」。不過，也有可能存在另一種情況，那就是兩種寫法或者解釋在當時實際上是同時存在的。例如《鴇羽》《箋》云：「藝，種也」，「種」字旁有「樹」字，通行本作「藝，樹也」，但是《箋》後面用

〔一〕〔日〕島田翰著《漢籍善本考》，北京：北京圖書館出版社，二〇〇三年。

「不能播種五穀」來解釋「不能蓺稷」，這説明《箋》原來有可能正是作「蓺，種也」，至少當時還有的本子是這樣的。《説文》「蓺，種也」，可以作爲一個旁證。

本抄本字跡工整，偶有誤書，亦有一些增筆俗字。除注釋中已經説明者外，對其中出現的其他俗字，下面也略作説明，以備俗字研究參考。

《山有樞》：「山有漆，隰有栗。」「漆」字寫作「涞」。《龍龕手鏡》水部將「涞」字列爲「漆」字的五個俗字之首，「涞」或「涑」形近而訛。「隰」在此句中寫作「隰」，乃「隰」的增筆字。

《椒聊》：「碩大且篤」，「篤」寫作「蔦」，俗字中「艸」、「竹」偏旁多相亂。《敦煌俗字典》引浙博〇二六《黄仕强傳》：「其仕强先患痃癖，連年累月，極自困蔦。」

《綢繆》：「今夕何夕，見此粲者。」「粲」字寫作「粲」，上部形近相混。

《杕杜》：「兄弟胡不佽焉」，「弟」字寫作「苐」，形近相混。「兄」字寫作「兄」，「兄」俗字。《敦煌俗字典》引甘博〇〇三《佛説觀佛三昧海經》卷第五：「殺伯叔父母、兄弟姊妹。」

《鴇羽》：「不能蓺稻粱」，「粱」字寫作「梁」，形近而訛。

《鴇羽》：「肅肅鴇羽」，「鴇」字寫作「鳵」，爲「鴇」字的今字。《龍龕手鏡》鳥部列「鴇」爲俗字之一，而以「鳵」爲一今字：「音保，大鳥也。」

《鴇羽》：「王事靡盬，不能蓺黍稷。」「黍」字寫作「黍」。「黍」，「黍」的俗字，《敦煌俗字典》引斯一〇八六《兔園策府》：「卺黍合其一稃，靈茅籍其三脊。」

《鴇羽》：「肅肅鴇翼，集於苞棘。」「棘」寫作「棘」。「棘」，「棘」的俗字，《敦煌俗字典》引斯六八二五V想爾注《老子道經》卷上：「不見人民，但見荊棘生。」

《鴇羽》：「悠悠蒼天，曷其有常。」「悠」字寫作「悠」。「悠」，「悠」的俗字。《敦煌俗字典》引斯二九八《太上靈寶洞玄滅度五練生尸經》：「其並悠遠，世人所不能考也。」又：「此之近事，非復悠遠之傳。」

參考文獻

〔日〕内藤乾吉著《毛詩卷第六解説》，《書道全集》二十六，東京：平凡社，一九六七年。
《毛詩正義卷第六》，東方文化研究所用京都小島氏藏抄本景照，一九三七年。
〔日〕石塚晴通著《岩崎本古文尚書・毛詩の訓點》，《東洋文庫書報》第十五號。
〔日〕東洋文庫日本研究委員會編《岩崎文庫貴重書書志解題》，一九九〇年。

毛詩殘卷

毛詩正義殘卷

京都帝國大學文學部景印唐鈔本第一集

明治辛亥清廷板蕩干戈搶攘我友羅君叔言携眷東渡築室京都東山下閑居無事乃得大展力於學其所述作足以傳後世君又憾往年黎蒓齋刻古逸叢書概收宋元舊槧而不及唐鈔本挂漏猶多借得古剎世家之藏景印尚書史記文選數種其嘉惠學者功不在蒓齋下也大正已未君將回國悲其業中廢託炳卿博士暨余鬻其田宅舉所獲捐於京都大學充印書資大學因有景印古書之舉此其第一集也茲記緣起且坿載君書於後以見其高義亮節卓越時俗而稽古樂善之志窮而不少衰尤可敬重云

大正辛酉三月京都帝國大學教授狩野直喜記

湖南　子温先生有道連得拜教快何可言惟離索之感在眉睫間爲可憾耳茲有請者弟去國以來萬念灰冷惟傳古之志尚未盡衰頻年略刊古籍力不逮意十才一二而已平昔嘗歎敝國黎蓴齋先生在貴國刻古逸叢書但收宋元槧而不及唐鈔至爲可憾竊不自量欲身任之而匆匆歸國此願莫償念有寓居可售以充印書之資欲鬻宅得欵捐入貴國文科大學即以此資煩諸先生印唐鈔古籍而戒行有期鬻宅一事非旦夕可就擬即將此宅奉煩兩先生代覓受主所得之價悉數捐入貴大學充印書之用書成除頒送各國圖書館外售價所入以爲持續之用區區之志惟諸君贊成之宅契令小兒面

呈弟行後並乞賜接收無任感荷弟此次返國令兒輩設書肆于津沽若粗可自給擬修繕京師顧亭林吳中徐俟齋兩先生祠敝國近年以來邪說橫行道德文章掃地盡矣今不爲廉頑立懦計恐人道馴致于禽獸故思表章一二先哲以示模楷惟志大力微彌可愧歎然精衛之志不能自已也淶易之間可以卜居乃先帝園寢之所在且密邇關洛暇日可爲考古之游而二三同志在京師者時得過從異日即埋骨於此地僻俗淳日用至簡即亭林先生之關中也曾游君子之國或尙不爲諸君子辱乎意之所存口不能宣特借楮墨布其區區此請道安惟照不宣弟羅振玉再拜五月二十日

舊鈔本毛詩殘卷跋

右舊鈔本毛詩唐風蟋蟀至鴇羽凡壹百十三行字體雅適其爲奈良鈔本無疑今校以唐石經宋小字本相臺本異同甚多不遑枚擧與七經孟子考文所引古本互相對勘亦有合有不合今不縷載試發數端揚之水白石皓皓此作晧晧毛傳亦同案唐石經初刻作皓後改磨作晧宋以後則無一作晧者不知說文所錄从日不从白廣韻三十二晧亦作晧不作皓顧廣圻因謂釋文當亦本是晧字此本一出足以證顧說之正綢繆今夕何夕見此邂逅此作解覯毛傳亦同案釋文邂本亦作解逅又作覯陳奐云說文無邂字邂逅當依釋文作解覯陳說正與此本合杕杜獨行睘睘此睘睘作焭焭案釋文睘本作煢又作焭求營反文選張衡思玄賦注陸雲贈婦詩注引亦作焭焭乃知此本所据即釋文所謂一本授受淵源其可考見凡此三條經文之不同各本者也山有樞且以永日毛傳永引也此作永長也案毛傳於卷耳漢廣常棣文王均以長訓永此獨不然頗爲可怪據正義云且可以永長此日何故弗爲乎言永日者人而無事則長日難度若飲食作樂則忘憂愁可以永長此日是知正義本毛傳亦作永長也故連綴二字而爲解耳施之引字無當也宛其死矣他人入室各本無毛傳而此獨有室家入室居其位也八字是殆

不可解案正義此一段寥寥數語或冲遠所据經文原無毛傳後世因正義盛行他本亦并傳文而脱略之歟綢繆子兮子兮如此良人何箋云子兮子兮斥嫁取者此本無嫁字慶長活字本亦無案經但刺取者不刺嫁者故箋下文云子取後陰陽交會之月也正義亦無嫁取者俱刺之説益嫁字後世淺人所妄加此本無之於義爲長羔裘羔裘豹袪毛傳袪袂也此本袂下多一末字案釋文袪下云袂末也正義云此解直云袪袂定本云袪袂末與禮合是知此本作袂末與釋文定本同而與正義本異案春秋内外傳晉侯使寺人披伐蒲重耳踰垣而走披斬其袪杜預韋昭均解袪爲袂然此時重耳見披至倉皇以身而遁故披唯得斬其袂末而已斬袪二字極形容危機一髮之狀可見此本所解不但與禮合凡此四條傳箋之不同各本者也夫隋唐古經傳之存於我者固爲不少即若足利之藏其資助考鏡埤益學術世所共知然以此比彼長短互見而竟不如此本之佳不翅千歲古香誇美藝圃也此本舊藏山城鳴瀧常樂院今歸東京和田氏頃者借得影印以餉内外學者及還之又爲録考語以明此本之可貴在其因發揮經義未得與夫錦繡珠玉僅喜人目者同列而論焉狩野直喜

予已跋此書思燉煌石室遺書中亦有毛詩殘卷原本今藏法國巴黎國民圖書館試取對校若綢繆經文邂逅作解

覩羔裘毛傳祛袂也作袪袂末也綢繆鄭箋斥嫁取者無嫁字兩書正同可見唐時鈔本往往如此遺

書本書體拙陋類童蒙鈔寫譌奪互見年代亦稍後於此書而長處竟不可沒蓋是仍唐人鈔本勝於

宋以後刻本萬萬矣直喜又記

東洋文庫藏唐抄本毛詩殘卷及釋録

下面即將此抄本全文照録。原抄本中的俗字、異體字及繁體字一律改爲規範字，明顯的誤字，則直接改爲正確的字。其他一般不予變動，以便保留其用字原貌，利於與其他時期相近的抄本殘卷對照。惟卷中遇重文，則省而不書，但於下作「ㄍ」畫以識之，即便重文二字，分屬經文與箋文，其《箋》之字也以「ㄍ」畫代之。本稿轉録之時，則依照現代書寫習慣，將「ㄍ」畫改重文之字。

《唐風殘卷》開頭字有損，第一行前所缺當爲「毛詩」二字，第二行的「蟋蟀」二字亦損而不見。正文上部用小字書寫的「蟋蟀」二字的釋音「上音悉，下所律反」七字，仍依稀可見。

原件傳文爲雙行小字，録入時改爲單行小字。校注文字附後，一般俗字不再說明。

詁訓傳第十　毛詩國風　鄭氏箋

□□刺晉僖公也。儉不中禮，故作是
詩以閔之，欲其及時以禮自虞樂也〔一〕。
此晉也，而謂之唐，本其風俗，憂深思
遠，儉而用禮，乃有堯之遺風〔二〕。　憂深思遠，謂「怨
其死矣」、「百歲之後」之類也。
蟋蟀在堂，歲聿其暮〔三〕。今我不樂，

〔一〕前當脱「蟋蟀」二字，欄上殘損字當爲「上音悉，下所律反」。延文本「虞」作「娛」。「虞」，通「娛」。《管子・七臣七主》：「故主虞而安，吏肅而嚴，民樸而親。」王念孫《讀書雜志・管子九》：「虞與娛同，樂也，言國有道則主樂而安也。」

〔二〕阮本「風」後多一「焉」字。静嘉堂本亦有。

〔三〕阮本「暮」作「莫」。静嘉堂本作「莫」。上有「允橘反」三字，爲「聿」字釋音。「蟋」，「蟋」的俗字。

詁訓傳第十　毛詩國風　鄭氏箋

刺晉僖公也僖不中礼故作是

詩以閔之欲其及時以禮自虞樂也

此晉也而謂之唐本其風俗憂深思

遠儉而用禮乃有堯之遺風憂深思遠謂宛

其死矣百歲之後之類也

蟋蟀在堂歲聿其暮今我不樂

日月其除。蟋蟀，蛬也。九月在堂。聿，遂也。除，去也〔一〕。《箋》云：我，我僖公也。蛬在堂，歲時之候也。是時農功畢，君可以自樂矣。今不自樂，日月將適去〔二〕，不復暇爲之，謂十二月當復命農夫〔三〕計耦耕事也。無已太康，職思其居。已，甚也。康，樂也〔四〕。職，主也。《箋》云：君雖當自樂，亦無甚大樂，欲其用禮爲節也。又當主思於所居之事，謂國中政令也〔五〕。好樂無荒，良士瞿瞿。荒，大也。瞿瞿然顧禮義貌也〔六〕。《箋》云：荒，廢亂也。良，善也。君之好樂〔七〕，不當至於廢亂政事，當如善士瞿瞿然顧禮義也。蟋蟀在堂，歲聿其逝。今我不樂，日月其邁。邁，

〔一〕上有小字「俱勇反」。爲「蛬」字釋音。阮本「遂」後無「也」字。有標點本作「聿遂除去也」，遂至意思不明。延文本「遂」後有「也」字。

〔二〕「將適去」，阮本、静嘉堂本作「且過去」。

〔三〕標點本「農」後脱一「夫」字，當據此本補。阮本、静嘉堂本無「夫」字，静嘉堂本「農」字旁注「夫，本無」。

〔四〕阮本、静嘉堂本「甚」與「樂」後皆無「也」字。延文本「甚」後、「樂」後並有「也」字。《會箋》：「延文本《傳》『遂』下、『甚』下、『樂』下並有『也』字。」

〔五〕阮本、静嘉堂本無「也」字。

〔六〕阮本無「貌」字。

〔七〕「樂」，阮本作「義」。阮校：「小字本、相臺本『義』作『樂』，《考文》古本同。案『樂』字是也。」

俱孟反

日月其除 蟋蟀蛬也九月在堂聿遂也除去也箋云我〻僖公也蛬在堂歲時之侯也是時農功畢君可以自樂矣今不自樂日月將過去不復暇爲之謂十二月當復命農夫計耦耕事也 無已大康職思其居 已甚也康樂也職主也箋云君雖當自樂亦無甚大樂欲其用禮爲節也又當主思於所居之事謂國中政令也 好樂無荒良士瞿瞿 荒大也瞿〻然顧禮義也箋云荒廢亂也良善也君之好樂不當至於廢亂政事當如善士瞿〻然顧礼義也 蟋蟀在堂歲聿其逝今我不樂日月其邁〻

行也。無已太康，職思其外。外，禮樂之外也〔一〕。《箋》云：外謂國
外至四境也〔二〕。好樂無荒，良士蹶蹶。蹶蹶，動而敏於時事也〔三〕。
蟋蟀在堂，役車其休。《箋》云：庶人乘役車，役車休，農功
畢，無事之也。今我不樂，日月其慆。慆，過也。無已
太康，職思其憂。憂，可憂也。《箋》云：憂者謂隣國侵伐之憂也〔四〕。
好樂無荒，良士休休。休休，樂道之心也〔五〕。
《蟋蟀》三章章八句

〔一〕〔二〕〔三〕〔四〕〔五〕阮本皆無「也」字。延文本「禮」前有「謂」字，「之外」後有「也」字，「事」後有「也」字。延文本「心」後有「也」字。《會箋》：「延文本《傳》『禮』上有『謂』字，『之外』下有『也』字，『事』下有『也』字。」又：「延文本《傳》『心』下有『也』字。」「蹷」，「蹶」的俗字。欄下小字「俱衛反」爲「蹶」字反切。欄下「吐刀反」爲「慆」字反切。

行也無已太康職思其外〻禮樂之外也箋云外謂國外至四境也好樂無荒良士蹶〻蹶〻動而敏於時事也俱衛反

蟋蟀在堂役車其休箋云庶人乘役〻車〻休農功畢无事之也今我不樂日月其慆〻過也吐刀反無已太康職思其憂〻可憂也箋云憂者謂隣國侵伐之憂也好樂無荒良士休〻休〻樂道之心也

蟋蟀三章〻八句

《山有樞》，刺晉昭〔一〕公也。不能脩道以正其國，有財不能用，有鍾鼓不能以自樂，有朝廷不能洒掃，政荒民散，將以危亡，四鄰謀取其國家而不知，國人作此詩以刺之也〔二〕。

山有樞，隰有榆。興也。樞，荎也。國君有財貨而不能用，如山隰不能自用其財也〔三〕。子有衣裳，弗曳弗婁；子有車馬，

〔一〕「樞」，原文作「摳」，下同。「摳」字旁有小字「本或作蓲，烏侯反」。阮本「照」作「昭」，此本誤。

〔二〕「洒掃」一行上有小字「所懈反」。爲「洒」字釋音。「作此詩」，阮本無「此」字，似有「此」字爲安。延文本、唐石經「脩」後無「其」字，延文本「洒」後有「以」字，「作」後有「是」字。唐石經序末無「也」字。

〔三〕上有小字「田節反，沈又直梨反」。爲荎字釋音。阮本「梨」字作「黎」。又，阮本無「也」字。延文本傳「材」後有「也」字。「其財」之「財」，靜嘉堂本旁注：材，本乍。

本或作蓲 烏侯反

山有樞刺晉昭公也不能脩道以正

其國有財不能用有鍾鼓不能以自

所懈反

樂有朝廷不能洒埽政荒民散將以

危亡四鄰謀取其國家而不知國人

作此詩以刺之也

山有樞隰有楡興也樞荎也國君有財貨而

田節反沈又直私反

不能用如山隰不能自用其

財也子有衣裳弗曳弗婁子有車馬

以世反

力俱反

毛以朱反鄭作偸

28 弗馳弗驅。婁，亦曳也。菀其死矣，他人是愉。菀，死
29 貌也〔一〕。愉〔二〕，樂也。《箋》云：愉讀曰偷。偷，取也。山有栲，隰有杻。栲，山樗也。杻，檍
30 也〔三〕。子有庭内，弗洒弗掃；子有鍾鼓，弗
31 鼓弗考。洒，灑〔四〕也。考，擊也。菀其死矣，他人是保。
32 保，安也。《箋》云：保，居也。山有漆，隰有栗。子有酒食，
33 何不日鼓瑟？君子無大〔五〕故，琴瑟不離於側也。且以喜樂，
34 且以永日。永，長也〔六〕。菀其死矣，他人入室。室，家，

〔一〕「曳」字右有小字「以世反」。「婁」字右有小字「力俱反」。「菀」，通行本作「宛」。「菀」字右有小字「於阮反」。「菀，死貌也」，阮本無「也」字。

〔二〕「愉」字右有小字「毛以朱反，鄭作偷，他侯反」。

〔三〕「栲」字右有小字「音考」。「杻」字右有小字「女九反」。「樗」字右有小字「敕書反，又他胡反」。「檍」字右有小字「於力反」。《會箋》：「延文本《傳》『檍也』作『檍木』。」

〔四〕「灑」字右有小字「色蟹反，又所綺反」。

〔五〕阮本無「大」字，似可據此本補。

〔六〕阮本作「引也」。狩野《跋》：「案《毛傳》於《卷耳》、《漢廣》、《棠棣》、《文王》均以長訓永，此獨不然，頗爲可怪。據《正義》云『且可以永長此日，何故弗爲乎？言永日者，人而無事，則長日難度，若飲食作樂，則忘憂愁，可以永長此日』。是知《正義》本《毛傳》亦作『永，長也』，故連綴二字而爲解耳。施之引字，無當也。」《會箋》：「延文本《傳》『故』上有『大』字，『側』上有『其』字，『引也』作『長也』。」

弗馳弗驅。婁亦曳也。宛於阮反其死矣，他人是愉。毛以朱反，鄭作偷，他侯反。宛，死皃也。愉，樂也。箋云：愉讀曰偷，偷，取也。山有栲音考，隰有杻女九反。栲，山樗勑書反，又他胡反。杻，檍於力反也。

子有廷內，弗洒弗埽。子有鍾鼓，弗鼓弗考。洒，灑毛所懈反，又所綺反也。考，擊也。宛其死矣，他人是保。保，安也。箋云：保，居也。

山有漆音七，隰有栗。子有酒食，何不日鼓瑟？君子無大故，琴瑟不離於側也。且以喜樂，且以永日。永，長也。宛其死矣，他人入室。室，家也。

35 入室居其位也〔一〕。

36 《山有樞》三章章八句

37 《楊〔二〕之水》，刺晉昭公也。昭公分國以封沃〔三〕，

38 沃盛强，昭公微弱，國人將叛而歸沃焉。

39 封沃者，封叔父桓叔於沃也。沃，曲沃，晉之邑也。楊之水，白石鑿鑿。興也。鑿鑿

40 然鮮明貌也。《箋》云：激楊之水，波流湍疾，洗去垢濁，使白石鑿鑿然。興者喻桓叔盛强，除民所惡，民得以有

41 禮義也〔四〕。素衣朱襮〔五〕，從子于沃。襮，領也。諸侯繡黼〔六〕爲領，丹朱中衣。沃

〔一〕阮本無此句。狩野《跋》：「各本無《毛傳》，而此獨有『室家，入室居其位也』八字，是殆不可解。案《正義》此一段，寥寥數語，或沖遠，所據經文，原無《毛傳》，後世因《正義》盛行，他本亦並傳文而脱落之歟？」

〔二〕「楊」阮本作「揚」。

〔三〕「沃」字右有小字「烏毒反」。

〔四〕阮本「貌」後無「也」字。延文本有。「以」字右以小字標出反切：鑿，「子洛反」；激，「經歷反」；湍，「吐端反」；洗，「蘇禮反，又蘇典反」。《會箋》：「延文本《傳》『貌』下有『也』字。」

〔五〕「襮」字右以小字標出讀音「音博」。

〔六〕「黼」，「黼」的俗字。《干禄字書》上聲：「黼、黼，上俗下正。」

八室居其位也

山有樞三章章八句

楊之水刺晉昭公也昭公分國以封沃（烏毒反）〻盛彊昭公微弱國人將叛而歸沃焉

封沃者封叔父桓叔於沃也沃曲沃晉之邑也

楊之水白石鑿〻（子洛反）興也鑿〻然鮮明皃也箋云激（經作激）揚之水波流湍（吐端反）疾洗去垢濁使白石鑿〻然興者喻桓叔盛彊除民所惡民得以有禮義也

素衣朱襮（音博）從子于沃　襮領也諸侯繡黼丹朱中衣

42 曲沃也。《箋》云：繡當爲綃〔一〕。綃黼丹朱中衣。中衣以綃黼爲領，丹朱爲純也。國人欲進此服，去從桓叔也。

43 既見君子，云何不樂？《箋》云：君子謂桓叔也。楊之水，

44 白石晧晧〔二〕。晧晧，絜白。素衣朱繡，從子于鵠〔三〕。繡，黼

45 也。鵠，曲沃之邑也〔四〕。既見君子，云何其憂？言无憂也。楊

46 之水，白石粼粼〔五〕。粼粼，清徹之貌也〔六〕。我聞有命，不可

47 以告人。聞曲沃有善政也，不敢以告人也〔七〕。《箋》云：不告人而去者，畏昭公謂己動民心也。

48 《楊之水》三章二章六句一章章四句

〔一〕「綃」阮本作「綃」。

〔二〕「晧」字右以小字標出反切「古老反」。此作「晧」，《毛傳》亦同。狩野《跋》：「案唐石經初刻作『晧』，後改磨作『皓』。宋以後則無一作『晧』者。不知《説文》所録從『日』不從『白』。《廣韻》三十二『晧』亦作『晧』，不作『皓』。顧廣圻因謂《釋文》當本是『晧』字。此本一出，足以證顧説之正。」

〔三〕「鵠」字右以小字標出反切「户毒反」。

〔四〕阮本無「之」字。延文本有。《會箋》：「延文本《傳》『曲沃』下有『之』字。」

〔五〕「粼粼」，阮本作「粼粼」。

〔六〕阮本無「之貌」。静嘉堂本無「之」字，「徹」字旁注「貌，本無」。

〔七〕「我聞有命」，「命」，静嘉堂本旁注「令，本乍」。延文本「命」後、「人」後並無「也」字。《會箋》：「折本《傳》無『貌』字。《傳》『政命』之『命』，卷子古本作『令』。延文本《傳》『命』下、『人』下並無『也』字。」

曲沃也箋云繡當為宵〻黼丹朱中〻衣〻以宵黼為領丹朱為純也國人欲進此服去從桓叔也

既見君子云何不樂洛箋云君子謂桓叔也揚之水白石皓〻古老反皓〻絜白素衣朱繡從子于鵠戶毒反繡黼也鵠曲沃之邑也既見君子云何其憂言无憂也揚之水白石鄰〻鄰〻清徹之皃也我聞有命不可以告人聞曲沃有善政也不敢以告人也箋云不告人而去者畏昭公謂己動民心也

揚之水三章二章六句一章〻四句

《椒聊》，刺晉昭公也。君子見沃之〔一〕能修其政，知其蕃〔二〕衍盛大，子孫將有晉國焉。椒聊之實，蕃衍盈升。 興也。椒聊，椒也。《箋》云：椒之性芬香〔三〕少實，今一捄之實蕃衍滿升，非其常也。興者，諭桓叔，晉君〔四〕支別耳。今其子孫衆多也〔五〕。將日以盛也。彼己〔六〕之子，碩大無朋。 朋，比也。《箋》云：之子，是子也，謂桓叔也。碩謂壯貌，佼好也。大謂德美廣博也。無朋，平均、不朋黨也〔七〕。椒聊且〔八〕！遠條〔九〕且！ 條，長也。《箋》云：椒之氣日益遠長，似桓叔之德彌廣博也。椒聊之實，蕃衍盈匊〔一〇〕。 兩手曰匊。

〔一〕阮本「之」字後多「盛彊」二字，似可據此本删，無此二字亦通。延文本無，静嘉堂本旁注：二字本無。

〔二〕「蕃」字右小字「音煩」。

〔三〕阮本「香」字後多一「而」字。

〔四〕阮本「君」字後多一「之」字。

〔五〕阮本無「也」字。

〔六〕阮本作「其」。下章同。

〔七〕阮本無「也」字。

〔八〕「且」字右以小字標出反切「子餘反，下同」。

〔九〕《會箋》：「延文本『條』作『脩』，《傳》同。次章亦同。」

〔一〇〕「菊」字右有小字「本又作『掬』，九六反」。阮本、延文本並「菊」作「掬」。

椒聊刺晉昭公也君子見沃之能脩其政知其蕃（音煩）衍盛大子孫將有晉國焉

椒聊之實蕃衍盈升 興也椒聊椒也箋云椒之性芬香少實今一捄之實蕃衍蒲升非其常也興者諭桓叔晉君支別耳今其子孫衆多也將日以盛也

彼已之子碩大無朋 朋比也箋云之子是子也謂桓叔也碩謂壯貌佼好也大謂德美廣博也无朋平等（均）不朋黨也

椒聊且（子餘反下同）遠條且 條長也箋云椒之氣日益遠長似桓叔之德彌廣博也

椒聊之實蕃衍盈匊（本又作掬九六反） 兩手曰匊

56 彼己之子，碩大且篤。篤，厚也。椒聊且！遠條

57 且〔一〕！

58 《椒聊》二章章六句

59 《綢繆》〔二〕，刺晉亂也。國亂婚姻不得其時

60 焉。不得其時，謂不及仲春之月也〔三〕。

61 綢繆束薪，三星在天。興也。綢繆，猶纏綿也。三星，參〔四〕也。在天，謂始見東

62 方〔五〕。男女待禮而成，若薪蒭〔六〕待人事而〔七〕束也。三星在天，可以嫁娶矣。《箋》云：三星，謂心星也。心有尊卑，夫

〔一〕阮本有傳：「言聲之遠聞也。」静嘉堂本有。

〔二〕「綢繆」字右有小字「上直留反，下忘侯反」。

〔三〕阮本、静嘉堂本無「也」字。

〔四〕「參」字右標出反切「所金反」。

〔五〕阮本「方」字後多一「也」字。于意爲安。

〔六〕静嘉堂本「成」字旁注：婚，本無。「蒭」，阮本作「芻」。阮校：「小字本、相臺本、閩、監、毛本『蒭』作『芻』，案『芻』字是也。《釋文》正義皆可證。唯十行本作『蒭』，乃至沿經注本俗體字耳。」延文本亦作「蒭」。

〔七〕阮本「而」字後多一「後」字。

彼己之子碩大且篤厚〻也椒聊且遠條

且

椒聊二章〻六句

綢繆（上直留反下亡侯反）刺晉亂也國亂婚姻不得其時

焉不得其時謂不及仲春之月也

綢繆束薪三星在天興也綢繆猶纏綿也三星參也（所金反）在天謂始見東

方男女待禮而成若薪蒭（楚俱反）待人事而束也三星在

天可以嫁娶矣箋云三星謂心星也心有尊卑夫

63 婦父子之象也〔一〕。又爲二月之合宿，故嫁娶者以爲候焉。昏而火星不見，嫁娶之時也。今我束薪於

64 野，乃見其在天，則三月之末、四月中見於東方矣，故云不得其時也〔二〕。今夕何夕，

65 見此良人。良人，美室也。《箋》云：今夕何夕者，言此夕何月之夕乎？而女以見良人，言

66 非其時也〔三〕。子兮子兮，如此良人何！子兮者，嗟兹也。《箋》云：子兮子

67 兮者，斥娶〔四〕者也。子之娶後，陰陽交會之月，當如此良人何也。綢繆束芻，

68 三星在隅。隅，東南隅也。《箋》云：心星在隅，謂四月之末、五月之中。今夕

69 何夕，見此解覯〔五〕。解〔六〕覯，解説之貌。子兮子兮，如

〔一〕「心有尊卑夫婦父子之象也」，静嘉堂本「心」字後有「星」字，「星」字下旁注「本無」。《傳》「嫁娶矣」，延文本作「嫁娶之」。

〔二〕阮本無此「也」字。似可據此補。《會箋》：「《傳》『謂』字卷子古本無。《傳》『芻』字，延文本作『蒭』。《傳》『矣』字作『之』，『子兮』下更迭『子兮』。」

〔三〕阮本無「也」字。

〔四〕《傳》「子兮」，延文本後更疊「子兮」。「娶」字，阮本作「取」。各本《箋》云「子兮子兮者，斥嫁取者」。此本無「嫁」字。狩野《跋》：「慶長活字本亦無。案經但刺取者，不刺嫁者，故《箋》下文云『子取後陰陽交會之月』也。《正義》亦無嫁取者俱刺之説，蓋『嫁』字後世淺人所妄加，此本無之，於義爲長。」

〔五〕此作「解覯」，《毛傳》亦同，延文本同。狩野《跋》：「案《釋文》『邂』本亦作『解逅』，又作『覯』。陳奐云：《説文》無『邂』字，『邂逅』當依《釋文》作『解覯』。陳説正與此本同。」《會箋》：「延文本『芻』作『蒭』，《傳》同。」

〔六〕「解」字右有小字「音蟹」。

婦父子之象也又爲二月之合宿故嫁娶者以爲候焉昏而火星不見嫁娶之時也今我束薪於野乃見其在天則三月之末四月中見於東方矣故云不得其時也

今夕何夕見此良人

良人美室也箋云今夕何夕者言此夕何月之夕乎而女以見良人言非其時也

子兮子兮如此良人何

子兮者嗟茲也箋云子兮子兮者斥娶者也子之娶後陰陽交會之月當如此良人何也

綢繆束蒭三星在隅

隅東南隅也箋云心星在隅謂四月之末五月之中

今夕何夕見此解覯

解覯解音蟹說之貌

子兮子兮如

70 此解覯何？綢繆束楚，三星在户。参星

71 正月中直户也。《箋》云：心星在户，謂五月之末、六月之中也。今夕何夕，見

72 此粲〔一〕者。三女爲粲。大夫一妻二妾也。子兮子兮，如此

73 粲者何？

74 《綢繆》三章章六句

75 《杕杜》〔二〕，刺時也。君不能親其宗族，骨肉

76 離散，獨居而無兄弟，將爲沃所并爾。

〔一〕「粲」字右有小字「采旦反」。

〔二〕「杕」字右有小字「徒細反」。阮本作「杕杜，徒細反」，「杜」字疑衍。後句「將爲沃所並爾」，「並」字右小字「必正反」。阮本作「必政反」。

此解覯何綢繆束楚三星在戶參星

正月中直戶也箋云心星在戶謂五月之末六月之中也今夕何夕見

此粲者采旦反三女為粲大夫一妻二妾也子兮子兮如此

粲者何

綢繆三章章六句

杕徒細反杜刺時也君不能親其宗族骨肉

離散獨居而無兄弟將為沃所并必正反爾

77 有杕之杜，其葉湑湑〔一〕。興也。杕，特貌也〔二〕。杜，赤棠也。湑湑，支〔三〕葉
78 不相比近也。獨行踽踽〔四〕，豈無他人？不如我同
79 父。踽踽，無所親也。《箋》云：他人謂異姓也。言昭公遠其宗族，獨行於國中踽踽然，此豈無異姓
80 之臣乎？顧恩儀〔五〕不如同姓親親也。嗟行之人，胡不比焉？
81 《箋》云：君所與行之人，謂異姓卿大夫也。比，輔也。此人女何以不輔君爲政令也〔六〕。人無
82 兄弟，胡不佽焉？佽，助也。《箋》云：異姓卿大夫，女見君無兄弟之親親者，
83 何不相推佽助〔七〕之乎〔八〕？有杕之杜，其葉菁菁。菁菁，葉盛也。《箋》

〔一〕「湑」字右有小字「私敘反」。
〔二〕「杕，特貌」，閩、監、毛本同，小字本、相臺本「特」後有「生」字，静嘉堂本「特」字旁注「本無」。阮本無「也」字。
〔三〕阮本「支」作「枝」。下「比近」，阮本作「比次」，延文本作「比近」。静嘉堂本「比」字旁注「次，本無」。
〔四〕「踽」字右有小字「俱禹反」。阮本作「俱乎反」。
〔五〕阮本「恩」字後無「儀」字。
〔六〕阮本無「也」字，静嘉堂本作「乎」，旁注「本無」。下「佽」字旁注「七利反」。
〔七〕阮本「助」前多一「而」字。
〔八〕阮本無「乎」字。《會箋》：「《傳》『生』字、『次』字，宋本並無。延文本『次』字作『近』。」

有杕之杜，其葉湑湑，興也。杕，特貌也。杜，赤棠也。湑湑，枝葉不相比近也。

獨行踽踽，豈無他人？不如我同父。踽踽，无所親也。箋云：他人謂異姓也。言昭公遠其宗族，獨行於國中踽踽然，此豈无異姓之臣乎？顧恩不如同姓親親也。

嗟行之人，胡不比焉？箋云：君所與行之人，謂異姓卿大夫也。比，輔也。此人，女何以不輔君為政令也。

人無兄弟，胡不佽焉？佽，助也。箋云：異姓卿大夫，女見君无兄弟之親親者，何不相推佽助之乎？

有杕之杜，其葉菁菁，菁菁，葉盛也。箋

84 云：菁菁，希小〔一〕之貌也。獨行焭焭〔二〕，豈無他人，不如我
85 同姓。　罘罘〔三〕，無所依也。同姓，同祖也。　嗟行之人，胡不比
86 焉？人無兄弟，胡不佽焉？
87 《杕杜》二章章九句
88 《羔裘》，刺時也。晉人刺其在位之〔四〕不恤〔五〕
89 其民也。　恤，憂也。
90 羔裘豹袪，自我人居居。　袪，袂末也〔六〕。本末不同，在位與其民

〔一〕阮本「小」作「少」。

〔二〕「焭」字右有小字「求營反」。阮本作睘。狩野《跋》：「案《釋文》『睘』本作『煢』，又作『焭』，求營反。《文選》張衡《思玄賦》注、陸雲《贈婦詩》注引亦作『焭焭』，乃知此本所據，即《釋文》所謂一本授受，淵源其可考見。」

〔三〕阮本作「睘睘」。

〔四〕阮本無「之」字。静嘉堂本無「之」字，而於「位」字旁注：之人，本無。唐石經無「之人」二字，延文本有「之」字無「人」字。《正義》曰「刺其在位不恤其民者」云云，疑「之」當衍字。蓋「之」字乃因與「位」字形近而增衍，後人疑其不辭，又增「人」字。

〔五〕「恤」右有小字「荀律反」。

〔六〕《毛傳》：「袪，袂也」，此本袂下多一「末」字。狩野《跋》：「案《釋文》『袪』下云『袂末也』。《正義》云此解直云『袪，袂』，定本云：『袪，袂末，與禮合』，是知此本作『袂末』，與《釋文》、定本同，而與《正義》本異。案《春秋内外傳》晉侯使寺人伐蒲，重耳踰垣而走，披斬其袪。杜預、韋昭均解『袪』爲『袂』，然此時重耳見披至，倉皇以身而遁，故披唯得斬袂末而已。斬袪二字極形容危機一發之狀，可見此本所解不但與《禮》合。」據此，標點本「袪，起居反，又丘據反。袂，末也」。疑有誤，「袂，末也」當爲「袂末也」。

云菁〻希小之貌也　獨行煢〻求營反豈無他人不如我同姓睘〻无所依也同姓同祖也嗟行之人胡不比焉人無兄弟胡不佽焉

杕杜二章〻九句〻

羔裘刺時也晉人刺其在位之不恤荀律反其民也恤憂也

羔裘豹袪自我人居〻袪袂末也本末不同在位與其民

91 異心自用也。居居，懷惡不相親比之貌也[一]。《箋》云：羔裘豹袪，在位卿大夫之服也。其役使我之民
92 人，其意居居然有悖[二]惡之心，不恤我之困苦也。豈無他人，唯子之
93 故。《箋》云：此民，卿大夫采邑之民也，故曰豈無他人可歸往者乎？我不去者，乃念子故舊人耳[三]。
94 羔裘豹褎[四]，自我人究[五]究。褎[六]，猶袪也。究究，猶居居也。
95 豈無他人，唯子之好。《箋》云：我不能[七]去而歸往他人者，乃念子而愛
96 好之也。民之厚如此，亦唐之遺風也。
97 《羔裘》二章章四句

〔一〕阮本「貌」字後無「也」字。延文本有。
〔二〕「悖」字右有小字「補對反」。
〔三〕此句阮本作「乃念子故舊之人」，多一「之」字而少一「耳」字。《會箋》：「延文本《傳》『心』下、『貌』下並有『也』字。」
〔四〕「褎」字阮本作「褏」。「褎」旁注「徐救反」。
〔五〕「究」字右有小字「九又反」。
〔六〕阮本作「褏」。
〔七〕阮本無此「能」字。

異心自用也居〻懷惡不相親比之貌也箋云羔裘豹袪在位卿大夫之服也其役使我之民人其意居〻然有悖惡之心不恤我之困苦也

豈無他人惟子之故

箋云此民卿大夫菜邑之民也故曰豈无他人可以歸往者乎我不去者乃念子故舊人耳

羔裘豹褎自我人究〻

褎猶袪也究〻猶居〻也

豈無他人惟子之好

箋云我不能去而歸往他人者乃念子而愛好之也民之厚如此亦唐之遺風也

羔裘二章〻四句

98 《鴇〔一〕羽》，刺時也。昭公之後，大亂五世，君
99 子下從政役〔二〕，不得養其父母，而作是
100 詩也。　大亂五世者，昭公也，孝侯、鄂侯也，哀侯也，小子侯也〔三〕。
101 肅肅鴇羽，集於苞栩〔四〕。　興也。肅肅，鳥羽聲也。集，止也。苞，稹也〔五〕。
102 栩，杼也。鴇之性不樹止。《箋》云：興者，諭君子當居安平之處，今下從政役，其爲危苦，如鴇之樹
103 止然。　槙者，根相迫迮梱致〔六〕也。　王事靡盬〔七〕，不能藝黍
104 稷，父母何怙〔八〕？　盬，不攻致也。怙，恃也。《箋》云：藝，樹也。我迫王事，無不攻致，故

〔一〕「鴇」字右有小字「音保」。

〔二〕「政役」，阮本作「征役」。《釋文》云：「政，音征，篇内注同。」「政役」，唐石經、小字本、相臺本均作「征役」。阮校：「案《正義》云『言下從征役』者，又云定本作『下從征役』，如其所言，不爲有異，當有異也。《釋文》云『政役，音征，篇内注同』，或定本作『政』字也。考《周禮・小宰》『聽政以比居』，注云：『謂賦也，凡其字或作正，或作征，以多言，宜從征。』《考文》古本作『政』，采《釋文》。」此本可爲阮校增一佐證。

〔三〕「鄂」字右旁注「五各反」。阮本無此句中之四「也」字。

〔四〕「苞」字右有小字「補交反」，「栩」字右有小字「況羽反」。

〔五〕文下有「槙，之忍反」。阮本作「集，止；苞，稹；栩，杼」，三字後並無「也」字。《會箋》：「延文本『稹』下有『也』字。」

〔六〕「杼」字下注「食汝反」。「迮」字有小字「側伯反」，「梱」字右有小字「古本反」。阮本作「迮，側百反；梱，口本反」。

〔七〕「盬」字右有小字「音古」。

〔八〕「怙」字右有小字「音户」。

鴇（音保）羽刺時也昭公之後大亂五世君
子下從政役不得養其父母而作是
詩也大亂五世者昭公也孝侯
鄂（五各反）侯也哀侯也小子侯也
肅肅鴇羽集于苞（補交反）栩（况羽反）興也肅肅鳥羽聲
也集止也苞稹也稹
栩杼（丈呂反）也鴇之性不樹止箋云興者喻君子當居
安平之處今下從政役其為危苦如鴇之樹
止苞稹者根相
迫迮（側伯反）相櫛也王事靡盬（音古）不能蓺黍
稷父母何怙（音戶）盬不攻致也怙恃也箋云蓺
種也我迫王事无不攻致故

105 盡力焉，既則罷倦，不能播種五穀，今我父母將何怙乎[一]？悠悠蒼天，
106 曷其有所？《箋》云：曷，何也。何時我得其所哉？肅肅鴇翼，
107 集于苞棘。王事靡盬，不能蓺黍
108 稷。父母何食？悠悠蒼天，曷其有
109 極？《箋》云：極，已[二]。肅肅鴇行[三]，集于苞桑。行，翮[四]也。王
110 事靡盬，不能蓺稻粱。父母何嘗？悠
111 悠蒼天，曷其有常？
112 《鴇羽》三章章七句

〔一〕「罷」字右旁注「音比」。「罷」、「比」日語皆讀「ヒ」。阮本無「也」字。
〔二〕阮本「已」後多一「也」字。
〔三〕「行」字右有小字「户郎反」。
〔四〕「翮」字右有小字「户革反」。

盬乃焉既則罷倦不能播種五穀令我父母將何怙乎也悠〻蒼天

曷其有所箋云曷何也何時我得其所哉肅〻鴇翼

集于苞棘王事靡盬不能蓺黍

稷父母何食悠〻蒼天曷其有

極箋云極已肅〻鴇行（戶郎反）集于苞桒行翮也（戶孟反）王

事靡盬不能蓺稻粱父母何嘗悠

〻蒼天曷其有常

參考文獻

內藤乾吉《毛詩卷第六解説》，《書道全集》二十六，東京：平凡社，一九六七年。
《毛詩正義卷第六》，東方文化研究所用京都小島氏藏抄本景照，一九三七年。
石塚晴通《岩崎本古文尚書・毛詩の訓點》，《東洋文庫書報》第十五號。
東洋文庫日本研究委員會編《岩崎文庫貴重書書志解題》，一九九〇年。
高本漢著、董同龢譯《高本漢詩經注釋》，上海：中西書局，二〇一二年。
袁梅著《詩經異文彙考辨證》，濟南：齊魯書社，二〇一三年。
新美寛編、鈴木隆一補《本邦殘存典籍による輯佚資料集成》，京都：京都大學人文科學研究所，一九六八年。
新美寛編、鈴木隆一補《本邦殘存典籍による輯佚資料集成續》，京都：京都大學人文科學研究所，一九六八年。
許建平著《敦煌經籍叙録》，北京：中華書局，二〇〇六年。
張涌泉主編、審訂，許建平、關長龍、張涌泉等撰《敦煌經部文獻合集》，北京：中華書局，二〇〇八年。

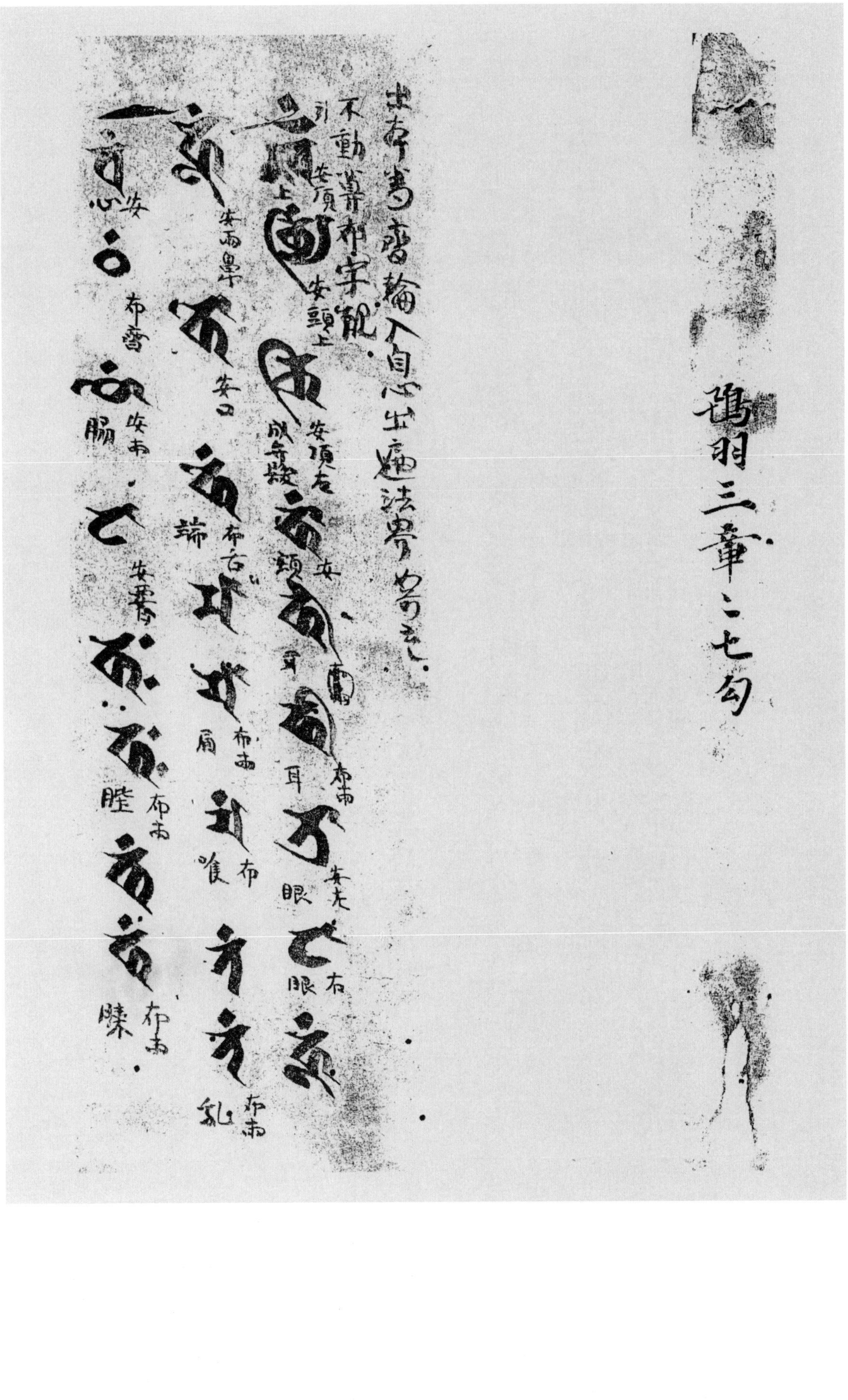
鴇羽三章〻七句
不動尊布字觀

治平元年十二月五日午巳時□□獨奉讀□

法界斷□□滿□願有南部造而測漸奉讀至供養合菩薩願□衣合不

是定不能終行願令其定□□終行晝夜慮東□□圓四□隆□□

□□真言□雷言□派□有□希有相應也使其日□□

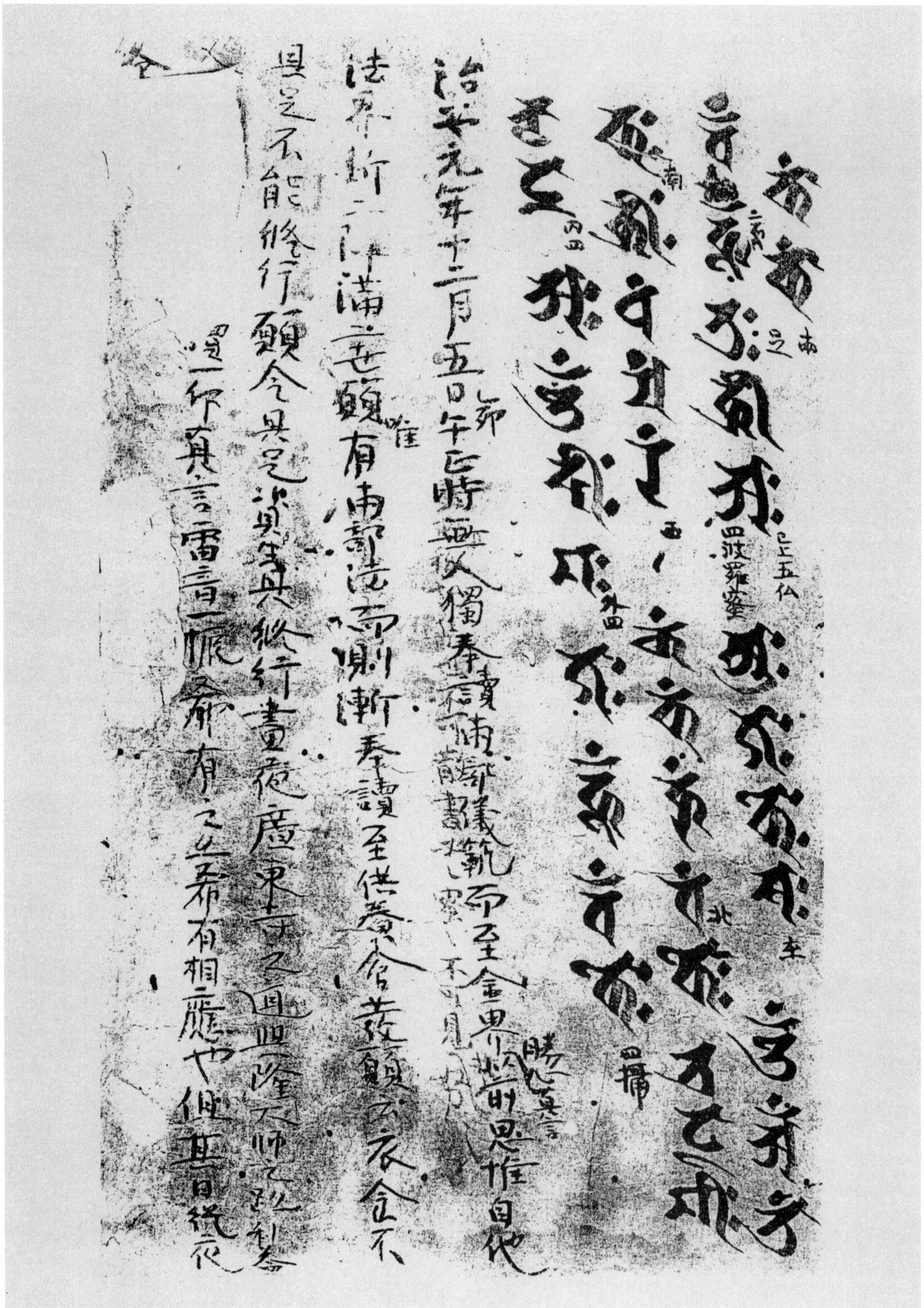

京都市藏唐抄本毛詩正義秦風殘卷

目録

京都市藏唐抄本毛詩正義秦風殘卷研究序説……五九
京都市藏唐抄本毛詩正義秦風殘卷及釋録……六五
秦風……六九
小戎……六九
蒹葭……七五

京都市藏唐抄本毛詩正義秦風殘卷研究序説

王曉平

《毛詩正義秦風殘卷》(原題《毛詩秦風正義殘卷》,簡稱《秦風殘卷》),原爲日本富岡撝所藏,現藏京都市。《秦風殘卷》共四頁,其一縱二十七點五,横五十點四;其二縱二十七點四,横二十五點八;其三縱二十七點四,横二十五點四;其四縱二十五點五,横二十四點五(單位:厘米)。四頁均無《毛詩》本文,乃單疏本,表明其接近於《正義》原本。爲《秦風》中《小戎》、《蒹葭》和《正義》的部分内容。

羅振玉寓居京都,臨回國時,變賣田宅,獲款捐給京都大學影印古書,此殘卷收入第一集中,題作《毛詩秦風正義殘卷》。關於此事經由,一九二二年三月狩野直喜曾撰文記其緣起:

明治辛亥,清廷板蕩,干戈搶攘。我友羅叔言,携眷東渡,築室京都東山下,閑居無事,乃得大展力於學。其所述作,足以傳後世。君又憾往年黎蒓齋刻《古逸叢書》概收宋元舊槧,而不及唐抄本,掛漏猶多。借得古刹世家之藏,景印《尚書》、《史記》、《文選》數種。其嘉惠學者,功不在蒓齋下也。大正己未,君將回國,悲其業中廢,託炳卿博士暨余鬻其田宅,舉所獲捐於京都大學充印書資。大學因有景印古書之舉。此其第一集也。〔一〕

狩野稱讚羅振玉「高義亮節,卓越時俗,而稽古樂善之志窮而不少衰」。羅振玉自己也曾撰文明志,説自己「萬念灰

〔一〕〔日〕京都帝國大學文學部編《毛詩唐風殘卷·毛詩秦風正義殘卷》,京都帝國大學文學部,一九二二年,京都帝國大學文學部景印舊抄本,第一集。

冷，唯傳古之志未盡」，平昔嘗歎黎蒓齋刻《古逸叢書》但收宋元槧而不及唐抄，至爲可憾，乃決定捐獻鬻宅之款印書，書成除頒送各國圖書館外，售價所入以爲持續之用。

關於《秦風殘卷》，羅振玉另外撰寫了跋，這篇文章後來收入《雪堂叙録》。江蘇廣陵古籍刻印社一九九七年十一月翻印的《羅振玉校刊群書叙録》中收入這篇文章，題作《日本古寫本毛詩單疏殘卷跋》（以下簡稱《跋》），相互對照，個別字句有改動[一]。下面引用的都是京都帝國大學文學部影印本所載最早的文字，文中談到《秦風殘卷》的價值説：

> 《毛詩秦風正義》殘卷，存《小戎》、《蒹葭》凡六十七行，前後均斷損。吾友富岡君撝先生所藏，字跡疏秀，唐寫本之佳者。不僅民字缺筆爲可據也。以校天水後諸本，其勝處殆不可指數。

《跋》舉其要者十事，以明其文獻學價值。所舉各項，對於瞭解唐代《毛傳》、《鄭箋》及《正義》原貌頗有益。此抄本還可與敦煌寫本參照對比，追溯六朝詩經流傳的軌跡。除了羅振玉所指出的十事之外，還有一些值得注意的地方。

《秦風殘卷》爲單疏本，「民」字缺筆，避唐太宗諱，是太宗時代以後書寫的。存卷第六的殘缺四頁，包括《秦風》《秦車鄰詁訓傳第十一》從《小戎》的尾部「言念君子，載寢載興。厭厭良人，秩秩德音」的《疏》到《蒹葭》。

羅振玉《跋》談到影印它的意義時指出：

> 此卷雖僅存數十行，而所得益乃如此之巨，雖間亦多訛奪，此六朝唐人寫本皆然，不足爲此卷病也。君撝

[一] 羅振玉著《羅振玉校刊群書叙録》，揚州：江蘇廣陵古籍刻印社，一九九八年。

先生博雅，富收藏，精鑒别，今將以玻璨板精印以廣其傳，屬爲跋尾，予謹著此卷之佳勝，與君撝好古而不自私，足以型當世君子。

另外，羅振玉論述敦煌《詩經》寫卷的文獻價值，以爲撮其大要，所得四事乃是：一曰異文，二曰語助，三曰章句，四曰卷數。洪湛侯著《詩經學史》第八章《敦煌文獻中的〈詩經〉殘卷》認爲敦煌寫本可窺探六朝唐代《詩》學的風氣；可推知六朝唐代《詩經》的舊式；可探究六朝唐人抄寫的字體；可解決《詩經》以「隱」名書的難題；可考訂今本《詩經》文字的訛誤。〔一〕伏俊璉對此也有專論。〔二〕這些論斷，除關於「隱」名書一條外，大體也適用於日本藏抄本。當然日本藏抄本還存在抄寫時期不明，由於理解有誤而造成的訛誤較多等問題，但是它們對於考訂今本《詩經》的作用是值得重視的。

《十三經注疏》的《毛詩注疏》，今有山東畫報出版社出版的梁運華整理的本子和北京大學出版社的標點本等。根據這個殘卷，有數處標點還可再作斟酌。日本抄本之異文，可與通行本、金石簡帛與敦煌殘卷中的異文相互參照，以廣思路。此《秦風殘卷》中「備頃傷也」，諸本作「備損傷」，羅振玉認爲：「弓弛而縛以䪐乃入韔中，所以妨傾倒致損，今譌『傾』爲『損』，誼不全矣。」考《周禮・冬官・弓人》「辟如終紲」，鄭玄注：「紲，弓……弓有韔者，爲發弦時備頓傷。」「頓」、「頃」亦字形易訛。另外，「韔」，《秦風殘卷》皆寫作「暢」，這是罕見的用法，很值得注意。

島田翰曾談到六朝唐代的書寫習慣，説「古書遇重文，多省不書，但於下作二畫以識之」；「二字重文，多於每字下加二畫而識之，如仲〻子〻是也。」又説「古書重語之體，多讀一字爲二字。」〔三〕于省吾亦説：「金文、石鼓文及古鈔本周秦載籍，凡遇重文不復書，皆作**二**以代之。如敦煌寫本《毛詩・六月》：『既成我服，我服既成』，作『既成我

〔一〕洪湛侯著《詩經學史》，北京：中華書局，二〇〇二年。
〔二〕伏俊璉著《敦煌〈詩經〉殘卷及其文獻價值》，載《敦煌文學文獻叢稿》，北京：中華書局，二〇〇四年。
〔三〕〔日〕島田翰著《春秋經傳集解三十卷卷子本》，載島田翰《漢籍善本考》，北京：北京圖書館出版社，二〇〇三年，一二二頁。

二服二既成』。」〔一〕日本藏《詩經》抄本，如京都大學藏《毛詩唐風殘卷》每遇重文，則於字下加「〻」字以識之，正原樣保存了當時的書寫習慣。島田翰指出，這樣的寫法「秦漢金石多有，至唐以後則亡矣」。應該説這種寫法在個人書寫時仍是可以見到的，而在書籍文獻中則書出不省。有趣的是，類似的寫法却一直保留在日本漢文之中，重文以〻畫代之的現象，近現代日本漢文仍照樣採用着。今天日語文章之中，迭詞後一字不書，而寫成「々」，正是這種書寫習慣的延伸。例如「等等」寫成「等々」，「樣樣」寫成「樣々」，「諸諸」寫成「諸々」。這種寫法進一步擴展到假名中，相同的假名後一個就寫成「丶」，如果後一個假名同前一個而讀爲濁音，就寫作「ヾ」。「々」和「丶」都不過是「〻」的變形而已，只是很多人並不知道其源正在古代中國。

這種寫法雖然簡便些，但是抄寫時如不留意，丢掉〻字便會失去原意。島田翰舉過《毛詩・碩鼠》篇的例子，就能説明問題。《毛詩・碩鼠》「逝將去女，適彼樂土。樂土樂土，爰得我所」，《韓詩外篇》兩引此文，並作「逝將去女，適彼樂土。適彼樂土，爰得我所」。又引次章亦云「逝將去女，適彼樂國。適彼樂國，爰得我直」。島田翰認爲「毛韓雖異，而其源則並從荀卿出，則其乖異，亦當不如此其甚也」，還舉出《詩經》中類似的全句反復的例子作爲旁證。他分析説，是「蓋因迭句，從省不書，止於『適彼樂土』各字下各加〻畫，輾轉傳寫，脱『適彼』二字下二畫，於是淺人又妄加『樂土』二字，改作『樂土樂土』也。」〔二〕

這個殘卷，還給今天的研究者傳達了這樣一個資訊，《詩經》很早就走出國門，成爲中日文化與文學交流的見證。通過詩經和其他抄本而東傳的漢字，給當時乃至以後的日本文化深刻的影響，並成爲封存當時中國文化原貌的化石。這個抄本使用了不少六朝和唐代的俗字，這些字對今天的中國人已很陌生，而在日本却司空見慣。例如，「總」字這個抄本都寫作「惣」，不僅平安時代的漢文學抄本，「總」字都寫作「惣」，就是今天日本家常便飯的副食叫做「總菜」，超市中也寫作「惣菜」。

〔一〕于省吾著《澤螺居詩經新證》，北京：中華書局，一九八二年，十三頁。

〔二〕〔日〕島田翰著《春秋經傳集解三十卷卷子本》，載島田翰《漢籍善本考》，北京：北京圖書館出版社，二〇〇三年，一二二頁。

「葛」的日語漢字是「葛」，而唐抄本中的「葛」正均寫作「葛」。這樣的例子還有很多。這又不能不讓我們想到，古老的唐《詩經》抄本的研究，與今天的文化正有一線相牽。對於原文中的俗字，本文在釋録時改成了正字，下面是部分俗字與正字對照表：

堅（堅） 對（剛） 暢（暢） 尨龙（龙） 匈（胸） 鼬（鼬） 明（明） 脩（脩） 傷（傷） 囙（因） 纓（纓）

鏤（鏤） 草（革） 厭（厭） 礼（禮） 尊（尊） 民（民） 溯（溯） 逆（逆） 能（能） 肥（肥） 繩繩（繩）

聲（聲） 戾（戾） 罽（罽） 鄭（鄭） 璞（璞） 菀（宛） 蠶（蠶） 顛（顛） 作（作） 釋（釋） 泝（泝）

燥（燥） 往（往） 矣（矣） 探（探）

其中「罽」，乃「罽」之誤書。《龍龕手鏡》（高麗本）四部：「罽，居例反，魚網也。」又「罽，居例反。氈類，毛爲之。」則「罽」、「罽」同音。「罽」、「罽」形近而訛。「泝」，乃「泝」的俗字「泝」少寫一點。《龍龕手鏡》水部將「泝」列爲「泝」的一個俗字，將「泝」作爲今字，並釋曰：「音素，……又逆流而上也。」

毛詩秦風正義殘卷

京都市藏唐抄本毛詩正義秦風殘卷及釋録

以下將此抄本逐字録入，並與阮元主持校刻的《十三經注疏》本《毛詩正義》（爲叙述方便以下簡稱阮本）對照[一]。日本足利學校藏《毛詩注疏》[二]，據長澤規矩也研究，爲南宋刊十行本，很有文獻價值，用以校讀，簡稱足利本。原文照録，古體字、不規範字和書寫混用字、書寫誤字，一般改爲規範字，凡特定詞語或改寫後極易引起誤解的，則保持原樣不變。

從《秦風殘卷》開頭二字「文貌」，知道前面的一句乃是《小戎》《正義》中的「蒙爲雜色，知苑是文貌」，接下來的「《箋》『俴』至『淺厖伐』」，當爲「《箋》『俴淺』至『厖伐』」。

[一] 李學勤主編，十三經注疏整理委員會整理《十三經注疏·毛詩正義》，北京：北京大學出版社，一九九九年。
[二] 《毛詩注疏》，足利學校秘笈叢刊第二，東京：汲古書院，一九七三年。

文貌　《箋》「俴」至「淺厖伐」　《正義》曰：《箋》申明俴駟爲四介馬之意，以馬無深淺之量，而謂之俴駟，正謂以淺薄之金爲甲之札。金厚則重，知宜〔一〕薄也。金甲堅剛〔二〕，苦其不和，故美其能甚群，言和調也。物心〔三〕不和，則不得群聚，故以和爲群也。《左傳》及《旄丘》言狐裘蒙茸，皆尨、蒙同音。《周禮》用牲、用玉，言尨者，皆謂雜色，故轉尨爲蒙〔四〕。明尨是雜羽。畫雜〔五〕之文於伐，故曰尨伐。故曰尨〔六〕蒙爲討。《箋》轉討爲尨，皆以義言之，無正訓也。　《傳》「底之〔七〕虎」至「縢約」　《正義》曰：下句云「交暢〔八〕二弓」，則

〔一〕阮本「宜」作「其」。羅振玉《跋》：「『宜』宋以來諸本作『其』，考其文誼，殆謂金厚則重，故知宜以淺薄之金爲之，今本作『知其淺』，語意全失矣。」對照寫本和阮本，知羅振玉此文中「今本作『知其淺』」，其「淺」字乃「薄」字之誤。

〔二〕阮本「苦」字前多一「則」字。

〔三〕阮本無「心」字。

〔四〕羅振玉《跋》：「又『故轉尨爲蒙』，諸本作『故轉蒙爲尨』。案《疏》誼謂《詩》轉《周禮》之尨爲蒙，乃云：『轉蒙爲尨』爲誤倒矣。」

〔五〕阮本多一「羽」字。

〔六〕「故曰尨」三字衍。

〔七〕據各本，「底之」乃「虎」之形近而誤。

〔八〕「暢」各本作「韔」。下同。

矛鋈　箋俴至俴伐　正義曰箋申明俴駟者四具之意以其
無深淺之量而謂之俴駟正謂以俴薄之金為甲之札金厚則重
知宜薄也金甲堅厚若其不和諧義其能甚群言和調也總心
不和則不得群聚故以和為群也左傳及禮記言狐裘蒙茸皆尨
蒙同音周禮用牲用玉言尨者皆謂雜色故轉尨為蒙明尨是
雜羽畫雜之文於伐故曰尨伐故曰尨蒙為討箋轉討尨皆以義言
之無正訓也　傳庡之虎至縢約　正義曰下句云交韔二弓則

虎暢是盛弓之物，故知虎是虎皮，暢爲弓室也。《弟子識》曰：「執箕膺葉」〔一〕，則膺是胸也。鏤膺，謂膺上有鏤，明是以金飾帶，故知膺是馬帶，若今之婁胸也。《春官・巾車》〔二〕說五路之飾，皆有樊纓。注云：樊讀如鞶帶之鞶，謂大帶者〔三〕。彼謂在腹之帶，與膺異也。交二弓謂暢中〔四〕，謂顛到安置之。《既夕記》說明器之弓云：「有韔」。注云：「韔，弓檠也。施則縛之於裏，備頃傷也〔五〕，以竹爲之」，引《詩》云：「竹閉緄縢」。然則竹閉一名韔也，言閉紲者，《說文》

〔一〕羅振玉《跋》：「《正義》：《弟子識》曰：『執其膺菜』（即葉字，避太宗諱，改從『云』），諸本作『《弟子職》曰：執其膺揭』。案『識』、『職』古通，周禮『職方氏』，漢華山廟碑作『識方氏』。山井鼎《七經孟子考文》云：『其』當從宋本作『箕』。案『其』即『箕』本字，加竹者乃後起之字，不得以作『其』爲誤。今此卷仍作『其』，知監、毛諸本尚間存古字矣。山井氏之謂『揭』，恐『擖』誤，阮氏《十三經注疏校勘記》謂《管子》作『擖』，鄭注《曲禮》引此文，正義本作『擖』，《釋文》作『葉』，又《少儀》『執箕膺擖』，《士冠禮》『面葉』注：古文『葉』爲『擖』。段茂堂先生曰：『擖』乃『擸』之誤。凡箕之底梱之盛物者皆曰葉』。亦謂之擸。今此卷正作『葉』，與《釋文》本合，足徵是卷所據爲六朝流傳之善本矣。」羅振玉說「菜」即「葉」，是。唐高宗曾於六五七年（顯慶二年）下令修改「昬」字和「葉」字，因爲這兩個字中分別含有「民」字和「世」字。「昬」字改作「昏」，「葉」字當中的「世」字則被「云」字取代。

又案：日本恭仁山莊藏《毛詩單疏本》作「執其膺擖」。劉承幹《毛詩單疏校勘記》卷上：「阮本『擖』作『揭』，此本與《少儀》同」，知《正義》「揭」字本當作「擖」。

〔二〕據阮本，「申」當爲「車」字形近而訛。

〔三〕「謂大帶者」，阮本作「謂今馬大帶也」。

〔四〕阮本作「交二弓於韔中」。

〔五〕阮本「裏」前多一「弓」字。「備頃（即傾之別）傷也」，諸本作「備損傷」。羅振玉《跋》：「案弓弛而縛以乃入韔中，所以妨（防）傾側致損，今訛『傾』爲『損』，誼不全也。」案：今存各本均作「備損傷」。蘇轍《兩蘇經解》：「弛弓則以竹爲檠，以繩約之於弓隈，以備損傷」，是承襲宋本《正義》之說。

虎韔是盛弓之物故知虎是虎皮韔爲弓室也弟子識曰執
其膺纂則膺是匈也鏤膺謂膺上有鏤明是以金飾
帶故知膺是馬帶若今之婁匈也春官巾車說五路之飾
皆有樊纓注云樊讀如般革帶之般革謂大帶者故謂在腹
之帶与膺異也交二弓謂韔中謂顛到安置之既夕記說明
器之弓云有鞁主云鞁弓檠也施則縛之扵裏備頂傷也
以竹爲之引詩云竹閇緄縢然則竹閇一名鞁也言閇紲者説文

云：紲，繫也。謂置韔弓裹[一]，以繩紲之，因名韔爲紲。《考工記・弓人》注云：「紲，弓韔也。角長則送矢不疾，若見紲於韔」[二]，是紲爲繫名也。所紲之事，即[三]緄縢是也。故云：「緄，繩。縢[四]」謂以繩約之弓，然後内之韔中也。《箋》「鏤膺有刻金飾」《正義》曰：《釋器》説治器之名云「金謂之鏤」，故知「鏤膺有刻金飾之[五]」。《巾車》云：「金路，樊纓九就，同姓以封」，則其車尊矣。此説丘車[六]之飾，得有金飾膺者。《周禮》玉路、金路。金路者，以金玉飾車之諸末，故以金玉爲名，不由膺以

〔一〕「置韔弓裹」，據阮本，當作「置弓韔裹」。

〔二〕阮本句尾多一「矣」字。

〔三〕阮本「即」字作「則」字。

〔四〕據阮本，「縢」字後脱一「約」字。

〔五〕「飾之」，阮本作「之飾」。可據此本改。

〔六〕「説」阮本作「謂」。據阮本，「丘車」當爲「兵車」之訛。

云紲繫也謂置弓檠裏以繩紲之因名檠爲紲考工記弓人注
云紲弓檠也角長則送矢不疾若見紲於檠是紲爲繫名
也所紲之事即緄縢是也故云緄繩縢謂以繩約之弓然後内
之韔中也　箋鏤膺有刻金飾　正義曰釋器説治器之名
云金謂之鏤故知鏤膺有刻金飾之巾車云金路樊纓九
就同姓以封則其車尊矣此説五車之飾得有金飾膺者周礼
王路金路金路者以金玉飾車之諸末故以金玉爲名不由膺以

22 金玉飾也〔一〕。故彼注云：「玉路、金路、象路，其樊及纓，皆以五採罽飾
23 之。革路，樊纓以條絲〔二〕飾之。」不言馬帶用金玉象爲飾也。此兵
24 車馬帶用力尤多，故用金爲膺飾，取其堅牢。金者，銅鐵皆
25 是，不用必要黄金也。且《詩》言金路，皆云鈎膺，不作鏤膺，知此
26 鏤膺非金路也。　《傳》「厭厭」至「有知」　《正義》曰：《釋訓》云：「厭厭，安也。」
27 「秩秩，智〔三〕也。」　「《蒹葭》三章八句」至「國焉」　《正義》曰：作《蒹葭》詩者，刺襄

〔一〕阮本少一「金路」，且無「之諸未」三字。疑「未」當作「木」。作「《周禮》玉路、金路者，以金玉飾車，故以金玉爲名，不由膺以金玉飾也。」

〔二〕據阮本，「條絲」當爲「絛絲」之訛。

〔三〕據阮本，「智」當作「知」。

金玉飾也故彼注云玉路金路象路其樊及纓皆以五採罽飾
之革路樊纓以條絲飾之不言馬帶用金玉象爲飾也此兵
車馬帶用力尤多故用金爲膺飾取其堅牢金者銅鐵皆
是不用必要黄金也且詩言金路皆云鉤膺不作鏤膺知此
鏤膺非金路也　傳厭厭至有知　正義曰釋訓云厭厭安也
秩秩智也　蒹葭三章章八句至國焉　正義曰作蒹葭詩者刺襄

之草蒼蒼然，雖盛而〔一〕未堪家用，必待白露凝戾爲霜，然後堅實中用，歲事得成，以興秦國之民，雖衆而未順德教，必得周禮以教之〔二〕，然後服從上金〔三〕，國乃得興。今襄公未能用周禮，其國未得興也。由未能周禮，故得未人〔四〕，所謂維是得人之道，乃遠在大水一邊。大水喻禮樂，言得人之道，乃在禮樂之樂〔五〕邊。既以水喻禮樂，禮樂之傍有得〔六〕之道，因從水内求之。若逆流泝洄而往從之，則道阻險且長遠，不可得至，言逆禮以治國，則得人之道〔七〕，終不可至；若順流泝

〔一〕阮本少此「而」字，可據此本補。

〔二〕阮本此句同，然句意不順，根據六朝書寫慣例，疑原文「秦國」二字重複，爲抄録者忽略，原文似爲「以興秦國。秦國之民雖衆，而未順德教」云云。

〔三〕據阮本，「金」字乃「命」字形近而誤。

〔四〕「故得未人」，當據阮本「故未得人服也」。

〔五〕據阮本，此「樂」字乃「一」字之誤。

〔六〕據阮本，此處脱一「人」字。

〔七〕此句阮本作「則無得人道」。羅振玉《跋》：「《蒹葭》章序《正義》言『逆禮以治國，則無得人之道』，諸本均奪『之』字。」此本意尚可通，無字恐爲後人所加。

之草蒼々然雖盛而未堪家用必待白露凝戾為霜然後堅
實中用歲事得成以興秦國之民雖衆而未順德教必待周礼
以教之然後服從上命國乃得興今襄公未能用周礼其國未得
興也由未能周礼故得未人所謂維是得人之道乃遠在大水一
邊大水喻礼樂言得人之道乃在礼樂之樂皐邊既以水喻礼々樂々
之傍有得人之道回從水内求之若逆流溯洄而往從之則道阻險且
長遠不可得至言逆礼以治國則得人之道終不可至若順流溯

游而往從之，則宛然在於水中央，言順禮治國，則得人之道，自來印已〔一〕，正近在禮樂之內。然則非禮必不得人心，不能固國〔二〕。君何以不求用周禮乎？鄭以爲蒹葭在衆草之中蒼蒼然强盛，雖似不可凋傷，至白露凝戾爲霜則成而〔三〕黄矣，以興衆民之强者不從襄公教令，雖似不可屈服，若得周禮以教，則衆民自然服矣。故〔四〕欲求周禮，當得知周禮之人，所謂是〔五〕周禮之人在於何處？在大水之一邊，喻以假言遠〔六〕。既言此人在一邊，以因水

〔一〕「印已」，阮本作「迎己」。

〔二〕此意尚通，阮本作「非禮必不得人，得人必能固國」。

〔三〕阮本「黄」字前多一「爲」字。

〔四〕阮本少此「故」字。有此「故」字，文意似更順暢。

〔五〕據阮本，此處脱一「知」字。

〔六〕阮本作「假喻以言遠」。

游而往從之則苑然在於水中央言順禮治國則得人之道自來
卬己正近在禮樂之内然則非禮必不得人心不能固國君何以不
求用周禮乎　鄭以為蒹葭在衆草之中蒼蒼然彊盛雖
似不可凋傷至白露凝戾為霜則成而黄矣以興衆民之
彊者不從襄公教令雖似不可屈服若得周禮以教則衆民
自然服矣故欲求周禮當得知周禮之人所謂是周禮之人在一
於何處在大水之一邊以喻以叚言遠所言此人在一邊以同下

行爲喻。若溯洄逆流而從之，則道阻〔一〕長，終不可見，言不以敬順〔二〕求之，則此人不可得之；若溯於順流而從之，則此人宛然在水中央，易可〔三〕得見。言以敬順求之，則此人易得。何則？賢者難進而易退，故不以敬順求之，則不可得。欲令襄公敬順求知禮之賢人以教其國也。《傳》「蒹葭」至「後興」《正義》曰：蒹，蒹〔四〕。葭蘆。《釋草》文。郭璞曰：蒹似萑〔五〕而細。高數尺。蘆，葦也。陸機《疏》云：

〔一〕據阮本，此處脱一「且」字。
〔二〕阮本此處多一「往」字。
〔三〕阮本無「可」字，此字疑爲衍文。
〔四〕據後文，此爲「薕」字之誤，阮本作「薕」。
〔五〕阮本作「萑」。

行爲喻若遡洄逆流而從之則道阻長終不可見言不以敬
順求之則此人不可得之若遡游於順流而從之則此人宛然在
水中央易可得見言以敬順求之則此人易得何則賢者難
進而易退故不以敬順求之則不可得欲令襄公敬順求知
礼之賢人以教其國也　傳蒹葭至後興　正義曰蒹薕葭
蘆釋草文郭璞曰蒹似萑而細高數尺蘆葦也陸機疏云

48 薕，水草也。賢[一]堅實，牛食之，令牛肥强。青徐人謂之薕[二]，兖州
49 人謂之蓼[?]，通語也[三]。《祭義》説養蠶之法云：「風戾以食之。」注云：「使
50 靈[四]氣燥，乃食蠶」，然則戾爲燥之義。下章「未晞」，謂露未乾
51 爲霜，然則露凝爲霜，亦如乾燥然，故云凝戾爲霜，探下章之意
52 以爲説也。八月白露節秋分中，九月寒露節霜降中[五]，白露凝戾
53 爲霜，然後歲事成，謂八月九月葭成葦，可以爲曲薄，充歲事也。《七
54 月》云：「八月萑葦」，則八月葦已成。此云白露爲霜，然後歲事成者

〔一〕阮本無「賢」字，乃「堅實」形近而衍。
〔二〕羅振玉《跋》：「《正義》：青徐州謂之薕。閩、毛、監三本均誤『薕』爲『蒹』，宋本作『薕』，與此合，知宋本所據爲古本矣。」
〔三〕此句阮本作「兖州、遼東通語也」，「遼東」疑爲「通」形近而衍。
〔四〕據阮本，此「靈」字乃「露」字形近而訛。
〔五〕此句阮本作「八月白露節，秋分八月中；九月寒露節，霜降九月中」，足利本同。
以下缺損較多，下按原有順序依行照録。

薕水草也賢堅實牛食之令牛肥強青徐人謂之薕兗州
人謂之蒹通語也祭義說養蠶之法云風戾以食之注云使
露氣燥乃食蠶然則戾為燥之義下章未晞謂露未乾
為霜然則露凝為霜亦如乾燥然故云凝戾為霜探下章之意
以為說也八月白露節秋分中九月寒露節霜降中白露凝戾
為霜然後歲事成謂八月九月葭成葦可以為曲薄充歲事也七
月云八月萑葦則八月葦已成此云白露為霜然後歲事成者

能用周禮，將無以固其國，當謂民未能[一]從，國未能固，故易傳興用周禮教民則服也[二]。　《傳》「伊維」至「難至」　《正義》曰：伊，維。《釋詁》未能用禮，未得人心，則所謂維人，所謂維是得[三]洄喻逆禮，溯游喻順禮，則以水喻禮[四]，言水内有喻其遠而難至。言得人之道在禮樂之傍，須用禮句言從水内以求所求之物，喻用禮以求得人之道，故

〔一〕阮本作「服從」。以下句作「國未能固」，似以「能」字爲安。

〔二〕「故易傳興用周禮教民則服也」，阮本無「興」字與「也」字。

〔三〕此句阮本作「未能用周禮，則未得人，則所謂維是得人之道也」。

〔四〕阮本無「則以水喻禮」五字。

能用周礼將無以固其國當謂民未能固故易傳與用周礼爲
民則服之　傳伊維至維之　正義曰伊維釋詁
未能用礼未得人心則所謂維人所謂維是得
但喻逆礼思從喻順礼則以水喻礼言水内有
喻其遠爲難至言得人之道在礼樂之傍須有礼
句言從水内以求所求之物喻用礼以求得人之道故

61 之道，乃在水之一方〔一〕。難至矣。水以喻禮樂，能用禮則
62 《箋》云「伊當」至「言遠」 《正義》曰：《箋》以上句言用周禮教民
63 勸君求賢人，使之用禮〔二〕，故易傳以所謂伊人，所謂是知周〔三〕
64 「在水一邊」，假喻以言遠，故下句逆流順流喻敬順不敬順〔四〕，皆述求
65 □□□□□□下云「在湄」、「在涘」，是其居傍也。 《傳》曰：逆流至以至
66 □□□□□□□□而上曰「泝洄」、順流而下曰「泝遊」。孫炎曰：逆，度者
67 □□□□□□□然則逆流順流〔五〕。

〔一〕阮本「難至」前多「一方」二字，作「一方難至矣」。

〔二〕羅振玉《跋》：「宋本、閩本『用禮』作『周禮』，監本、毛本『使之』作『使知』。阮相國曰：『周』當作『用』，與此卷正合。宋本訛『用禮』爲『周禮』，監本等又就政『使之』爲『使知』以就其意，可謂一誤再誤，賴有此卷以正之矣。」

〔三〕「所謂是知周禮之賢人」羅振玉《跋》：「『所謂』閩本、監本均訛作『皆謂』，唯宋本與此卷合。」

〔四〕阮本無「不敬順」三字。羅振玉《跋》：「阮相國以宋本無『不敬順』字，遂疑此三字後人加之，今此卷正有此三字，與閩、監、毛三本同，可知宋本乃奪漏，阮氏殆過信宋本矣。」

〔五〕羅振玉《跋》：「諸本作『然則逆順流』，奪前『流』字，唯此卷有之，得據以補諸本之失。」

之道乃在水之一方難至矣水以喻礼樂能用礼以

箋云伊當至言遠　正義曰箋以上句言用周礼教民

勸君求賢人使之用礼故易傳以所謂伊人所謂是知賢

在水一邊假喻以言遠故下句逆流順流喻敬順不敬順皆言求之

云在湄在涘是其居水傍也　傳曰逆逆流至以至

向上曰泝洄順流而下曰泝游孫炎曰逆度者

[illegible]

參考文獻

羅振玉撰《毛詩正義卷第六跋》,《京都帝國大學文學部景印唐抄本》第一集,京都帝國大學文學部,一九二二年。
〔日〕狩野直喜撰《毛詩卷第六跋》,《史林》四——四,一九一九年。
〔日〕狩野直喜撰《舊抄本毛詩殘卷跋》,《京都帝國大學文學部景印唐抄本》,第一集,一九二〇年;《支那學文藪》,東京:吉川弘文館,一九二七年;東京:みすず書房,一九七三年。
〔日〕狩野直喜著、江俠庵譯《舊鈔本毛詩殘卷跋》,《先秦經籍考》上册,上海:商務印書館,一九三三年;臺北:河圖洛書出版社,一九七五年;臺北:新欣出版社,一九八〇年。
〔日〕内野熊一郎著《九條家藏唐橋本毛詩寫本に就いて——我國古傳寫本毛詩並に古活字本毛詩の一考察》,東京:東方學報第十一册三分册,一九四〇年。
〔日〕内野熊一郎著《ぺりオ本敦煌出土唐寫本毛詩釋文殘卷私攷》,《宇野哲人先生白壽祝賀記念東洋學論叢》,同記念會編、刊,一九七四年。
〔日〕服部宇之吉著《毛詩正義卷第六、十八解説》,《佚存書目》,一九三三年。
羅振玉著《羅振玉校刊群書叙録》,揚州:江蘇廣陵古籍刻印社,一九九八年。
黄焯撰《詩疏平議》,上海:上海古籍出版社,一九八五年。
阮元撰《十三經注疏校勘記》,上海:上海古籍出版社,一九九五年。
十三經注疏小組編《十三經注疏分段標點》,台北:新文豐出版公司,二〇〇一年。

毛詩秦風正義殘卷存小戎蒹葭凡六十七行前後均斷損吾
友富岡君撝先生所藏字迹疏秀唐寫本之佳者不僅民字缺筆
為可據也以校天水以後諸本其勝處殆不可指數今舉其要者十
事小戎箋俴淺至厖伐正義金厚則重知宜淺也宜宋以來諸本作其
考其文證疏謂金厚則重故知宜以淺薄之金為〻今本作知其淺謬
甚矣金失矣文故轉尨為蒙諸本作故轉蒙為尨案疏證謂詩轉用神之
尨為蒙乃云轉蒙為尨為誤倒矣傳虎至勝以正義弟子識曰執其
膺葉即葉字避太宗諱改从世諸本作弟子職曰執其膺揖葉識職古通周禮職方
氏漢華山廟碑作識方氏山井鼎七經孟子考文云其當從宋本作箕其
即箕本字加竹者乃後起〻字不得以作其為誤今此卷仍作其知豈先諸本
尚間存古字矣山井氏又謂揭恐搢誤阮氏十三經注疏校勘記謂當于作
搢鄭注曲禮引此文正義本作搢釋文作葉又少儀執其膺搢古冠禮而
葉注古文葉為搢疏云堂先古曰搢乃楓之誤凡箕〻庭〻盛物者皆曰葉
亦謂〻楓今此卷正作葉與釋文本合足徵是卷所據為六朝流傳之善本矣
又脩頭〻即脩〻別傷也諸本作脩損傷案于疏而傳以虛乃入注中所以語傾倒致

損今乃傾爲橫讀不全矣蒹葭第序正義首逆禮而治國則無得人之道
諸本均奪之字傳蒹葭至後興正義首徐州謂之薕閩毛監三本均誤
蘆爲蒹宋本作薕與此合知宋本亦據爲古本矣箋伊當至言遂正義勸君
求賢人使之用禮宋本閩本同禮作周禮監本毛本使之作使知說相同耳
曰周當作用與此卷正合宋本誤用禮爲周禮監本等又就改使之爲使知以
就其意可謂一誤再誤賴有此卷以正之矣又所謂是知周禮之賢人所
謂閩本監本均誤作省謂惟宋本與此卷合又如下句逆流順流箭皆順不誤
順說相同以宋本並不誤順字遂疑此二字後人加之今此卷正有此二字與閩監
毛三本同可知宋本乃奪漏阮氏強通信宋本矣箋逆流至以至正義其則
逆流順流諸本作其則逆順流奪前流字惟此卷有之得據以補諸本之失此
卷雖僅存數十行而所得益乃如此之巨雖聞亦多讀者此六朝唐人寫本皆然
不足爲此卷病也君楊先生博雅富收藏精鑒別今將以玻璃版精印以廣
其傳屬爲跋尾予讀書此卷之佳勝與君搞好古不及自愧足以饗當世者
于卷尾時宣統癸丑十一月上虞羅振玉書於東山萬古之寮室

東京國立博物館藏唐抄本毛詩正義卷十八

目録

東京國立博物館藏唐抄本毛詩正義卷十八
研究序説……九五
東京國立博物館藏唐抄本毛詩正義卷十八……九九
大雅……九九
韓奕……九九
江漢……一〇二
東京國立博物館藏唐抄本毛詩正義
卷十八釋録……一〇五

東京國立博物館藏唐抄本毛詩正義卷十八研究序説

王曉平

中田勇次郎監修、大阪市立美術館編《唐抄本》（同朋舍，一九八一）收入有關《詩經》抄本三種。一是現藏東京國立博物館的《毛詩正義》卷十八，其次是東洋文庫所藏毛詩卷第六《唐風》，三是京都市所藏《毛詩正義》卷第六《秦風》。這裏討論的是第一種，以下簡稱《卷十八》。

《卷十八》僅書毛詩《韓奕》末二章和《江漢》全篇。原爲武藏樂人安倍氏所藏。都書寫在《神樂歌》一卷背面。日本著名文學研究家佐佐木信綱曾借覽，書志學家長澤規矩也看到其照片，因而撰寫了《古抄本毛詩殘卷跋》（下簡稱長澤《跋》），其文不長，兹録於下：

> 古抄本《神樂歌》一卷，武藏樂人安倍氏所藏，佐佐木博士借覽，見示其照片，紙背書《毛詩・韓奕》末二章、《江漢》完篇。以校閩本、毛本，疏文闕略，譌奪頗多，但《韓奕》第五章《孔疏》「蹶父」至「燕譽」下，有「此言韓侯」云云一百九十八字，蓋佚文也。以校十行本、嘉業堂單疏本，益信其爲佚文。予數觀古抄本，而其佚文多若是者，未曾見也。《疏》中「民」字悉作「人」字，其出於李唐抄本明矣。上層《經》文、《毛傳》、《鄭箋》，下層則《孔疏》，今定爲平安朝抄本焉。
>
> 我邦（指日本——筆者注）所傳古本，存彼土所佚者甚多，此亦其一也。可以爲藝林鴻寶矣。書而謝博士，且以爲跋。

根據《長澤規矩也著作集》第九卷編者按，這篇《跋》是長澤規矩也應佐佐木信綱博士之請爲《神樂歌》殘卷而寫的。佐佐木信綱在《神樂歌》解説中，引用和介紹了長澤規矩也的考察結果。現將有關部分譯載於下，以供參考。

存《大雅·蕩之什·韓奕》六章中的末二章、《江漢》全篇六章。下面是孔穎達《毛詩正義》之文，頭注抄寫陸德明《經典釋文》。《孔疏》自《漢奕》（筆者注：原文如此，「漢」乃「韓」之誤）第四章之一半存之，缺《江漢》末章末尾數行。《經》文及《毛傳》、《鄭箋》的文字，看來本舊抄本裹邊常用助字比通行本多些，此外則没有大的差別，《孔疏》中脱字誤字多，使人感到不是全抄《孔疏》之文，而是接近於摘抄。但是，《韓奕》第四章《疏》中，「授綏之時」四字，通行本作「授緌之時」。校勘記中説，山井鼎云：「緌」恐「綏」之誤，是也，而此抄本恰作「綏」，可從。特别是《韓奕》第五章，有通行本完全缺少的疏文一百九十八字，最爲珍貴〔一〕。

（《信義本神樂歌跋》，一九三一年，竹柏園刊）

長澤和佐佐木兩先生均指出，《卷十八》最珍貴的是其中有通行本没有的一百九十八字，另外還有些字句，對於瞭解唐代《毛詩正義》的原貌很有參考價值。

《毛詩正義》在長期輾轉傳抄翻刻的過程中，存在文字删改乃至訛誤的情況。十行本、閩本、監本、毛氏板本等皆訛謬甚多。阮元《十三經正義》之《毛詩正義》正訛糾謬，大惠於後學；今又有標點本，採用簡體字和新式標點，大有益於今人閲讀。然而仍有一些疑點需要探討。在這種情況下，使用包括日本藏《毛詩》抄本在内的各種抄本刻本共校，就顯得格外必要了。在這種意義上，《卷十八》的價值，首先就表現在它的文獻學上的參照作用上。

〔一〕〔日〕長澤規矩也著《長澤規矩也著作集》第九卷，東京：汲古書院，一九八五年，四〇一頁。

《孔疏》下面解釋詩句「實墉實壑，實畝實藉。獻其貔皮，赤豹黄羆」，認爲這是描述韓侯施政，更見其賢：

既爲侯伯，以時節百蠻，韓侯於是令其州内所有絶滅之國，高築是城，浚深是壑，正是田畝，定是税籍，皆使之復于故常。又令百蠻追貊獻其貔獸之皮及赤豹黄羆之皮，韓侯依舊法而總領之。

這一句中的後一個「令」字，毛本作「令」，而通行本作「今」，看來還是以「令」爲妥。下句乃承上句而言，是講韓侯施政的幾件事，令其敬獻獸皮，是其政事之一，而《箋》只講「追貊之國來貢，而侯伯總領之」。

貔似虎亻 豺也一名 執夷虎草 一名白狐似 虎或似日 遼東人 謂之白羆

皮赤豹黃羆　貔猛獸也追貊　雖屬正耳觀而言韓侯顧之則於禮當顧故云曲顧道以君子不忘順

之國來貢而　義也謂既受女揖以出門及升車授綏之時

侯伯揔領也　當曲顧以道引其妻之禮義於是之時則

有曲顧也本或曲為回者誤

韓奕六章二十六句

此言韓侯得妻之由言蹶父

之為人也甚武健本為使於天下無一國而不到言為王聘使迴於天下於使之時即

有嫁女之志為此韓侯之夫人姞氏者視其可居之處無有如韓國之最樂者甚樂

矣此韓國之土地川水藪澤甚訏訏然而寬大其水則有魴鱮之魚甫甫然肥

大藪澤則有麀麀之歟噳噳然而衆多其山藪又有熊有羆有貓有虎言其

然物皆甚饒是最樂也蹶父見知此於是善之既善其國即令其女居之韓姞

嫁之於韓也韓侯之夫人姞氏則心樂而安處之以盡其婦道於韓而有榮顯之譽

也姞蹶父姓婦人稱姓今以姓配夫之國謂之韓姞故知姞蹶甫之姓也

溥彼至貊　此言韓侯既受賜歸國行政之事也可美大矣彼韓國所居之城乃於古昔
平安之時天下衆人之所築完言其城有之已久也宣王以此韓侯之先祖寄受王命為
一州侯伯既治州内之國又因使之時節百蠻之國其有貢獻往來之節度也以
韓侯先祖如此故今王賜韓侯北方有其追貊之衆狄亦令時節之也使之撫安其
所受王畿北面之國因以其先祖為侯伯之事而盡与之言韓侯之賢能復先祖舊
職也既為侯伯以時百蠻韓侯於是令其州内所有絶滅之國高築是城濬深是
壑正是田畝定是税籍甘使之田畝復於故常又令百蠻追貊獻其貔皮之皮及赤
豹黄羆之皮韓侯依舊法而總領之美韓侯之賢而王命得人也[illegible]　釋詁文
此言濮猶生民之言誕故云大矣為歎美之詞　　燕礼所以安賓故云安也[illegible]
箋[illegible]　知者僖廿四年左傳云邢晉應韓武之穆是也[illegible]服之[illegible]
本五侯伯亦理州内国之外夷故云因也時百蠻者与百蠻為時節是為之宗長以總
領之故云長是蠻服之百國也[illegible]之名南蠻北狄散則可以相通故北狄亦稱蠻
也周礼夷服六日蠻服謂第六服也言蠻服[illegible]之在服中於周礼則夷服鎮服

非周之蕃服也何則周礼蠻服由在九州之内則當州牧主之非復時々節而已且不得
言因此言因時見非州内故知於周礼爲戎鎮之服即大行人所云九州之外謂之蕃
國是也谷繇謨云外薄四海咸建五長下曲禮云其在東夷北狄西戎南蠻雖大曰
子注云謂九州之外長天子亦選其賢者以爲之子子猶牧也然則蠻夷之内自有長牧
以領之而此又言中國之侯伯長之者夷中雖自有長而國在九州之外來則由於中
國其時節早晚執贄多少之節由請於所近之牧由之而後至京以非卞屬故云
因時以其絶之故稱長也　貊非夷名而追與之連文故知亦是戎狄之通貊是二種
之大名耳其種非止一國亦是百蠻之大總也　謂撫柔之也　夏官職方
氏正北曰并州當是并州牧也　秋官貊隸注云征東夷所獲是貊
者東夷之種而分居於北故於此之時貊爲韓侯所統魯頌云淮夷蠻貊莫不率
從是僖公之時貊近魯也至於漢初其種皆在東北於并州之北無復貊種故辨之

江漢尹吉甫美宣王也能興衰撥亂命召公平淮夷召公召穆公也

江漢浮浮武夫滔滔匪安匪游淮夷來求

此詩尹吉甫所作以美宣王也以宣王承厲王衰亂之後能興起此衰撥治此亂於時淮水之上有夷不服王命其臣召公爲將使將兵而往平定淮夷故美之淮夷不服是衰亂之事命將平定是興撥之也此實平定淮夷耳而云興衰撥亂者見宣王之所興撥非獨淮夷而已故言興撥以摠之

宣王之時淮夷背叛王於是至江漢之水浮浮然合流衆彊之處親自命其將率勇武之夫滔滔然多而廣

浮浮衆彊貌也滔滔廣大貌也淮夷東國在淮浦閒而夷行者遂去匪非也江漢之水合而東流浮浮然宣王於是水上命將帥遣士衆使循流而下滔滔然其順王命而行非敢斯須自安也非敢斯須止游也主為來求淮夷所處據至竟故言來也

既出我車既設我旟匪安匪舒淮

大猶令之慎此東流以行征伐武夫既受王命急赴其事也行非敢斯須自安非敢斯須遊止所以不敢安遊者言已本為淮夷來求討伐之故也既至淮夷之障乃期將戰至於期日此武夫既已陳出我征伐之兵車既已張設我將率之旟旟以往對戰又非敢自安敢寬舒所以不敢安舒者以已主為淮夷而來當討而病之故也言其肅將王命所以克勝也以其合而東流是水之衆而彊大也

下云武夫洸洸為武貌則此言循循廣大者亦謂武夫之多大

禹貢道淮自桐栢東入于海其傍之國不盡為夷故辯之云淮夷東國在

普吳反
作音孚
夷來鋪
鋪病也箋云車
戎車也馬作曰
旟兵主境而朝戰地其曰
出戎車建旟又不自安不
舒行主為來伐討夷也據
至戰地故又言來也
音羊
音光
江漢湯湯武夫洸洸
經營四方告成于王
洸洸武貌也箋云召公既
受命伐淮夷服之復經營

淮之匯浦而為東夷之行者也知在東國者
以禹貢徐州云淮夷蠙珠則淮夷在徐州也春秋
時淮夷病杞齊桓公東會於淮以謀之左傳
謂之東略是淮夷在東國也
禹貢嶓冢道漾東流為漢
又東流為滄浪之水過三澨入于大別南入於
江是至大別以南始與江合而東流也漢書
地理志大別在廬江安豐縣界則江漢合
處在揚州境也宣王不於京師命之而於
江漢之上者蓋別有巡省或親送之彼
也順流而下以水東流兵亦東下故云順流
而下非乘舟浮水而下洸洸武貌非水貌也

東京國立博物館藏唐抄本毛詩正義卷十八釋録

以下釋録原文，將繁體字改爲規範字，而俗字、異體字則改成正字。在此基礎上，再就日藏毛詩抄本的研究，略陳己見。

殘卷的開始，是《毛詩·韓奕》這一章的最後兩句，而在它的上方，隱約可見的是摘自《鄭箋》的下列文字：

貔，本作豼，音毗，即白狐也，一名摯夷。《草木疏》云似虎，或似白熊，遼東人謂之白羆。

其中「摯夷」，阮本作「執夷」。殘卷經文字較大，而《鄭箋》和《孔疏》文字較小：

皮，赤豹黄羆。貔，猛獸也。追貊之國來貢而侯伯總領也。

唯厲王耳　以君子不忘〔一〕顧視，而言韓侯顧之，則於禮當顧，故云曲顧道義也〔二〕。謂既受女揖，以出門及升車授綏之時〔三〕，當曲顧以道引其妻之禮義，於是之時，則有曲顧也。本或曲爲回者誤。

〔一〕「忘」，阮本作「妄」。
〔二〕阮本無「也」字。
〔三〕通行本作「授綏之時」，阮校：「山井鼎云『綏』恐『綏』誤，是也。」參照長澤《跋》。

接下來，我們來看殘卷中長澤規矩也所説的通行本缺少的一百九十八字：

此言韓侯得妻之由。言蹶父之爲人也，甚武健。本爲使於天下，無一國而不到。言爲王聘使遍於天下，於使之時，即有嫁女之志。爲此韓侯之夫人姞氏者，視其可居之處，無有如韓國之最樂者，甚樂矣。此韓國之土地，山水藪澤，甚訏訏然而寬大；其水則有魴鱮之魚，甫甫然肥大；藪澤則有鹿鹿之獸，噳噳然而衆多；其山藪又有熊有羆，有貓有虎。言其庶物皆甚饒，是最樂也。蹶父見如此，於是善之。既善其國，即令其女居之。韓姞嫁之於韓也。韓侯之夫人姞氏則心樂而安處之，以盡其婦道於韓而有榮顯之譽也。

上文中「山水藪澤甚訏訏然而寬大」，「訏」寫得很像「訐」，「藪澤則有鹿鹿之獸」中的「鹿鹿」，當爲「麀鹿」之訛。值得説明的是，這一部分中的四處重文，後面的字均省而不書，而以「〻」字識之，即「訏訏」作「訏〻」，「甫甫」作「甫〻」，「鹿鹿」作爲「鹿〻」，「噳噳」作「噳〻」，而輾轉傳抄過程中，不知是哪個環節的抄寫者誤將「麀鹿」看成了「鹿鹿」，又按照當時重文的省略方式擅自改成了「鹿」。類似的現象在日本唐抄本中是屢見不鮮的。

同一段落，緊接上文，就是與通行本上相同的文字：

姞，蹶父姓。婦人稱姓，今以姓配夫之國，謂之韓姞，故知姞蹶甫之姓也。

「溥彼」至「黄羆」　此言韓侯既受賜，歸國行政之事也。可美大矣。彼韓國所居之城，乃於古昔平安之時，天下衆人〔一〕之所築貌，言其城有之已久也〔二〕。宣王以此韓侯之先祖，嘗受王命爲一州侯伯，既治州内之國，又因使之時節百蠻之國，其有貢獻往來爲之節度也。以韓侯先祖如此，故今王賜韓侯。北方有其追貊之夷狄，亦令時節之也。使之撫安其所受王畿北面之國，因以其先祖爲侯伯之事而盡与之，言韓侯之賢，能復先祖舊職也。既爲侯伯，以時〔三〕百蠻，韓侯於是令其州内所有絶滅之國高築是城，濬深是壑，正是田畝，定是税藉，皆使之田畝復於故常。又令〔四〕百蠻追貊獻其貔獸之皮及赤豹黄羆之皮。韓侯依舊法而總領之。美韓侯之賢，而王命得人也。薄，《釋詁》文此言溥，猶《生民》之言誕，故云大矣。爲歎美之詞。燕禮所以安賓，故云安也。

〔一〕「人」，阮本作「民」。

〔二〕「也」，阮本作「矣」。

〔三〕據阮本，此處脱一「節」字。

〔四〕「令」，毛本作「令」，阮本作「今」，案：似當從此本作「令」。

武王之子知者　僖廿四年《左傳》云：「邘、晉、應、韓，武之穆是〔一〕也。」故曰：「長此蠻服之百國。」本立侯伯，主理〔二〕州内，因主外夷，故云「因」也。時〔三〕百蠻者，與百蠻爲時節，是爲之宗長，以總領之。故云：「長是蠻服之百國也。」四夷之名，南蠻、北狄，散則可以相通，故北夷亦稱蠻也。《周禮》要服，六〔四〕曰蠻服，謂第六服也。言蠻服，謂蠻夷之在服中。於《周禮》則夷服、鎮服非周〔五〕之蠻服也。何則？《周禮》蠻服由〔六〕在九州之内，自當州牧主之，非復時節而已，且不得言「因」。此言「因」時則非州内，故知於《周禮》爲夷、鎮之服。即《大行人》所云「九州之外謂之蕃國」是也。《咎繇謨》云：「外敷〔七〕四海，咸建五長。」《下曲禮》云：「其在東夷、北狄、西戎、南蠻，雖大曰子。」注云：「謂九州之外長〔八〕。天子亦選其賢者以爲之子，子猶牧也。」然則蠻夷之内，自有長牧以領之，而此又言「中國之侯伯長之」者，夷中雖自有長，而國在九州之外，來則由於中國其時節早晚、執贄多少之宜，皆請於所近州牧，由之而後至京，以非子屬，故云「因時」。以其統之，故稱長也〔九〕。貊是夷名，而追与之連文，故知亦是戎狄，此追、貊是二種之大名耳，其種非止一國，亦是〔一〇〕百豸〔一一〕之大總也〔一二〕。　謂撫柔之也〔一三〕。　《夏官·職方氏》：正北曰并州〔一四〕，當是并州牧也〔一五〕。　《秋官》「貊隸」注云：「征東夷所獲是貊者，東夷之種而分居於北」，故於此之時，貊爲韓侯所統。《魯頌》云：「淮夷蠻貊，莫不率從。」是〔一六〕僖公之時，貊近魯也。至於漢初〔一七〕，其種皆在東北，於并州之北無復貊種，故辯之。

〔一〕阮本無「是」字。
〔二〕「理」，阮本作「治」。
〔三〕阮本「時」字前多一「因」字。
〔四〕「六」，阮本作「一」。
〔五〕阮本「周」字後多一「禮」字。
〔六〕「由」，阮本作「猶」。
〔七〕「敷」，阮本作「薄」。
〔八〕阮本「長」字後多一「也」字。
〔九〕此前此本有删節。
〔一〇〕「是」，阮本作「爲」。
〔一一〕「豸」字，阮本作「蠻」。
〔一二〕此處删節「奄者，撫有之言，故以爲撫」十字。
〔一三〕此前有删節。
〔一四〕此前删節「言受王畿北面之國」。
〔一五〕此前有删節。
〔一六〕阮本多一「於」字。
〔一七〕「漢初」，阮本作「漢氏之初」。

以上爲《韓奕》，下面是《江漢》。其上欄爲《詩》與《傳》、《箋》：

江漢，尹吉甫美宣王也，能興衰撥亂，命召公平淮夷。召公，召穆公也。

江漢浮浮，武夫滔滔。匪安匪游，淮夷來求。浮浮，衆强貌也〔一〕。滔滔，廣大貌也〔二〕。淮夷，東國在淮浦間而夷行者〔三〕。《箋》云：匪，非也。江漢之水合而東流浮浮然，宣王於是水上命將帥〔四〕遣士衆使循流而下滔滔然。其順王命而行，非敢斯須自安也，非敢斯須止游〔五〕也。主爲來求淮夷所處據，至〔六〕竟，故言來也〔七〕。**既出我車，既設我旟。匪安匪舒，淮夷來鋪。**鋪，病也。《箋》云：車，戎車也。鳥隼曰旟。兵至境〔八〕而期戰地。其日出戎車建旟，又不自安，不舒行〔九〕。主爲來伐誰〔一〇〕夷也。據至戰地，故又言來也〔一一〕。

江漢湯〔湯〕，武夫洸洸。經營四方，告成于王。洸洸，武貌也〔一二〕。《箋》云：召公既愛〔一三〕命伐淮夷，服之，復經營

〔一〕〔二〕阮本兩句均無「也」字。
〔三〕阮本「者」字作「也」字，按文意，似以「者」字爲安，或原爲「者也」。
〔四〕「帥」字，阮本作「率」。
〔五〕「止游」，阮本作「游止」。
〔六〕阮本「竟」前多一「其」字。
〔七〕阮本無「也」字。
〔八〕阮本「境」字作「竟」。
〔九〕據阮本，此處脱一「者」字。

〔一〇〕據阮本，「誰」字爲「淮」字之訛。
〔一一〕〔一二〕阮本皆無「也」字。
〔一三〕「愛」字乃「受」字之訛。

此卷數行欄上有小字，乃爲各該行中的某字釋音，根據通行本，可以知道這些釋音的文字，和它們對應的字如下：

吐刀	滔
音普	浦
下孟	夷行
子匠	將
所類	帥
如字，本亦作順流	循流
于爲反，下主爲同	爲
普吳反，徐音孚	鋪
書羊	湯
音光	洸
張戀反	傳

其下欄爲《孔疏》：

此〔一〕詩尹吉甫所作以美宣王也。以宣王承厲王衰亂之後，能興起此衰，撥治此亂。於時淮水之上有夷不服，王命其臣召公爲將，使將兵而往平定淮夷，故美之〔二〕。淮夷不服，是衰亂之事。命〔三〕將平定，是興撥之〔四〕也。此實平定淮夷耳，而云〔五〕興衰撥亂者，見宣王之所興撥，非獨淮夷而已，故言興撥總之〔六〕。

宣王之時，淮夷背叛〔七〕，王於是至江漢之水浮浮然合流衆强之處，親自命其將率〔八〕勇武之夫滔滔然多而廣大者，令之順此東流，以行征伐。武夫既受王命，急趍其事也。行〔九〕非敢斯須自安，非敢斯須游止。所以不敢安游者，言〔一〇〕已本爲淮夷來求討伐之故也。既至淮夷之境，克期將戰。至於期日，此武夫既已〔一一〕陳出我征伐之戎車，既已張設我將率〔一二〕之旌旗，以往對戰，又非敢自安，敢〔一三〕寬舒。所以不敢安舒者，以己主爲淮夷而來，當討而病之故也。言其肅將王命，所以克勝也。浮浮，衆强貌〔一四〕，以其合而東流，是水之衆而强大也。

〔一〕阮本「此」作「江漢」。
〔二〕阮本「之」字後多一「也」字。
〔三〕阮本「命」字前多一「而」字。
〔四〕阮本「之」字後多一「事」字。
〔五〕阮本「云」字作「言」字。
〔六〕「總之」，阮本作「廣之」。
〔七〕「背叛」，阮本作「皆叛」，案此處只言淮夷事，疑「皆」字乃「背」字形近而訛。「皆」與「背」的互訛現像是比較常見的。
〔八〕〔一二〕「率」，阮本均作「帥」。
〔九〕阮本「事」字後無「也」字，而行後多一「也」字。
〔一〇〕阮本無此「言」字。
〔一一〕阮本「陳」前多一「自」字。
〔一三〕據阮本，「敢」字前脱一「非」字。
〔一四〕此句阮本作「江漢實江漢之貌而言衆强大者」。

下云武夫洸洸〔一〕爲武貌，則此言滔滔廣大者，亦謂武夫之多大。（淮夷在東國而來。）《禹貢》：「道〔二〕淮自桐柏東入於海」，其傍之國〔三〕，不盡爲夷，故辯〔四〕之云。淮夷，東國，在淮之涯〔五〕浦，而爲東夷之行者也。知在東國者。《禹貢》徐州云〔六〕：「淮夷蠙珠」，則淮夷在徐州也。春秋時淮夷病犯〔七〕，齊桓公東會於淮以謀之。《左傳》謂之「東略」，是淮夷在東國也〔八〕。

《禹貢》：「嶓冢道漾〔九〕東流爲漢，又東流〔一〇〕爲滄浪之水，過三澨入〔一一〕于大別，南入于江」，是至大別之南，漢與江合而東流也。《漢書・地理志》大別在廬江安豐縣界，則江、漢合處在揚州〔一二〕境也。〔一三〕宣王不於京師命之，而於江、漢之上〔一四〕者，蓋別有巡省，或親送至彼也。順流而下〔一五〕，以水東流，兵亦東下，故云順流而下，非乘舟浮水而下〔一六〕。滔滔，武貌，非水貌也〔一七〕。

〔一〕此處刪節「與此滔滔相類，傳以洸洸」十字。
〔二〕「道」，阮本作「導」。
〔三〕「國」，阮本作「民」。
〔四〕「辯」，阮本作「辨」。
〔五〕「涯」，阮本作「厓」。
〔六〕阮本無此「云」字。
〔七〕「犯」，阮本作「杞」。
〔八〕阮本無「也」字。
〔九〕「道」，阮本作「導」，「漾」字後多一「水」字。
〔一〇〕阮本無此「流」字。
〔一一〕「入」，阮本作「至」。

〔一二〕阮本「境」字前多一「之」字。
〔一三〕此處删節三十八字。
〔一四〕此處奪一「命」字。
〔一五〕此句阮本作「言順水流而下者」。
〔一六〕阮本此處多一「也」字。
〔一七〕「武貌，非水貌也」，阮本作「武夫之貌，非水之貌也」。

參考文獻

〔日〕服部宇之吉著《毛詩正義卷第六、十八解説》，《佚存書目》，一九三三年。
〔日〕吉川幸次郎著《經學文學研究室毛詩正義校訂資料解説》，《東方學報》，京都，十三—二，一九四三年。又收入《吉川幸次郎全集》十。
〔日〕山本信吉著《毛詩正義卷第十八解説》，《中國書法名跡》，東京：每日新聞社，一九七九年。
〔日〕長澤規矩也著《長澤規矩也著作集》第九卷，東京：汲古書院，一九八五年。
嚴紹璗編著《日藏漢籍善本書録》，北京：中華書局，二〇〇七年。
黄華珍著《日藏漢籍研究——以宋元版爲中心》，北京：中華書局，二〇一三年。
〔日〕長澤規矩也解題，足利學校遺蹟圖書館後援會刊《毛詩注疏》，東京：汲古書院，一九七三年。
〔日〕岡村繁著，華東師範大學東方文化研究中心編譯《毛詩正義注疏選箋（外二種）》，上海：上海古籍出版社，二〇〇九年。
〔日〕田中和夫著《毛詩注疏訳注小雅（一）》，東京：白帝社，二〇一〇年。
張寶三著《唐代經學及日本京都學派中國學研究論集》，台北：里仁書店，一九九八年。

大念佛寺抄本毛詩二南殘卷

目録

大念佛寺抄本毛詩二南殘卷研究序説 …… 一一九
大念佛寺抄本毛詩二南殘卷及釋録 …… 一三五
周南 …… 一三九
關雎 …… 一三九
葛覃 …… 一五五
卷耳 …… 一六一
樛木 …… 一六五
螽斯 …… 一六九
桃夭 …… 一七一
兔罝 …… 一七五
芣苢 …… 一七七
漢廣 …… 一七九
汝墳 …… 一八五
麟之趾 …… 一八九
召南 …… 一九三
鵲巢 …… 一九三
采蘩 …… 一九七
草蟲 …… 一九九
采蘋 …… 二〇三
甘棠 …… 二〇九
行露 …… 二一一
羔羊 …… 二一七
殷其靁 …… 二一九
摽有梅 …… 二二三

大念佛寺抄本毛詩二南殘卷研究序説

王曉平

大念佛寺本《毛詩二南》殘卷(以下簡稱大念佛寺本)今藏大阪大念佛寺。每日新聞社《國寶　漢籍》定爲平安後期寫本,存《周南關雎故訓傳第一》全十一篇和《召南鵲巢故訓傳第二》前半部分九篇。該寫本一九四二年六月作爲京都帝國大學文學部景印抄本第十集發行,題作「《毛詩二南》」[一]。大念佛寺在今大阪府大阪市平野區平野上町。此寺乃一一二七年根據鳥羽上皇的敕願創建,曾被焚毁而後重建,至今仍是融通念佛宗的總本山。該寫本爲該寺院所藏秘笈之一。由於其既無序跋,又無解説,關於這個寫本的研究論文也很少見到。所以我們關於它底本的情況、抄寫的年代、通過何種途徑藏於大念佛寺等都無從知道,更不用説瞭解它是經過怎樣的途徑入藏京都大學文學部的了。

然而,當我們把它和敦煌《詩經》殘卷放在一起的時候,就會發現它們有很多相似的地方。通過對比研究,大體可以確定這個寫本的底本産生的年代。這個抄本可以和敦煌寫本以及日本所藏其他抄本相互補充對照,使我們對六朝到初唐時期《詩經》的原貌和傳播情況獲得完整的印象。所謂日本《毛詩》抄本,主要指静嘉堂本《毛詩鄭箋》、《群書治要·詩》、足利本、京大本、龍谷大學本等《毛詩》抄本。不過,上述抄本從書寫年代來看,都比大念佛寺本爲晚,相同部分比較,使用俗字的場合要比大念佛寺本少得多。大念佛寺本可以説是保存六朝初唐俗字最多的日本平安時代寫本之一,很適於與敦煌寫本展開比較研究。

[一] 〔日〕京都帝國大學文學部藏版《毛詩二南》,京都帝國大學文學部,景印抄本,第十集,一九四二年。

一　大念佛寺本所屬系統

該抄本爲和裝本，黑色封皮，白色絲線縫，是所謂「綫本墨書」，長七五四點五厘米，寬二六點五厘米。京都大學文學部以和紙影印，影印共二十四頁。首頁首行書「周南關雎故訓傳第一　毛詩國風　鄭氏箋」，接書「詩大序」，《周南》之《關雎》《葛覃》《卷耳》《樛木》《螽斯》《桃夭》《兔罝》《芣苢》《漢廣》《汝墳》《麟趾》十一篇，《召南》之《鵲巢》《采蘩》《草蟲》《采蘋》《甘棠》《行露》《羔羊》《殷其靁》《摽有梅》九篇，計二十篇。字體優雅，堪稱書法珍品。旁注有《釋文》音義，並多有訓讀標記，爲日本抄本無疑。文中插入校勘文字，當爲重抄時用當時見到的別的本子校勘的結果，旁注「本」、「無本」、「本無」等皆是。至於這裏的「本」，到底何指，則無從考證。

從日本抄本書寫的一般情況來看，其爲重抄本的可能性最大。因而需要將其底本的年代和抄寫的年代分別予以考察。該抄本文字多有六朝初唐俗字，且俗字、正字並存，其經文或與《釋文》本合，或與《釋文》所引「或本」或「一俗本」合。《傳》《箋》中文字，或與山井鼎《七經孟子考文》合，或有《考文》未録者。

將這些因素綜合考慮，大體可以斷定，其底本原出中唐以前，而抄寫則是日本平安時代前期至中期。我們將它放在八世紀和九世紀中日文化交流的背景中來考察，其與敦煌《詩經》殘卷一併觀之，兩者雖相隔萬里之遥，而相近之處何其多也。古代《詩經》在東亞文化傳遞之中的歷史，實耐今人尋味。

由於殘卷中没有題跋，不能由此辨明寫本的傳承、書寫年代，吉川幸次郎説：「寺傳稱菅公（平安時代傑出學者菅原道真）之筆，是否出自菅公之手另當別論，其爲平安朝寫本無疑。」明確斷定其爲平安時代〔一〕。小川環樹認爲，根據以下事實，不難確定其所屬系統〔二〕。即其旁訓中數處書寫着「清」字，表明所注乃清原家讀法，這正與清原

〔一〕〔日〕吉川幸次郎著《毛詩正義校定資料解説》，載《東方學報》，京都，第十三册第二分册。又，《吉川幸次郎全集》，第十卷，築摩書房，一九八六年，四百五十九頁。

〔二〕〔日〕小川環樹著《清原宣賢の毛詩抄について》，《小川環樹著作集》第五卷，築摩書房，一九九七年，四十三—四十四頁。

家傳本書「江」字表明所注乃大江家讀法是一樣的。這讓人想到其爲大江家系統的本子；然而，其中又有一處旁注，書寫着「江」字，表明所注爲大江家讀法，而若是大江家的本子，那就不會自注這個「江」字的，所以其爲江家本的説法，就難以成立。清家本作爲江家訓點之處，還恰好與此本所載者相合，這説明此本恐怕是紀傳道系統的本子。小川環樹説：「若允許稍微想像一下的話，其出於與大江家並駕齊驅的紀傳道菅家，亦未必不可能。相傳此本爲菅原道真親筆書寫，恐怕亦事出有因。」〔一〕

小川環樹還注意到，大念佛寺本没有清家本上常見的「イ」（「傳」字之「イ」旁，以指毛傳之説）、「ケ」（「箋」字「竹」頭之省，以指鄭箋之説）這樣的標記。也就是説，所有訓讀，均根據《毛傳》，而没有根據《鄭箋》做的訓讀，即便清家本表明《傳》《箋》不同讀法之處，此本亦僅表一種訓讀。如《召南・羔羊》中的「退食自公」，三章反復「退食自公」，清家本每章皆加「イ」點和「ケ」點，即標注《傳》《箋》不同讀法。《傳》曰：「公，公門也。」《箋》云：「退食，謂減膳也。自，從也。從於公，謂正直順於事也。」其解不同，而大念佛寺本則只有一種訓讀，不似清家本兩種皆注。對《傳》《箋》之異同，不予在意，即非全然不顧，亦是於訓讀時不予嚴格區分。

日本學者内野熊一郎曾撰《大念佛寺本鈔寫毛詩傳私考》一文〔二〕。根據分析，他得出的結論是，這個本子不是清原、大江家本，但仍是一家相傳的一家説本，而且從文獻上看日本平安時代初期這個系統的《毛詩》本，一定已在流通。

通過這樣的對照，内野得出的結論是，大念佛寺本《毛傳》殘卷，恐怕是傳存以《釋文》一本系、特别是以六朝通俗本（《毛詩正義》所謂俗本）系統爲原本的古老形態的一個本子，因而也可以認爲是與《釋文》正本、《毛詩正義》本等别一系統的傳本，其中可以看到與《毛詩正義》本、《釋文》正本不同的古老形態的字句，這些對於《詩》義解釋也會有不小的貢獻。至今日本學者有關大念佛寺本的研究主要還是側重在訓點方面，如西崎亨發表了《關於大念佛

〔一〕〔日〕小川環樹著《清原宣賢の毛詩抄について》，《小川環樹著作集》，第五卷，築摩書房，一九九七年，四十四頁。

〔二〕〔日〕内野熊一郎著《大念佛寺本鈔寫毛詩傳私考》，《漢文學會會報》，東京教育大學，十六，一九五五年，一——十一頁。

寺藏〈毛詩二南〉殘卷的訓點》[一]，而對於其文字的研究尚不充分。

二 大念佛寺本俗字與敦煌俗字互通性

南北朝時期，文字書寫紊亂的情況和發展經過，在顔之推《顔氏家訓·雜藝篇》中講得很清楚。據他説：「晉宋以來，多能書者。故其時俗，遞相染尚，所有部帙，楷正可觀，不無俗字，非爲大損。至梁天監之間，斯風未變；大同之末，訛替滋生。蕭子雲改易字體，邵陵王頗行僞字，(前上爲草，能旁作長之類是也)。朝野翕然，以爲楷式，畫虎不成，多所傷敗。至爲一字，唯見數點，或妄斟酌，逐便轉移。爾後故籍，略不可看。北朝喪亂之餘，書籍鄙陋，加以專輒造字，猥拙甚於江南。」

産生於這一時期的敦煌卷子本，變體、簡寫、俗字、錯字相當可觀，完全符合顔之推所説的情況，而大念佛寺本中的異體字、簡體字、假借字、錯别字，也不讓敦煌《詩經》殘卷。唐初顔師古考定《五經定本》，其從孫顔元孫編《干禄字書》、張參編《五經文字》、唐元度編《九經字樣》，做的都是考定俗字、歸於楷書的工作。這些書也都傳入日本。隨着中國正楷文字的確立，日本流通的漢字也接受了這一次統一文字的成果。

不過，日本漢字仍然保留了不少六朝初唐流傳的俗字。至今日本公佈的通用漢字中，還有不少是舊日的俗字，如「児」、「稲」、「聡」、「懐」等，數目還不少。有些學習日語的中國人，不知道這一段文字交流史，反而以爲那些字都是日本創造的漢字。失於此，存於彼，這類現象在中日文化交流中絶不是個别的。

回過頭來看大念佛寺本，裏面有很多俗字。其中很多是與敦煌《詩經》殘卷相同的。《干禄字書》選字一千五百九十九個，分俗、通、正三體。這三體，按照該書序言的説法是：「所謂俗者，例皆淺近，唯籍帳、文案、券契、藥方，非涉雅言，用亦無爽，倘能改革，善不可加。」「所謂通者，相承久遠，可以施表奏、牋啓、尺牘、判狀，固免詆訶。

[一] 〔日〕西崎亨著《大念佛寺藏〈毛詩二南〉残卷の訓點について》，《訓點資料の基礎的研究》，思文閣，一九九九年。

（若須作文，言及選曹詮試，兼擇正體用之尤佳。）」「所謂正者，並有憑據，可以施著述、文章、對策、碑碣，將爲允當。（進士考試，理宜必遵正體。明經對策，貴合經注本文，碑書多作八分，任別詢舊則。）」[一]

這裏就按照《干禄字書》的順序，將敦煌《詩經》殘卷和大念佛寺本共有的俗字舉例於下。

1　「聡、聦、聰，上中通，下正，諸從忩者並同，他皆放此。」伯二五二九《羔羊》：「素絲五総」，則當改爲「總」，大念佛寺本《羔羊》：「素絲五総」同。伯二五二九《兔爰》：「尚寐無聡」，當改「聰」。

2　「扵、於，上通下正。」伯斯二五一六《魚麗序》：「始扵憂懃，終扵逸樂。」伯斯二五七〇《魚麗序》：「始扵憂勤，終扵逸樂。」大念佛寺本《大序》：「以其成功告扵神明者也。」

3　「懐、懷，上通，下正。」伯二五二九《蝃蝀》：「懐昏姻也。」大念佛寺本《卷耳》：「維以不永懐。」

4　「標、摽，上標記字，必遥反；下摽梅字，頻小反。」《摽有梅》，念佛寺本「摽」字作「標」。大念佛寺本多「木」、「扌」旁互换字。《南有樛木》「樛」字作「摎」。

5　「强、彊，上通，下正。」伯二五〇六《采芑》傳：「言周室之强，車服之美也。」伯二五〇六《車攻》：「弓矢既調」《箋》：「調謂弓彊弱」。大念佛寺本《行露》《序》：「興强暴之男不能侵陵貞女也。」

6　「縄、繩，上通，下正。」《熹平石經・抑》：「子孫縄縄」，當爲「繩繩」。大念佛寺本《螽斯》：「宜爾子孫縄縄兮。」以上六例皆爲平聲。

7　「圡、土，上通，下正。」伯二五二九《日月》：「照臨下圡。」大念佛寺本《樛木》：「南有樛木」《傳》：「南，南圡也。」大念佛寺本「土」旁皆作「圡」。大念佛寺本《大序》：「正始之道，王化之基」，「基」字「其」下作「圡」。

8　「叐、夭，上通，下正。」甘博〇〇四四《賢愚經》：「所生之處，命不中叐。」大念佛寺本《桃夭》：「桃之夭夭」，「夭」字作「叐」。

〔一〕〔唐〕顏元孫著《干禄字書》，收入《異體字研究資料集成》一期別卷，東京：雄山閣出版株式會社，一九九五年。

9 「軆、體，上俗，下正。」伯二五二九《相鼠》：「相鼠有軆」，「軆」當爲「體」。大念佛寺本《桃夭》：「桃之夭夭，其葉蓁蓁。」《傳》：「有色有德，形體至盛也。」「軆」，當改爲「體」。

10 「禮、礼，並正，多行上字。」伯二五二九《相鼠》：「人而無礼」，「礼」當改爲「禮」。大念佛寺本《麟趾》《序》：「則天下無犯非礼。」

11 「採、采，上通，下正。」大念佛寺本《關雎》：「左右採之。」《芣苢》：「薄言采之。」

12 「慗、整，上俗，下正。」伯二五〇六《六月》：「慗居隻獲。」大念佛寺本《葛覃》《箋》：「服，慗也。」

13 「舊、舊臼，上俗，下正，諸字從臼者並准此。」伯二五一四《南陔序》：「非孔子之舊也」，「舊」下字作「旧」，不作「臼」。大念佛寺本《大序》：「足之蹈之」，「蹈」字右下作「旧」，不作「臼」。至今日本漢字中「臼」旁仍有作「旧」者，如「稲」不寫作「稻」。以上七—十三例皆爲上聲。

14 「廢、癈，上妨廢，下癈疾。」伯二五〇六《六月序》：「鹿鳴癈則和樂缺也。」大念佛寺本《大序》：「王道衰，禮義癈。」

15 「乱、亂，上俗，下正。」伯二五一四《常棣》：「喪乱既平，既安且寧。」大念佛寺本《大序》：「亂世之音，怨以怒。」

16 「皀、皃、貌，上俗，中通，下正。」伯二五一四《采芑》《傳》：「翼翼，壯健之皀也。」大念佛寺本《葛覃》：「維葉莫莫。」《傳》：「莫莫，成就之皀也。」亦作「貇」。上文「皃」字旁注：「貇，本」，即古本有作「貇」者。念佛寺本《傳》：「赳赳，武貇也。」

17 「嘆、歎，上俗，下正。」伯二五二九《泉水》：「玆之永嘆。」大念佛寺本《大序》：「言之不足，故嗟歎之。」

18 「聴、聽，上通，下正。」伯二五一四《伐木》：「神之聴之。」大念佛寺本《行露》《傳》：「召伯聴訟也。」以上十三—十八例皆爲去聲。

19 「癹、發，上俗，下正。」伯二五一四《吉日》：「癹彼五豝。」大念佛寺本《大序》：「癹言爲詩。」

20　「餝、飾，上俗，下正，或上通下正。」伯二五〇六《六月》：「戎車既餝」，當作飾。大念佛寺本《葛覃》：「薄澣我衣」《傳》：「婦人有副褘盛餝以朝事舅姑。」「餝」當爲「飾」。

21　「禝、稷……，並上俗下正。」伯二五七〇，二五一四《華黍序》：「時和歲豐，宜黍禝也。」大念佛寺本《采蘋》《箋》「蓋黍禝云。」

22　「莭、節……並上俗，下正。」伯二五一四《常棣》《傳》：「朋友以義相切莭莭然」，「莭」字寫正字。大念佛寺本《殷其靁序》：「皆莭儉正直。」

23　「草、革。上通，下正。」《羔羊》：「羔羊之革」，大念佛寺本「革」字作「草」。伯三七四二《二教論》：「略引張氏數條妄説，用懲草未聞。」其中「革」字作「草」。以上十九—二十三例皆爲入聲。

除這些見於《干祿字書》的字以外，在大念佛寺本中還可以找到不少與敦煌寫卷寫法完全相同的俗字，它們可以作爲敦煌俗字的旁證材料，也可以放在一起來探討俗字滋生傳衍的規律。

1　《關雎》：「寤寐思服」，「寤寐」，大念佛寺本作「寤寐」，甘博〇七八《維摩詰所説經》卷中《觀衆生品第七》：「如夢所見已寤」，「寤」字作「寤」。斯二九六五《佛説生經》：「飲酒過多，皆共醉寤。」「寤」字作「寤」。見《敦煌俗字典》[一]。

2　《關雎》：「優哉遊哉」，大念佛寺本「悠」字作「悠」。「悠」爲「悠」的增筆字，不見於《干祿字書》、《龍龕手鏡》（高麗本），斯二九八《太上靈寶洞玄滅度五練生尸經》：「其並悠遠」，又「此之近事，非復悠遠之傳」，其中的「悠」字寫法與此同。見《敦煌俗字典》[二]。

3　《卷耳》：「陟彼高岡」，大念佛寺本「岡」字作「罡」，爲「罡」字的省筆字。斯二五二四《語對》：「陟罡（岡）：《詩》云：「陟彼罡（岡）兮！　瞻望兄兮！」

[一] 黄征著《敦煌俗字典》，上海：上海教育出版社，二〇〇五年，分别見四百三十四頁、二百七十頁。

[二] 黄征著《敦煌俗字典》，上海：上海教育出版社，二〇〇五年，五百零九頁。

4　《螽斯》：「螽斯羽，薨薨兮」，大念佛寺本「螽」字作「螽」。斯一三四《詩經・豳風・七月》：「五月斯螽動股，六月莎雞振羽。」「螽」字正作「螽」。見《敦煌俗字典》。

5　《行露》《序》：「興强暴之男不能侵陵貞女也。」大念佛寺本「暴」字作「暴」，上作「田」不作「日」。《干禄字書》：「曝，暴，上通下正。」《龍龕手鏡》日部：「㬥（暴）、杲、曝，三俗；暴，正，備木、蒲報二反，日乾也。」「暴」爲「暴」的增筆字。斯一〇《詩經》：「終風且暴」，斯三一八《洞淵神咒經・斬鬼品》：「子孫暴死」，其「暴」字上亦作「田」。見《敦煌俗字典》[一]。

「陵」，大念佛寺本作「陵」。在日本奈良，平安時代的寫本中「陵」多寫作「陵」或者「愯」，如《東大寺諷誦文稿》第五行「迦陵」説法，「陵」即爲「陵」字[二]。第八十九行「畢愯寺側作舍」，「愯」字亦爲「陵」。敦煌俗字多此寫法，見《敦煌俗字典》[三]。

6　《甘棠》：「蔽芾甘棠，勿翦勿伐，召伯所茇」，「蔽」，大念佛寺本作「蔽」。

7　《采蘩》：「于以用之，公侯之事。」《箋》云：「言夫人於君祭祀而薦此豆也。」「薦」，大念佛寺本作「廌」。《采蘋》：「誰其尸之，有齊季女。」《箋》云：「蓋母薦之，無祭事也。」「薦」大念佛寺本亦作「廌」。此本凡「薦」字皆寫作「廌」，「廌」蓋爲「廌」字之訛變。「廌」爲「薦」的通假字。上博簡二《昔者君老》：「□之必敬，女（如）賓客之事也。君曰：『廌（薦）豐（禮）□。』」[四]

三　大念佛寺本俗字研究爲敦煌俗字研究提供參照補充

在大念佛寺本中，也有一些不見於《干禄字書》、《龍龕手鏡》（高麗本）的寫法。這裏有些是屬於訛變，有些是

〔一〕黄征著《敦煌俗字典》，上海：上海教育出版社，二〇〇五年，十二頁。
〔二〕〔日〕中田祝夫解説《東大寺諷誦文稿》，東京：勉誠社，一九六六年，五頁。
〔三〕黄征著《敦煌俗字典》，南京：江蘇教育出版社，二〇〇五年，二百四十九頁。
〔四〕白於藍編著《簡牘帛書通假字字典》，福州：福建人民出版社，二〇〇八年，一百二十二頁。

增筆俗字。例如，其中的「州」字都寫作「羽」。《關雎》中「在河之洲」的「洲」，寫作「㴸」，《卷耳》：「維以不永傷」《箋》中的「旅酬」的「酬」，作「醐」。「豕」旁則增筆作「豙」。《兔罝》：「椓之丁丁」之「椓」，大念佛寺本作「掾」，《行露》：「何以速我獄」《箋》云：「不以角，乃以咮」一句，大念佛寺本作「不以角，乃以喙」。《龍龕手鏡》（高麗本）口部：「喙，許衛反，口喙也。」「喙」，今作「喙」。

下略舉數例，以供與敦煌俗字比較研究參考。

1 《卷耳》：「我姑酌彼兕觥。」大念佛寺本「兕」作「㒵」。《干禄字書》：「兕、兕、兕，上俗，中通，下正。」「㒵」或爲俗字「光」的誤寫。又，《龍龕手鏡》雜部：「𠑺，俗；光，古；兕，正，徐死反，《山海經》：似牛，蒼黑色。郭璞云：一角，重千斤也。今作兕。《説文》云：象形字。」

2 《樛木》序：「后妃逮下也。」「逮」字大念佛寺本作「逯」，「逯」字或爲「逮」字的俗字「逯」的訛變。《龍龕手鏡》辶部：「逮、遰、逯，三俗；逮，正，徒愛反，及也，興也，行及前也；又徒帝反。」敦煌寫本中多作「逯」。

3 《桃夭》：「灼灼其華」，「灼」字大念佛寺本作「灼」，爲「灼」字的訛變。

4 《兔罝》：「椓之丁丁」，大念佛寺本「椓」字作「掾」。《龍龕手鏡》扌部：「掾，音卓，擊也，推也；又俗音掾。」

5 《兔罝》：「赳赳武夫」，「赳」字大念佛寺本作「赳」。《龍龕手鏡》（高麗本）走部：「赳，音糺，式也。」

6 《汝墳》：「王室如燬」，「燬」，大念佛寺本作「㷄」，爲「燬」的增筆字。

7 《采蘩》：「采」作「菜」。「菜」爲「采」的增筆字。

8 《采蘩》：「被之祁祁」。祁，大念佛寺本左作禾。爲「示」旁與「禾」旁相亂。

9 《殷其靁》：「殷其靁，在南山之陽」《傳》：「靁出地奮，震驚百里。」大念佛寺本「奮」字作「奞」。《干禄字書》：「奮、奮，上通，下正。」《龍龕手鏡》大部：「奞、奮、奮，三俗，奮，正；方問反。進也，動也，振也，起也。又武皃也，又鳥呼欲飛先奮也。」「奞」或爲「奮」字之訛變。「奞」又爲「奪」的俗字「奞」的增筆字。《干禄字書》：「奞，奪，上俗下正。」《龍龕手鏡》大部：「奞，俗；奪、奪，二正，徒活反，失也。」

10 《芣苢》《傳》：「芣苢，馬舄。馬舄，車前也，宜懷任焉。」大念佛寺本作「罘故馬=舄=車前草也」。「芣」有作「罘」者。「罘」爲「芣」字的訛變。

11 《麟趾》《序》「趾」有作「止」者，右旁注「趾」，而詩中「麟之趾，振振公子」則作「趾」。

大念佛寺本有些明顯屬於訛字，却無校正標記。正如内野熊一郎所説，很多都是原本如此，書寫者格外看重自己原有的底本，而没有根據《毛詩正義》改正過來。太田次男也十分强調日本寫本對底本的忠實。他説：「當時，日本人儘量忠實地保持唐抄本原狀的心理作用很强，但有意識地改變本文的事情是絶對没有的。」這一點固然可以從很多抄本的文字得到證實，然而在我們對其進行具體研究的時候，却不能不考慮到這些抄本在形成過程中的域外因素。比如，日本書寫者對於自己所持原本的偏愛會使很多明顯的訛誤得不到及時糾正，周圍精通漢文的學者畢竟人數有限，切磋琢磨的機會較少，以及本民族思維習慣對書寫産生某種干擾，這些因素都有可能增加文字訛誤的幾率。然而，辨明那些訛誤又是相當困難的，我們仍然不能不從與敦煌寫本等相近時代資料的對比中入手，以便逐步深入到探討傳播中的演變的層面中去。

大念佛寺本中下面字的俗化、類化和相混相亂現象，在魏晉南北朝碑文和敦煌寫本中都很常見。

1 《大序》：「皆謂譬喻，不斥言也。」「斥」，大念佛寺本作「厈」，爲增筆俗字。斯二五三六《春秋穀梁經傳》：「斥言桓公以惡莊也。」其中「斥」字作「厈」。「庈」乃「厈」之增筆。「厈」也增筆寫作「庠」。《大序》：「先王之所以教，故系之召公。」《傳》：「先王，斥大王、王季。」大念佛寺本「斥」字作「庠」。

2 《關雎》：「參差荇采，左右流之。」《箋》云：「言后妃將共荇菜之葅，必有助而求之者。」「葅」，大念佛寺本作「菹」。「輾轉反側」，「輾」，大念佛寺本作「轆」。

3 《卷耳》：「采采卷耳，不盈頃筐。」大念佛寺本「頃」誤作「領」。又作「傾」。斯七八九《毛詩詁訓傳・摽有梅》：「摽有梅，傾筐塈之」，「頃」亦作「傾」[一]。「我馬虺隤」，大念佛寺本「虺」寫作「虵」，「虫」、「由」形近而訛。

4 《樛木》序：「樛木，后妃逮下也。言能逮下而無嫉妒之心也。」兩「逮」字，大念佛寺本皆作「逯」。

5 《葛覃》：「爲絺爲綌」，大念佛寺本「綌」誤作「絡」，形近而訛；《葛覃》：「薄汙我私，薄澣我衣。」大念佛寺本「薄」誤作「蒪」。「是刈是濩」，「濩」字大念佛寺本作「潅」。

6 《螽斯》，大念佛寺本「螽」寫作「蚉」，「蚉」爲「蚊」字的俗字。《龍龕手鏡》蟲部：「蚉，俗；蟁、螡，二正；蚊，今音文，蠓蠁之屬也。」「螽斯羽」，「螽」又作「衆」，旁注「螽本」，而不予改正。

7 《桃夭》序：「國無鰥民」，大念佛寺本「鰥」寫作「觫」，「魚」、「角」形近而訛。

8 《甘棠》，「棠」有作「堂」者。

9 《漢廣》：「不可休息」，「休」作「烋」。乃在「休」之别字「烋」之上再加一點。「休」之作「烋」，見北魏《賈思伯碑》、《司馬昞墓誌》[二]。「休」乃會意字，指人在樹下，字下贅加横畫，起指事作用，「一」又改寫爲「巛」。「言秣其駒」，「駒」作「駒」。

10 《采蘋》之「蘋」，有作「蘋」者。同篇「維筐及筥」，「筥」作「莒」，爲竹、艸相混之例。

11 《羔羊》序：「皆節儉正直」，「皆」作「背」，《大序》：「皆謂譬喻，不斥言也。」「皆」亦作「背」。

12 《摽有梅》：「摽有梅，頃筐塈之。」「塈」，大念佛寺本作「䀹」，蓋「概」字的左右位移俗字，而《傳》文中又作「塈」。寫本中這種情况頗多，反映了輾轉傳抄中的文字混亂。

這些大體是照抄底本，或者是在抄寫時無意識寫錯。這説明，大念佛寺本並没有照《毛詩正義》刊本作細緻的校勘。

以上所舉，不過是大念佛寺本俗字的很少一部分，就此也可以看出，它們既可以與我國所保存的歷代《詩經》

[一] 郝春文、金瀅坤編著《英藏敦煌社會歷史文獻釋録》，北京：社會科學文獻出版社，二〇〇六年，一百七十九頁。

[二] 陸明君著《魏晉南北朝碑別字研究》，北京：文化藝術出版社，二〇〇九年，五十九頁。

異文相比較[一]，也可以與敦煌等地保存的俗字材料相對照[二]，以搞清楚俗字的流傳情況，特别是作爲圍繞文字的文化交流的一部分，更有必要深入探討。近年來我國關於中古俗字的研究已經取得了令人矚目的豐碩成果，古代字書如《龍龕手鏡》（高麗本）等儘管可以説收字可觀，但對當時的俗字也不可能網羅無遺，域外保存的漢籍寫本將使我們的眼界更爲開闊，使這方面的研究更爲充實。

四　《毛詩》日本化誦讀的解密

大念佛寺本《毛詩二南》寫本幾乎每一個字的周圍，都佈滿了各種文字和符號，它們有些與中國敦煌出土《毛詩》寫本相近或相同，有些則是那些寫本所没有的。這些文字和符號，向我們呈現的是當時日本人誦讀《詩經》的全部秘密。將這些符號翻譯出來，就更能够理解他們是經過了怎樣艱苦的摸索才創造出這樣一種「快讀」中國典籍的方法。簡單説來，這些文字和符號可以分爲三類：

（一）句讀與圈發符號。這些符號，來自中國古代的句讀和圈發，也有少許改變。字下中間的圓點，表示在此處停頓，便於理解全句。字四周的小圓圈，標示該字的四聲，這沿用了中國的圈發規則，即小圓圈標在字的左小角，表示平聲；標在字的左上角，表示上聲；標在右上角，表示去聲；標在字的右下角，則表示入聲。

（二）訓讀符號。在大念佛寺本《毛詩二南》中，使用了「送り仮名」（用以標注漢語中所没有的テ、ニ、ヲ、ハ等助詞与詞尾變化）、「返り點」（用レ點、一二點來轉化詞序）、「置キ字」（標注日語中不讀出來的漢語虚詞矣、焉、兮、而之類）等方法，將原本只能用漢語誦讀的《毛詩》轉化爲看見文字符號就能讀出日語的文本。在寫本中所見兩字之間中間的連綫「丨」則表示兩字爲一詞，需連讀。字左右兩側的平假名，標注的是該字的訓讀或者音讀。

[一] 陸錫興著《詩經異文研究》，北京：中國社會科學出版社，二〇〇二年，二百二十九—二百三十六頁。
[二] 黄征著《敦煌俗字種類考辨》，載《古文獻研究集刊》第一輯，南京：鳳凰出版社，二〇〇七年，二十七—四十三頁。

（三）校勘符號。即以此爲底本，並以寫本抄寫者手中所有的本子所做校勘而添加的文字和符號。字下中間的小圓圈，表示抄寫中有遺漏，當補上的字一般就書於此號右側。字右側常見的「本无」，「无」爲「無」的俗字，「本無」就表明「一本無此字」。「有本」，則表明「一本有此字」。「一本作某」，則表明此字一本另作別字某。

在這個寫本中還有一些半字轉化的省筆字作爲省代號來注音。如《關雎》：「寤寐求之」，大念佛寺本作「求之」，《傳》：「寤，覺也。」該本作「寤，覺也。」「覺」字旁注「立教」。據筆者考證，「立」字乃「音」字的省筆字，用作讀音的省代號。「教」，即表明「覺」字讀如「教」字。《兔罝》：「公侯干城」，「干」字旁注：「舊户旦反，沈立韓」，此出自《釋文》，「韓」字爲「幹」字之誤。「舊户旦反，沈立韓」，即「干」字舊爲「户旦反」，沈氏《音義》讀作「幹」，「立」，即「音」字，用於標音。宫内廳書陵部所藏《群書治要》寫本中亦多見以「立」代「音」字的，也有少數誤書寫爲「立」的場合。如汲古書院一九九一年影印本第七册卷四十八《時務論》第三三八行至三三九行欄上注「泜」字：「立遲，立丁禮反」，即「一音遲，一音丁禮反。」（二六九頁）

大念佛寺本還用「乀」後字表示讀若日語某字。如大念佛本《周南・卷耳》：「不盈頃（頃）筐」，「頃」字旁注：「經」，意爲「頃」字日語讀若「經」（けい）字。這不同於《釋文》的釋音，因爲《釋文》是「頃音傾」，不是「頃音經」，日語中「頃」、「經」讀音相同。不過這並不是普遍現象，因爲日本讀音主要來自漢語的訓讀，所以大量的標注就出自《釋文》，如《采蘩》：「被之潼潼」，右旁注：「僮本」説明一本「潼」字作「僮」，右旁注「同」，説明「潼」字讀作「同」（ドウ），《毛詩注疏》引《釋文》：「潼音同」。

下面是該寫本中的部分日語標音，括號内筆者所擬日語讀音。「趾」：「止」（シ）；「綏」：「雖」（スイ）；「鰥」：「官」（カン）；「薨」：「公」（コウ）；「萋」：「西」（シ）；「頳」：「貞」（テイ）；「酷」：「国」（コク）；「振」：「真」（シン）；「萍」：「平」（ヘイ）；「鉶」：「刑」（ケイ）；「愒」：「計」（ケイ）；「厭」：「」（ヨウ），等。

那麼，「乀」是什麼意思，又出自何處呢？考慮到上述「乀」字實爲「音」字的省筆字的情況，筆者認爲「乀」可能正是出自「立」字的草體快書，即也是「音」字，從「音」省爲「立」，再快書爲「乀」，反映了寫本追求快捷省事的書寫規律，驗之上面各例皆可通。

最後，謹向同意影印出版本抄本的大阪大念佛寺表示誠摯的謝意。

參考文獻

《毛詩二南殘卷》，《京都帝國大學文學部景印舊鈔本》第十集，京都帝國大學文學部，一九四二年。
〔日〕小川環樹著《清原宣賢〈毛詩抄〉について》，《小川環樹著作集》，第五卷，東京築摩書房，一九九七年，第三十—五十六頁。
〔日〕西崎亨著《大念佛寺藏〈毛詩二南〉残卷の訓點について》，《訓點資料の基礎的研究》，思文閣出版，一九九九年。
〔日〕内野熊一郎著《大念佛寺本鈔寫毛詩傳私考》，《漢文學會會報》，東京教育大學，一六，一九五五年，第一—十一頁。
〔日〕吉川幸次郎著《毛詩正義校定資料解説》，載《東方學報》，京都，第十三册第二分册。又，《吉川幸次郎全集》，第十卷，築摩書房，一九八六年，第四百五十九頁。
〔日〕杉本つとを著《異體字研究資料集成》一期別卷一，東京：雄山閣，一九九五年。
張涌泉著《漢語俗字業考》，北京：中華書局，二〇〇〇年。
張涌泉著《漢語俗字研究》，北京：商務印書館，二〇一〇年。
黄征著《敦煌俗字典》，上海：上海教育出版社，二〇〇五年。
伏俊璉著《敦煌文學文獻叢稿（增訂本）》，北京：中華書局，二〇一一年。
曾良著《敦煌文獻叢札》，杭州：浙江古籍出版社，二〇一〇年。
陸錫興著《詩經異文研究》，北京：中國社會科學出版社，二〇〇二年。

毛詩二南殘卷

大念佛寺抄本毛詩二南殘卷及釋録

以下對大念佛寺本《毛詩二南》使用通行繁體字釋録，以忠實原件、反映文書原貌爲原則，釋文文字以原件爲據。

爲便於對照，特將原件與釋録置於同一頁面，各行編號，逐字釋録。

原件中的俗體、異體字，凡可確定者，一般改爲通行繁體字。有些因特殊情況需要保留者，用〔〕將正字注於該字之下。

原件注爲雙行小字，釋録改爲單行小字。

原件中的筆誤和筆劃增減，一般徑行改正，出入較大者予以保留，用〔〕在該字之下注出正字，並在校記中説明理由。

原件中有倒字號及補字號者，徑改；有廢字號者，不録；有重文符號者，直接補足重疊文字，均不出校；有塗改、修改符號者，只録修改後的文字；不能確定哪個字是修改後應保留的，兩存之。有塗抹符號者，能確定確爲所廢者，不録；不能確定已塗抹的文字，則照録。

原寫於行外的文字，若爲注音或斷句者，以（）徑行補入行中所注字後；原件中注讀音時表示「音」字的「立」符和「乚」，徑改爲「音」字。爲便於區別，釋録對後者用片假名加注日語讀音。原件中的反切和注音多出自《釋文》，偶有用字等不同，可與之對照。

若爲校勘文字，如「有本」、「無本」、「某作」之類，以〔〕補入該字之後；不能確定補於何處者，在校記中予以説明。

原件中的衍文，均保留原狀，但在校記中注名某字或某字衍，並説明理由。

原件中的圈發字一般不予逐字説明。

原件中用於訓讀的假名以及相關符號，如字右下側所注表示顛倒語序的「レ」、「上、中、下」、「一、二、三、四」等，表示二字爲一詞的連字符號、改行號等，一般不録。值得注意的特殊情況，在校記中予以説明。

校記從簡，一般僅對與阮本差別較大的相關文字略作考辨。

應該説明的是，大念佛寺本與敦煌《詩經》寫本的根本不同，在於它是一種文化交流的結晶，承載了中日兩種文化信息。其中用片假名，或片假名、漢字混用標記訓讀的方法（如《小序》中的「言」字用「イフ心」來標讀法，「心」讀作「ココロ」），包含着古代日語與翻譯的重要資料。如《葛覃》中的「澣」，右旁注：「カン」，左旁注：「クハン」，是同一讀音的不同標記，反映了日語標記法的變遷，而《關雎》：「鍾鼓樂之」之「樂」字，用分隔號「乀」相區別，周圍標出了四種讀法，即「タノシハム」、「(タノシ)フ」、「(タノ)シナム」和「(タノシ)キム」；「琴瑟友之」之「友」字，也標出了「トシ」、「トナム」、「トモナリ」和「ユウセン」四種讀法。它們實際上就是詩句的不同譯法。對於大念佛寺本的研究，理應深入到訓讀的層面，並由此展開比較研究，這應是從「國學」範疇的詩經學研究邁向「國際中國學」的詩經學研究的有意義的一步。本次釋録雖然没有或很少涉及訓讀符號，但已提供了影印原件，也就爲今後的課題埋下了伏筆。

1 周南關雎（七胥反）故訓〔一〕傳第一　毛詩國風　鄭氏箋（之先反）
2 《關雎》，后妃之德也。風之始也，所以風（如字，徐福鳳反）化
3 天下而正夫婦也。故用之鄉人焉，用之
4 邦國焉。風，諷也，教也。風以動之，教以化
5 之。詩者，志之所之也。在心爲志，發言爲
6 詩。情動於中而形於言。言之不足，故嗟（音沙，サ）（車，シヤ，江）〔二〕
7 歎（湯賛反）之；嗟歎之不足，故詠（永）〔三〕歌之；詠（永）歌之不足，故（《正義》定本「歌之不足」字有「故」者）

〔一〕「訓」，原作「訉」，通「訓」。《干禄字書》去聲：「訉，訓：上通，下正。」
〔二〕「嗟」字右側所注「乀沙」，意爲音讀如日語漢字「沙」（サ）。左側所注「車，江」，意爲江家將此字讀如日語漢字「車」（シヤ）。
〔三〕「咏」字右上方及重文號右下方的「永」字，意爲該「咏」字讀音同日語漢字「永」（エイ）。

周南關雎故訓傳第一　毛詩國風　鄭氏箋

關雎后妃之德也風之始也所以風化
天下而正夫婦也故用之鄉人焉用之
邦國焉風風也教也風以動之教以化
之詩者志之所之也在心爲志發言爲
詩情動於中而形於言言之不足故嗟
〻歎〻之不足詠〻歌〻之不足故

8 不知手之舞之，足之蹈（徒到反）之也。情發於聲，
9 聲成文謂之音。發猶見也。聲謂宮、商、角、徵、羽也。聲成文者，謂宮、商上（時掌反）下相
10 應也〔者，本〕。治（直吏反）世之音〔絶句〕[一]安以樂〔絶句〕，其政和；亂世之音
11 怨以怒，其政乖；亡國之音哀以思（息吏反），其民
12 困。故正得失，動天地，感鬼神，莫近（其謹反）於詩。
13 先王以是經夫婦，成教〔孝，本〕敬，厚人倫，美教
14 化，移風易俗。故詩有六義焉，一曰風，二

〔一〕「音」字右旁有豎綫「｜」，旁書「絶句」二字，意爲「｜」表示讀時當在此處停頓。

不知手之舞之足之蹈之也情發於聲
ㄑ成文謂之音發猶見也聲謂宮商角徵羽聲成文者謂宮商上下相應也
治世之音安以樂其政和亂世之音
怨以怒其政乖亡國之音哀以思其民
困故正得失動天地感鬼神莫近於詩
先王以是經夫婦成孝敬厚人倫美教
化移風易俗故詩有六義焉一曰風二

15 曰賦，三曰比（必履反），四曰興（虚應反〔一〕，沈許甑反），五曰雅，六曰頌（徐用反）。上
16 以風化下，下以風（福鳳反）刺（音執，シ；七賜）上，主文而譎（古穴反）諫。言
17 之者無罪，聞之者足以自戒（誡，本）。故曰風。風化、
18 風刺皆謂譬喻，不斥言也。主文者，主與樂之宫商相應也。譎諫，詠歌依違不直諫之也。至乎
19 王道衰，禮義廢，政教失，國異政，家殊俗，
20 而變風、變雅作矣。國史明乎得失之迹，
21 傷人倫之廢，哀刑政之苛，吟詠情性以

〔一〕「虚應反」，抄本誤作「虚雁言反」，將「應」字誤作「雁言」兩字。譍，通應。蓋原當作「譍」。《龍龕手鏡》广部：「膺，古。譍，今，於證反，以言對也。」抄本誤將「譍」字分寫爲「雁言」二字。

曰賦·三曰比·四曰興·五曰雅·六曰頌上
以風化下·下以風刺上·主文而譎諫言
之者無罪·聞之者足以自戒·故曰風 風化
風刺皆謂譬喻不斥言也主文者主與樂之
宮商相應也譎諫詠歌依違不直諫之也 至于
王道衰·礼義廢·政教失·國異政·家殊俗
而變風變雅作矣·國史明乎得失之跡
傷人倫之廢·哀刑政之苛·吟詠情性以 苛

風其上，達於事變而懷其舊俗者也。故變風發乎情，止乎禮義。發乎情，民之性也；止〔一〕乎禮義，先王之澤也。是以一國之事繫一人本，謂之風；言天下之事形四方之風，謂之雅。雅者，正也，言王政之所由廢（音陛，ハイ）興也。政有小大，故有小雅焉，有大雅焉。頌者，美盛德之形容，以其成功，告（古毒反）於焉。

〔一〕「止」，原作「𣥂」，通「止」，《干禄字書》上聲：「𣥂，止：上通下正。」

風其上達於事變而懷其舊俗者也故
變風發乎情止乎礼義發乎情民之性
也止乎礼義先王之澤也是以一國之事
繫一人之本謂之風言天下之事形四方
之風謂之雅雅者正也言王政之所由
廢興也政有小大故有小雅焉有大雅
焉頌者美盛德之形容以其成功告於

神明者也。是謂四始，詩之至也。〔四本〕始者，王道興衰之所由也。然則《關雎》、《麟（閭辛反）趾（音止，シ）》之化，王者之風也，故繫之周公。南言化自北而南也。《鵲巢》、《騶（側留反）虞》之德，諸侯之風也。先王之所以教，故繫之召（時照反）公。自，從也。從北而南，謂其化從岐周被江漢之域也。先王，斥大王王季之〔本無〕也。《周南》、《召南》，正始之道，王化之基，是以《關雎》樂得淑女以配（普對反）君子，憂在進賢，不

神明者也是謂四始詩之至也始者王道興衰之所由也

然則關雎麟趾之化王者之風也故繫之周公南言化自北而南也鵲巢騶虞之德諸侯之風也先王之所以教故繫之召公自從也從北而南謂其化從岐周被江漢之域也先王斯太王王季之也

周南召南正始之道王化之基是以關雎樂得淑女以配君子憂在進賢不

淫其色，哀窈窕，思賢才，而無傷善之心焉。是《關雎》之義也。哀，蓋字之誤也。哀當爲衷，衷謂慮〔本無〕中心恕之，無傷善之心，謂好仇〔逑，本〕也。關關雎鳩，在河之洲。興也，關關，和聲也，雎鳩，王雎也。鳥摯（至也）而有别。水中之可居者曰洲。后妃悦樂君子之德，無不和諧（户皆反），又不淫其色，慎固幽深，若雎鳩之有别焉，然後可以風化天下，正〔本無〕夫婦，夫婦有别；夫婦有别，則父子親，父子親則君臣敬；君臣敬，則朝庭正；朝庭正，則王化成。《箋》云：摯之言至也，謂王雎之鳥雄雌情意至也，然而有别也。窈窕淑女，君子好仇〔逑〕。窈窕，幽閒也。淑，善也。仇〔逑〕，匹也。言后妃有關雎之德，是幽閒貞專之善女，宜爲君子之好匹也。《箋》云：怨耦曰仇，言后妃之德無不和諧，則淫其色。哀窈窕，思賢才，而無傷善之心焉。是關雎之義也。哀蓋字之誤也，哀當爲衷。衷謂中心恕之，無傷善之心，謂好逑也。

關關雎鳩，在河之洲。興也。關關，和聲也。雎鳩，王雎也。鳥摯而有別。水中可居者曰洲。后妃悦樂君子之德，無不和諧，又不淫其色，慎固幽深，若雎鳩之有別焉，然後可以風化天下。夫婦有別則父子親，父子親則君臣敬，君臣敬則朝廷正，朝廷正則王化成。箋云：摯之言至也。謂王雎之鳥，雌雄情意至也，然而有別也。

窈窕淑女，君子好仇。窈窕，幽閒也。淑，善也。仇，匹也。后妃有關雎之德，是幽閒貞專之善女，宜爲君子之好匹也。箋云：怨耦曰仇。言后妃之德無不和諧，則

43 幽閒之〔本無〕處深宮貞專之賢善女，能宜爲君子和好衆妾之怨者，言皆化后妃之德，不嫉妒，謂三夫人以下之〔無本〕也。

44 參（初全反）差（楚宜反，移宜反）荇（衡猛反）菜，左右流之。荇菜，接餘（以諸反）也。流，求也。后妃有關雎之德，乃

45 能供荇菜，備庶物，以事宗廟也。《箋》云：左右，助也，言后妃將供荇菜之菹（側於反，阻魚反）必有助而求之者，言三夫人、九嬪（鼻申反，内官反〔名〕）

46 以下，皆樂（音洛，ラケ）后妃事也。窈窕淑女，寤（互路反）寐（莫利反）求之。寤，覺（音教，キョウ）也。寐，寢也。《箋》云：

47 言后妃覺之〔本無〕寐則常求此賢女，欲與之共己職事之〔無本〕也。求之不得，寤

48 寐思服。服，思之也。《箋》云：服，事也。后妃求賢女而不得也〔無本〕，覺寐則思己之職事當誰與爲共之〔無本〕也。

49 悠哉悠哉，輾（哲善反）轉反側。悠，思也。《箋》云：思之哉，思之哉，言己誠思之也。卧而不

幽閒之處深宮貞專之賢善女能爲君子和好衆妾之怨
者言皆化后妃之德不嫉妬謂三夫人以下也
參差荇菜左右流之　荇菜接餘也流求也　后妃有關雎之德乃
能共荇菜備庶物以事宗廟也箋云左右助也言后
妃共荇菜之菹必有助而求之者言三夫人九嬪
以下皆樂　后妃事也　窈窕淑女寤寐求之　寤覺也寐　寢也箋云
言后妃覺之寐則常求此賢女欲　与之共己職事之也　求之不得寤
寐思服　服思之也箋云服事也求賢女而不得也　覺寐則思己之職事當誰与爲共之也
悠ゝ哉ゝ輾轉反側　悠思也箋云思ゝ之ゝ哉　言己誠思之也臥而不

50 周曰輾轉（豬輦反）也。參（初全反）差（初宜反）荇（衡猛反）菜，左右採之。《箋》云：言后妃既得荇菜，必有助而採
51 之者也。窈窕淑女，琴瑟友之。宜以琴瑟友樂之也。《箋》云：同志爲友。
52 言賢女之助后妃供荇菜，其情意乃與琴瑟之志同，供荇菜之時樂必作者（無本）也。參差荇
53 菜，左右芼（莫報反）之。芼，擇也。《箋》云：后妃既得荇菜，必有助而擇之者也。窈
54 窕淑女，鍾鼓樂之。德盛者宜有鍾鼓之樂也。《箋》云：琴瑟在堂，鍾鼓在庭，
55 言共荇菜之時，上下之樂皆作，盛其禮也。
56 《關雎》五章章四句

凋曰轉輾也

參差荇菜，左右采之。箋云：言后妃既得荇菜，必有助而采之者也。

窈窕淑女，琴瑟友之。宜以琴瑟友樂之也。箋云：同志爲友。言賢女之助后妃共荇菜，其情意乃與琴瑟之志同，共荇菜之時，樂必作者也。

參差荇菜，左右芼之。芼，擇也。箋云：后妃既得荇菜，必有助而擇之者也。

窈窕淑女，鍾鼓樂之。德盛者宜有鍾鼓之樂也。箋云：琴瑟在堂，鍾鼓在庭。言共荇菜之時，上下之樂皆作，盛其禮也。

關雎五章，章四句

《葛覃（徒南反）》，后妃之本也。后妃在父母之家，則志在於女功之事。躬儉節用，服澣（户管反）濯（直角反）之衣，尊敬師傅，則當可以歸安〔寧〕父母，化天下以〔成也〕，婦道也。躬儉節用，由於師傅之教訓，而後言尊敬師傅者，欲見其性亦自然也。可以歸安父母，言嫁而得意猶不忘孝之。葛之覃兮，施（毛以豉反，鄭如字）于中谷。維葉萋（切兮反）萋（音西，サイ）。興也。覃，延也。葛所以爲絺綌，女功之事，煩辱者也。施，移也。中谷，谷中也。萋萋，茂盛貌也。《箋》云：葛者婦人之所有事也。此因葛之形〔本無〕性以興焉。興焉者，葛莛蔓於谷中，諭女在父母之家則形體浸（子鴆反），浸曰長大也。其葛覃，后妃之本也。后妃在父母之家，則志在於女功之事，躬儉節用，服澣濯之衣，尊敬師傅，則可以歸安父母，化天下以婦道也。

躬儉節用，由於師傅之教，而後言尊敬師傅者，欲見其性亦自然也。可以歸安父母，言嫁而得意，猶不忘孝之。

葛之覃兮，施于中谷，維葉萋萋。

興也。覃，延也。葛所以爲絺綌，女功之事煩辱者也。施，移也。中谷，谷中也。萋萋，茂盛貌。箋云：葛者，婦人之所有事也。此因葛之形性以興焉。葛者，葛延蔓於谷中，喻女在父母之家，則形體侵浸日長大也。其

[illegible]

64 葉淒淒然，喻其女容色之美盛也。黄鳥于飛，集於灌（古玩反）木，其鳴

65 喈（音皆，カイ）喈。黄鳥，摶黍也。灌木，藂木也。喈喈，和聲之遠聞者。《箋》曰：葛延〔莚，本〕蔓之時，則摶黍飛鳴，亦因以興

66 焉。飛集藂木上〔本無〕，興女有嫁於君子之道也。和聲遠聞，興女才美之稱達於遠方也。葛之覃

67 兮，施于中谷，維葉莫莫（美摶反）。莫莫，成就之皃〔貇本〕也。《箋》云：成就者，其可采用

68 之時也。是刈（魚廢反，又作艾）是濩（户郭反），爲絺（恥其反）爲綌（去逆反），服之無斁（音亦，切作斁，羊益反）。

69 濩，煮（諸與反）也。精曰絺，粗〔一〕（倉胡反，《唐韻》曰：疎也，大也，不精也）曰綌也。斁，猒也。古者王后親織玄紞（都敢反，都覽反），公侯
夫人織紘（音黄，コウ）綖（音延，エン），卿之内子織〔本無〕大〔或作玄〕帶，大夫命婦織〔本無〕祭

70 服，士妻朝服，庶士以下各衣（於既反）其夫。《箋》云：服，整也。女在父母之家，未知將存所適，故習之以絺綌煩辱之事，

〔一〕「粗」，原作「鹿」，爲「麁」字之訛。《干禄字書》平聲：「麁、麆、麤：上中通下正。此與精粗義同。今以粗音才古反，相承已久。」

萋々葉凄々然喩其女
容色之美盛也
黃鳥于飛集于灌木其鳴
喈々 黃鳥摶黍也灌木叢木也喈々和聲之遠聞也箋曰葛近蔓之時則摶黍飛鳴亦曰以興
焉飛集叢木興女有嫁於君子之道也和聲遠聞興女才美之稱達於遠方也
葛之覃
兮施于中谷維葉莫々 莫々成就之皃也箋云成就者其可采用之時也
是刈是濩爲絺爲綌服之無斁
濩煑也精曰絺麤曰綌也斁猒也古者王后親織玄紞公侯夫人織紘綖卿之內子織大帶大夫命婦織祭服士妻朝服庶士以下各衣其夫箋云服整也女在
父母之家未知將所適故習之以絺綌煩辱之事

71 乃能整治之無厭倦，是其性貞專之也。言我告師氏，言告言歸。言，我
72 也。師氏，女師也。古者女師教以婦德、婦言、婦容、婦功。祖廟未毁，教于公宫三月；祖廟已毁，教于宗室。婦人謂
73 嫁曰歸。《箋》云：我告師氏者，我見教告於女師也，教告我以嫁適人之道也。重言言者，尊重師教也。公宫宗室
74 於族人皆爲貴之〔本無〕也。薄汙（音烏）〔一〕我私，薄澣我衣。汙，煩也。私，燕服也。婦人有
75 副褘（盧韋反，貴也）盛飾，以朝事舅姑，接見宗廟，進見於君子，其餘則私也。《箋》云：煩，煩撋（而專反）之也，用功深也〔本無〕。澣謂濯
耳。衣謂褘衣以
76 下至褖（吐亂反，六服之最下）衣之〔本無〕也。曷（户葛反）澣曷否（方九反），歸寧父母。曷，何也。私服宜澣，公服宜否也。寧，安
77 也。父母在則有時歸寧爾。《箋》云：我之衣服，今者何所當見澣乎？何所當否乎？言常自潔清以事君

〔一〕「汙」字右旁注「于烏反」。蓋誤寫「立」（音）又下增一「反」字。《釋文》：「汙，音烏。」

乃能整治之無厭倦
是其性貞專之也

言我告師氏，言告言歸。

言我
也。師氏，女師。古者女師教以婦德、婦言、婦容、婦功。祖
廟未毀，教于公宮三月；祖廟已毀，教于宗室。婦人謂
嫁曰歸。箋云：我告師氏者，我見教告於女師也。教告
我以嫁適人之道。重言我者，尊重師教也。公宮宗室，
於族人皆為
貴之也。

薄汙我私，薄澣我衣。

汙，煩也。私，褻
服也。婦人有
副褘盛飾，以朝事舅姑，接見宗廟，進見於君子，其餘則
私也。箋云：煩，煩撋之也，用功深。澣，謂濯耳。衣，謂褘衣以
下至褖
衣之也。

害澣害否，歸寧父母。

害，何也。私服宜澣，
公服宜否也。寧，安
也。父母在，則有時歸寧耳。箋云：我之衣服，今者何
所當見澣乎？何所當否乎？言常自潔清以事君子。

78 子也耳〔本無〕。

79 《葛覃》三章章六句

80 《卷（眷免反）耳》，后妃之志也。又當輔佐君子

81 求賢審官，知臣下之勤勞，内有進賢

82 之志，而無險詖（被寄反，妄加人以罪）私謁（險詖者，情實不正，舉惡爲善之辭也。私謁者，婦人有寵，多私薦親戚也）之心，朝夕

思念至於

83 憂勤。謁，請也。采采卷耳，不盈傾（音經，ケイ）筐（起狂反）。憂者之興也。采

84 采，事采之也。卷〔《唐韻》作菤，《玉篇》作菤〕耳，苓耳也。傾筐，畚（音本，ホン，草器也，或作畚）屬也〔本無〕，易盈之器也〔器之〕。《箋》

云：易盈而不盈者，志在輔佐

子也

耳

葛覃三章〻六句

卷耳后妃之志也又當輔佐君子

求賢審官知臣下之勤勞内有進賢

之志而無險詖私謁之心朝夕思念至於

被寄反妄加又岥音詖

險詖者情實不正譽惡爲善之辭也私謁者婦人有寵多私属親戚也

憂勤 謁請也

采〻卷耳不盈頃筐 憂者之興也采〻

采事〻采之也卷耳苓耳也傾筐畚屬也易

苓音零卷耳草名也或作蒼

盈之器也箋云易盈而不盈者志在輔佐

85 君子，憂思深也之。嗟懷我人，寘（之豉反）彼周行（户康反）。懷，思也。寘（音思，シ），置也。
86 行，列也。思君子官賢人，置之周之列位也。《箋》云：周之列位，謂朝庭之臣也。陟彼崔（徂回反）
87 嵬（五回反），我馬虺（呼回反）隤（徒廻）。陟（音勅，チヨケ），升也。崔嵬，云山之戴石者也。虺隤，病也。《箋》云：我，我使臣也。臣
88 以兵役之事行出，離〔一〕其列位，身勤勞於山險而其〔本無〕馬又病〔二〕，君子宜知其然也。我姑酌
89 彼金罍（慮廻反，酒罇也。《禮記》云：夏曰山罍，其形似壺，容一斛，刻而畫之，爲雲靁之形也），維以不永懷。姑，且（七也反）也。人
君黃金罍。永，長。《箋》云：我，我
90 君也。臣出使功成而反，君且當設饗燕之禮，與之飲酒以勞之，我則以之不復長憂忍〔思本〕也，言且者，君賞
91 功臣或多於此者也。陟彼高罡（古康反，又作岡），我馬玄黃，我姑酌

〔一〕「離」字右旁注標此本讀作「ハナル」，左旁注標清原家讀法：「シテ，清」，即清原家讀作「ハナシテ」。

〔二〕「病」字右旁注：「又」，意爲此本讀作「ヤマヌ」，左旁注：「タリ，清」，意爲清原家讀作「ヤミタリ」。考靜嘉堂文庫藏清原宣賢鈔本《毛詩鄭箋》「病」字右旁注「ヤミ」。

君子憂思深也之嗟我懐人寘彼周行懐思也寘置也行列也君子官賢人置之周之列位也箋云周之列位謂朝廷臣也陟彼崔嵬我馬虺隤陟升也崔嵬土山之戴石者也虺隤病也箋云我〻使臣也臣以兵役之事行出離其列位身勤勞於山險而其馬又病君子宜知其然也我姑酌彼金罍維以不永懐罍迴反酒罇也礼記云箋曰手罍正其形似壺容一石刻而畫之為雲雷之形也姑且也人君黄金罍永長箋云我〻君也臣出使功成而反君且當設饗燕礼与之飲酒以勞之我則以之不復長憂思也言且者君賞功臣或多於此者也陟彼高岡我馬玄黄我姑酌

92 彼咣（徐履反）觵（古黄反），維以不永傷〔思也〕。山脊曰岡。玄馬病則黄。咣觵，咣〔罸爵也。以咣角爲之。又作觵。《韓詩》云容五升，《禮圖》云容七升〕

93 角〔䚡，本〕，爵也。《箋》云：此章爲意不盡申慇懃也。咣觵〔觥本〕罸爵也。饗燕之禮〔或無禮字〕所以有之者，禮自立司正之後，旅酬〔或作醻〕必有

94 醉而失禮者，罸之，亦所以爲樂也。陟彼砠（音書，シヨ）（七餘反）〔或作𥓓〕矣，我馬屠（音徒，ト；又作瘏）矣，我

95 僕痡（芳扶反，普敷反）矣，云何吁（香於反）矣。石山戴土曰岨。瘏，病也。痡，亦病也。吁，憂也。《箋》云：此章

96 言臣既懃勞於外，僕馬皆病，如今亦云何乎，其亦憂矣。深閔之辭也。

97 《卷耳》四章章四句

98 《樛（居虬反）木》，后妃逮（徒戴反，徒帝反）下也，言能逮（徒戴反）下而無嫉

彼兕觵維以不永傷　兕谷曰罡云馬爵爵也以兕角為之又作觵病則黄兕觵兕觵薛詩云容五升礼圖云容七升

角爵也箋云此章為意不盡申慇懃也兕觵爵觵爵也饗燕所以有之者礼自立司正之後旅醻必有醉而失礼者罰之亦所以為樂也

陟彼砠矣我馬瘏矣我僕痡矣云何吁矣　石山戴土曰砠瘏病也痡亦病也吁憂也箋云此章言臣既懃勞於外僕馬皆病如今亦云何乎其亦憂矣深閔之辭也

卷耳四章章四句

樛木后妃逮下也言能逮下而無嫉妬

99 妬之心也。〔后妃能和諧衆妾，不嫉妬其容貌，恒以善言逮下而安之。〕南有樛木，葛藟（力追反）纍（類軌反，纏繞也）之。興也。
南，南土也。
100 木下曲曰樛。南土之葛藟盛。《箋》云：木枝以下垂之故（故，本）〔一〕，之葛也，藟蔓（本無）也。得藟蔓之而上下俱
101 盛。興者，諭后妃能以意下逮衆妾，使得其次叙，則衆妾上附事〔二〕之而禮義亦俱盛也。南土，
102 謂荆楊之域也。樂只（之，或猶是也）君子，福履綏（音雖，スイ）之。履，禄也。綏，安也。《箋》云：
103 后妃妾以禮義相與和同（本無），又能以禮樂樂其君子，使爲福禄所安也。南有樛
104 木，葛藟荒之。樂只君子，福履將之。
105 荒，奄也。將，大也。《箋》云：此章申慇懃之意也。將，猶借扶助之（本無）也。南有樛木，

〔一〕「之」字右旁注重文號，下有「本」字，意爲一本作「故葛也」云云。此與阮本同。

〔二〕「事」字左下旁注：「ヘテ，清」，意爲此「事」字清原家讀作「事ヘテ」。考静嘉堂文庫藏清原宣賢抄本《毛詩鄭箋》此「事」字讀作「ツカヘ」。大念佛寺此本「事」字右旁注：「ツカツリ」，與清原家讀法不同。

妬之心也。南有樛木，葛藟纍之。后妃能和諧衆妾不嫉妬其容貌恒以善言逮下而安之 纍纏綿也 類軌反 興也。南，南土也。

木下曲曰樛。南土之葛藟盛。箋云：木技以下垂之故，之葛也藟蔓也得藟蔓之，而上下俱盛。興者，諭后妃能以意下逮衆妾，使得其次叙，則衆妾上附事之，而礼義亦倶盛也。南土謂荊揚之域也。

樂只君子，福履綏之。履，禄也。綏，安也。箋云：后妃妾以礼義相与和同，又能以礼樂〻其君子，使爲福禄所安也。

南有樛木，葛藟荒之。樂只君子，福履將之。荒，奄也。將，大也。箋云：此章申慇懃意也。將猶扶助之也。

南有樛木

106 葛藟縈（烏營反）之，樂（音岳，カク）只君子，福履成之。

107 縈（音嬰，エイ），旋也。成，就也、

108 《樛木》三章章四句

109 《螽（音終，シウ）斯》，后妃子孫衆多也，言若螽斯

110 不妬忌，則子孫衆多也。忌有所諱惡於人也。

111 衆（螽，本）斯羽，詵（所巾反，音真）詵兮。衆（螽）斯蜙（宗也，粟容反）蝑（粟居反。上相容反，下相閭）也。詵詵，衆多貌。《箋》云：凡物有陰陽情慾者，無

112 不妬忌，唯蜙蝑不爾（又作然）耳，各得受氣而生子，故能詵詵然衆多。后妃之能如此（是，本），則亦然也。宜爾

葛藟縈之樂只君子福履成之

縈旋也

成就也

樛木三章章四句

螽斯后妃子孫衆多也言若螽斯不妬忌則子孫衆多也忌有所諱惡於人也

螽斯羽詵詵兮螽斯蚣蝑也詵詵衆多箋云凡物有陰陽情慾者無不妬忌唯蚣蝑不爾各得受氣而生子故能詵詵然衆多后妃之德能如此則亦宜爾

113 子孫振（之申反）振兮。振振，仁厚貌也。《箋》云：后妃之德，寬容不嫉妬，則宜汝之子孫使其
114 無不仁厚也。螽斯羽，薨（呼弘反，音公，コウ）薨兮，宜爾子孫繩繩兮。
115 薨薨，衆多也。繩繩，戒（音皆，カイ）慎也。衆斯羽，揟（子入反，又側立反，音拾，シフ）揟兮，宜爾子孫
116 蟄（尺十反，師説音直立反）蟄兮。揖〔一〕揖，會聚也。蟄蟄，和集也。
117 《螽斯》三章章四句
118 《桃夭〔二〕（於驕反；夭，ヨウ）》，后妃之所致也。不妬忌則男
119 女以正，婚姻（音殷，イン）以時，國無鰥〔三〕（古頑反）民焉。老無

〔一〕「揟」，原作「捐」，「揖」的俗字。《新集藏經音義隨函録》：「揖，捐（59／736c）。」
〔二〕「夭」，原作「丢」，「夭」的俗字。《新集藏經音義隨函録》：「夭：丢（59／638a）。」
〔三〕「鰥」，原作「鱌」，「鰥」的訛俗字。《新集藏經音義隨函録》：「鰥：鱌（59／768c）。」

子ゝ孫ゝ振ゝ兮
振ゝ仁ゝ厚皃也箋云后妃之德寬ゝ容不嫉ゝ妬ゝ則宜汝之子ゝ孫ゝ使其無不仁厚也
螽斯羽薨ゝ兮宜爾子孫繩ゝ兮
薨ゝ衆多也
繩ゝ戒慎也
衆斯羽揖ゝ兮宜爾子孫蟄ゝ兮
揖ゝ會聚也
蟄ゝ和集也

螽斯三章ゝ四句

桃夭后妃之所致也不妬忌則男女以正婚姻以時國無鰥民焉
老無

妻曰鱞（音官，カン，鰥，本）也。桃之夭夭，灼灼其華。興也。桃有花之盛者也，夭夭其小〔少〕壯也。灼灼，華之盛之〔也，本〕。《箋》云：興者，喻時婦人皆得以年盛時行也。之子于歸，宜其室家。之子，嫁子也。于，往也。宜下以有室家無逾時者也。《箋》云：宜者謂男女年時俱相當也。桃之夭夭，有蕡（浮雲反）其實。蕡，實貌也。非但有花色，又有婦德也。之子于歸，宜其家室。家室，猶室家也。桃之夭夭，其葉蓁蓁（側巾反）蓁。蓁蓁，至盛貌也。有色有德，形體至盛也。之子于歸，宜其家人。一家之人，盡以爲宜也。《箋》云：家人猶室家也。

夭・曰䑛也

桃之夭ゝ・灼ゝ其華 興也・桃有・花之盛者也夭ゝ其小壯也灼ゝ華之盛之箋云興者踰時婦人皆得以年盛時行也

之子・于歸宜其室家 之子嫁子也于往也宜以有室家無途時箋云宜者謂男女年時俱相當也

桃之夭ゝ有蕡其實 蕡實皃非但有花色又有婦德也

之子・于歸・宜其家室 家室猶室家也

桃之夭ゝ其葉・蓁ゝ 蓁ゝ至盛皃也有色有德形體至盛也

之子・于歸・宜其家人 一家之人盡以爲宜也箋云家人猶室家也

127 《桃夭》三章章四句

128 《菟（他故，又作兔）罝（子斜反，又子予反）（音車，シヤ）》，后妃之化也。《關雎》之化行，則民

129 莫不好（呼報反）德，賢人衆多也。肅肅菟罝，

130 椓（陟角反）之打（陟耕反）打。肅肅，敬也。菟罝，菟罟也。椓，打打，椓杙（羊職反，本又作弋，羊職反）聲〔也〕。《箋》云：罝菟之人爲

〔本無〕鄙（音比，ヒ）賤（音善，セン）之事，猶能恭敬，則是賢

131 者衆多也。赳（居黝反）赳武夫，公侯干（如舊，户旦反，沈音韓）〔一〕城。赳赳，武貌也。幹，扞（户旦反）也。《箋》云：干也，城也，皆所

132 以禦（魚吕反）此難（乃旦反）也。此菟罝之人賢者也，有武力任爲將（子匠反）率〔帥，本〕（沈所愧反，色類反）之德，諸侯可任（而鴆反）以國

守，扞城其民，折衝〔美也〕禦難於未然之〔本無〕也。

133 肅肅菟罝，施〔如記〔二〕，以豉〕於中逵（求歸反）。逵，九達道之也。赳赳武

〔一〕《釋文》：「沈音幹。」日語「韓」、「幹」皆讀作「カン」。

〔二〕「記」疑爲「字」之訛。《釋文》：「施，如字。」

桃夭三章〻四句

兔罝后妃之化也關雎之化行則民
莫不好德賢人衆多也
肅〻兔罝
椓之打〻
肅〻敬也兔罝兔罟也打〻椓杙聲也箋云罝兔
之人爲鄙賤之事猶能恭敬則是賢
者衆
多也
赳〻武夫公侯干城
赳〻武貌也干扞也
箋云干也城也皆
以禦難也此兔罝之人賢者也有武力任爲將帥之德諸
侯可任以國守扞城其民折衝禦難於未然之也
肅〻兔罝施于中逵
逵〻九達
道之也
赳〻武

夫，公侯好仇。《箋》云：怨偶曰仇。此罝菟之人，賢者也。敵國有來侵伐者，可使和好之，亦言賢之也。肅肅菟罝，施于中林。中林，林中也。赳赳武夫，公侯腹心。可以制斷公侯之腹心也。《箋》云：此罝菟之人於行侵〔征〕伐之〔事，本〕，可以爲策〔音作，サク〕謀之臣，使之慮無。亦攻〔音公，コウ〕，言賢也。

《菟罝》三章章四句

《芣〔音浮，フ〕苡〔又作苢，以〕》，后妃之美也。天下〔或本無天下〕和平，則婦人樂有子矣。和平，天下和而〔本無〕政教平也。采采芣苢，薄言

夫公侯好仇　箋云怨偶曰仇此罝兔之人賢者也敵國有來侵伐者可使和好之亦言賢之也

肅〻兔罝施于中林　中林〻中也　赳〻

武夫公侯腹心　可以制斷公侯之腹心也箋云此罝兔之人於行侵伐之事可以爲策謀之臣使之慮無亦政言賢也

兔罝三章〻四句

芣苡后妃之美也天下和平則婦人　和平天下和

樂有子矣　而政教平也　采〻芣苡薄言

141 采之。采采非一辭也。罘〔芣苢本〕，故馬舃（胥備反）。馬舃，車前草也。宜懷任（入浸反）焉。薄，辭也。采，取也。《箋》云：薄言猶我薄
也。
142 采采芣苢，薄言掇〔有本〕之。掇〔有，本〕，拾〔藏本〕也。采采芣
143 苢，薄言捋之（掇，本。都奪反；又智劣反）。捋〔掇〕，取〔拾，本〕也。采采芣苢，薄言
144 拮（力活反）之〔捋之，本〕。拮〔捋，取也。本〕，執秹〔衽，本〕也。采采芣苢，薄言擷（户結反）〔一本作襭〕（扱，測洽反；秹，入錦反，又
西鳩）
145 曰擷也。采采芣苢，薄言袺〔音結，ケイ〕袺，執衽也。
146 《芣苢》三章章四句
147 《漢廣》，德廣所及也。文王之道被（皮義反）于南

采之采〻非一辭也。罘苡馬舄〻車前草也。宜懷妊焉。薄辭也。采取也。箋云：薄言猶我薄也。

采〻罘苡·薄言·掇之掇拾也。采〻罘苡·薄言捋之捋取也。采〻罘苡·薄言袺之袺執衽也。采〻罘苡·薄言擷之扱衽曰擷也。

采〻芣苢薄言袺袺執衽也

罘苡三章〻四句

漢廣德廣所及也。文王之道被于南

國，美化行乎江漢之域，無思犯禮，求
而不可得者也。紂時淫風大行，遍（補縣反）於天下，唯江漢之域先受文
王之教化也。南有喬（渠驕反）木，不可休息。漢有游
女，不可求思。興也。南方之木美，喬木上竦也。思，辭也。漢上在游女無爾思
求者也。《箋》云：不可求者，本有可求道也。木以高其枝葉之故，故人不得就而止息，興者諭
女雖出遊於流水之上，人無欲求犯禮者，亦由女貞潔使之然也。漢之廣矣，不
可泳（音詠，エイ）思。江之永矣，不可方思。潛行爲泳也〔本無〕。永

國美化行乎江漢之域無思犯礼求
而不可得也 紂時淫風大行遍於天 下維江漢之域先受文
王之教 化也
南有橋木不可休息漢有游
女不可求思 興也南方之木僑橋木上竦 也思辭也漢上在游女無思
求者也箋云不可求者本有可求道也木以 高其枝葉之故人不得就而止息興者諭
女雖出遊於流水之上人無欲 求犯礼者亦由貞絜使之然也 漢之廣矣不
可泳思江之永矣不可方思 潛行爲 泳也永

也，長也。方，泭（芳乎反）也。《箋》云：漢也，江也。其欲度之，必有潛行乘泭之道，今以廣長之故，故不可度。又諭女之貞潔，犯禮而往將不至焉之（二字本無）也。翹（求腰反，祁遥反，又其堯反）翹錯薪，言刈其楚。翹翹，薪貌也。錯，雜也。《箋》云：楚雜薪之中，尤長翹翹者，我欲刈取之，以諭衆女皆貞潔，我又欲取其中尤高潔者也。之子于歸，言秣（莫曷反）其馬。秣（音末，マツ），養也。六尺以上曰馬。《箋》云：之子，是子也。謙不敢斥其適己，於是子之嫁，我願秣其馬，致禮餼，示有意也。漢之廣矣，不可泳思。江之永矣，不可方思。翹翹錯薪，言刈其蔞（力俱反）。蔞，草也。長也。方，附也。箋云：漢也、江也，其欲度之，必有潛行、乘附之道。令以廣長之故，不可度。又諭女之貞潔犯礼而往，將不至焉之也。

翹翹錯薪，言艾其楚。

翹翹，薪狼也。錯，雜也。箋云：楚，雜薪之中尤長翹翹有，我欲艾取之，以諭衆女皆貞潔，我又欲取

之子于歸，言秣其馬。

其中尤高潔者也。秣，養也。六尺以上曰馬。箋云：之子，是子也。謙不敢斥其適己，於是子之嫁，我願秣其馬，致礼餼，示有意也。

漢之廣矣，不可泳思。江之永矣，不可方思。翹翹錯薪，言艾其蔞。

162 中翹翹然者也。之子于歸，言秣其駒。五尺以下曰駒也。
163 漢之廣矣，不可泳思。江之永矣，不
164 可方思。
165 《漢廣》三章章八句
166 《汝墳（符紛反）》，道化行也。文王之化行乎汝墳
167 之國，婦人能閔（蜜謹反）其君子，猶勉之以正也。
168 言此婦人被文王之化，厚事其君子之也〔二字本無〕。遵彼汝墳，伐其條

中翹之子于歸言秣其駒 五尺以下曰駒也 〻然音也

漢之廣矣不可泳思江之永矣不可方思

漢廣三章〻八句

汝墳道化行也文王之化行乎汝墳之國婦人能閔其君子猶勉之以正也 言此婦人被文王之化厚事其君子之也

遵彼汝墳伐其條

169 枚（眉杯反，妹回）。遵〔順也〕，循〔音巡，ジュン〕也。汝，水名也。墳，大防也。枝曰條，幹曰枚。《箋》云：伐薪汝水之側，非婦人之事也，以言己

170 之君子賢者也，而處勤勞之職，亦非其事也〔本無〕。未見君子，惄（乃的反，又作）〔一〕如

171 調（張留反）〔本又輖〕飢。惄〔惄，本〕，飢意也。調（張留反），朝也。《箋》云：惄，思也。未見君子之時，如朝飢之思食也。遵彼

172 汝墳，伐其條肄（以自反）。肄，餘也，斬而復生曰肄也。既見君子，

173 不我遐棄。既，已也。遐，遠也。《箋》云：既見君子，君子反於己，反也得之〔本無〕見之，知其不遠棄我死

174 亡，於思則愈，故下章而勉。魴魚赬尾，王室如燬。赬（音貞，チン），赤也。魚勞則

175 尾赤。燬（音鬼，キ），火也。《箋》云：君子仕於亂世，其顔色瘦（色救反）病如魚勞尾赤也。所以然者，畏王室之酷（音固，コ）烈也。是時紂存也。

〔一〕「乃的反」，《釋文》作「乃歷反」。下「又作」下脱一字。

枚。遵，循也。汝，水名也。墳，大防也。枝曰條，幹曰枚。
箋云：伐薪汝水之側，非婦人之事也，以言己
之君子賢者，而處勤勞之 未見君子，惄如
職，亦非其事也。
調飢。惄，飢意也。調，朝也。箋云：惄，思也。
未見君子之時，如朝飢之思食也。遵彼
汝墳，伐其條肄。肄，餘也。斬而復生曰肄也。既見君子，
不我遐棄。既，已也。遐，遠也。箋云：既見君子，反
於己，反得之見之，知其不遠棄我死
亡於思則愈。魴魚赬尾，王室如燬。赬，赤也。魚勞則
故下章而勉之。
尾赤。燬，火也。箋云：君子仕於亂世，其顏色瘦病，如魚
勞尾赤也。所以然者，畏王室之酷烈，是時紂存也。

176 雖則如燬，父母孔邇。孔，甚也。邇，近也。《箋》云：避此勤勞之處，或時

177 得罪，父母甚邇，當念思之，以免於害，不能爲疏遠者計也。

178 《汝墳》三章章四句

179 《麟（吕辛反）之趾》，《關雎》之應也。《關雎》之化行，則

180 天下無犯非禮，雖衰世之公子皆信

181 厚如麟〔趾，摺本〕〔一〕之時也。《關雎》之時，以麟爲應，後世雖衰，猶存《關雎》之化者，君子宗族，猶尚振（者申反）振然，有

182 似麟應之時，無以過之〔本無〕也。麟之趾，振（音真，シン）振公子。興也。趾，足也。麟信而應禮

〔一〕「摺本（ショウホン）」，一指摺疊之書，一指印本。此指從中國傳入日本的刻本。阮本此句作「皆信厚如麟趾之時也」。

雖則如燬，父母孔迩。孔甚也。迩近也。箋云：避此勤勞之處，或時得罪父母，甚迩，當念思之，以免於害，不能爲疏遠者計也。

汝墳三章〻四句

麟之止，關雎之應也。關雎之化行，則天下無犯非礼，雖衰世之公子皆信厚如麟之時也。關雎之時以麟爲應，後世雖衰，存關雎之化者，君子宗族尚振〻然，有似麟應之時，無以過之也。

麟之趾，振〻公子。興也。趾，足也。麟信而應礼。

183 而應以足至者也。振振，信厚也。《箋》云：興者，諭今公子亦信厚與禮相應，有似於麟之時也。于嗟

184 麟兮。于嗟，歎辭之也。麟之定，振振公性〔姓，本〕。定，題（待泥反）也。公性〔姓，本〕，公同姓也。

185 于嗟麟兮。麟之角，振振公族。麟角所以表其德也。

186 公族，公同祖〔姓也，本〕。《箋》云：麟角之末有完象，有武而不可用之〔本無〕也。于嗟麟兮。

187 《麟趾》三章章三句

188 周南之國十有一篇卅六章百五十九

189 句凡三千九百六十三字

而應以足至者也振振信厚也箋云興者諭
令公子亦信厚与礼相應有似於麟之時也
于嗟麟兮 于嗟歎辭也
麟之定振振公性 姓本 定題也 詩淺 公性 姓本 公同姓也
于嗟麟兮
麟之角振振公族 麟角所以表其德也
公族公同祖也箋云麟角之末有完象有武而不用之也
于嗟麟兮
麟趾三章章三句
周南之國十有一篇卅六章百五十九
句 凡三千九百六十三字

190 召南鵲巢故訓傳第二　毛詩國風　鄭氏箋

191 《鵲（七略反）巢》，夫人之德也。國君積行（下孟反）累（劣蘗反）功以致

192 爵位，夫人起家而居有之。德如鳲鳩，乃

193 可以配人君〔君子也，本〕。起家而居有之者〔本無〕，謂嫁於諸侯焉。夫人有均一之德，如鳲鳩然

194 而後可以配國君者〔本無〕也。惟〔維，本〕鵲有巢，惟鳩居之。興也。鳩，鳲鳩。鳲

195 鳩，桔（古八反，又吉）鞠也。鳲鳩不自爲巢，居鵲之成巢。《箋》云〔曰〕：鵲之作巢，冬至架之，至春分乃成，猶國君積行累功，故以興焉。興
者。

196 鳲鳩因鵲成巢而居有之，而有均壹之德，猶國君夫人來嫁，居君子之室，德亦宜然。室者〔本無〕，謂燕寢也。之子

邵南鵲巢故訓傳第二　毛詩國風　鄭氏箋

鵲巢夫人之德也國君積行累功以致爵位夫人起家而居有之德如鳲鳩乃可以配人君

君子也本　起家而居有之者謂嫁於諸侯

言夫人有均一之德如鳲鳩然而後可以配國君者也

惟鵲有巢惟鳩居之

興也鳩鳲鳩秸鞠也鳲鳩不自爲巢居鵲之成巢箋云鵲之作巢冬至架之至春乃成猶國君積行累功故以興〻焉者鳲鳩因鵲成巢而居有之而有均壹之德猶國君夫人來嫁居君子之室德亦宜然室者謂燕寢也

之子

197 于歸，百兩訝之。百兩，百乘也。諸侯之子〔女〕嫁於諸侯，送迎百乘。《箋》云：之子，是
198 子也。訝，迎也。是子如鳲鳩之德，其往嫁也，家人送之，良人迎之，車皆百乘，象有百官之盛也。惟鵲
199 有巢，惟鳩方之。方，有之也。之子于歸，百兩
200 將之。將，送也。惟鵲有巢，惟鳩盈之。盈，滿也。
201 《箋》云：滿者，言衆媵姪娣（徒帝反）之多之〔本無〕也。之子于歸，百兩成之。
202 能成百兩之禮也。《箋》云：是子有尸鳩之德，宜配國君，故以百兩之禮送迎成也。
203 《鵲巢》三章章四句

于歸百兩。訝之

百兩百乘也諸侯之子嫁於諸侯送迎百乘箋云之子是子也訝迎也是子如鳲鳩之德其往嫁也家人送之良人迎之車皆百乘象有百官之盛也

惟鵲有巢惟鳩方之

方有之也

之子于歸百兩將之

將送也

惟鵲有巢惟鳩盈之

盈滿也箋云滿者言衆媵姪娣之多也

之子于歸百兩成之

能成百兩之礼也箋云是子有尸鳩之德宜配國君故以百兩之礼送迎成也

鵲巢三章〻四句

204 《采蘩》，夫人不失職也。夫人可以奉祭
205 祀，則不失其職矣。奉祭祀者，采蘩之事也。不失職者，夙夜在公〔事也〕也。
206 于以采蘩？于沼于（之紹反）沚〔止〕。蘩，皤（薄何反）〔一〕蒿也。于，於也。沼，池也。沚，渚
207 也。公侯夫人執蘩菜以助祭祀〔本無〕，神饗德與信，不求備物焉，沼沚谿（苦鷄反）澗（古晏反）之草，猶可以薦王后，則共荇菜
208 也。《箋》云：于以猶言往以也。執蘩菜者也，以豆荐蘩菹（音書，ソ）之〔本無〕也。于以用之？
209 公侯之事。之事，祭事也。《箋》云：言夫人於君祭祀，而薦此豆薦（本無）之也。
210 于以采蘩？于〔辭也〕澗（古晏反）之中。山夾水曰澗也。于以用

〔一〕《釋文》：「皤，薄波反。」

采蘩夫人不失職也夫人可以奉祭
祀則不失職矣
奉祭祀者采蘩之事也
不失職者夙夜在公也
于以采蘩于沼于沚
蘩皤蒿也于於
也沼池也沚渚
也公侯夫人執蘩菜以助祭祀神饗德与信不
求備物沼沚谿澗之草猶可以薦王后則荇菜
也箋云于以猶言往以也執蘩菜
者以豆薦蘩菹之也
于以用之
公侯之事
之事祭事也箋云言夫人於君
祭祀而薦此豆薦之也
于以采蘩于澗之中
山夾水
曰澗也
于以用

211 之？公侯之宫。宫，廟也。被（皮寄反）之潼〔音同，ドウ；僮，本〕潼，鳳〔夙，本〕夜在公。
212 被，首飾也。潼潼，竦（音升，シヨウ）敬也。夙，早也。《箋》云：公事也。早夜在事，謂視濯（直角反，音宅，タク）漑（古愛反）饎（音四，シ；
尺志反）爨（七亂反）之事也。《禮記》曰：主婦髲鬄（徒帝反）也。
213 被之祁祁，薄言還歸。祁祁，舒遲也。去事有威儀。《箋》云：言，我也。祭
214 事畢，夫人釋祭服而去髲鬄也。其威儀祁祁然而宴舒，無罷倦之失禮。我還歸者，自廜〔廟〕反燕寢之也。
215 《采蘩》三章章四句
216 《草蟲》，大夫妻能以禮自防也。喓喓（於遥反）草
217 蟲，趯（託狄反）趯阜螽。興也。喓喓，鳴聲也。草蟲，常羊也。趯趯，踊也。阜螽，蠜〔音煩，ハム〕螽也。卿大

之公侯之宮　被之僮〻夙夜在公
被首飾也僮〻竦敬也夙早也箋云公事也早夜
在事謂視濯溉饎爨之事也礼記曰主婦髲鬄也
被之祁〻薄言還歸　祁〻舒遅也去事有威儀箋云言我也祭
事畢夫人釋祭服而去髲鬄也其威儀祁〻然而
安舒无罷倦之失礼我還歸者自庿反燕寝之也

采蘩三章〻四句

草虫大夫妻能以礼自防也　喓〻草
虫趯〻阜螽　興也喓〻鳴聲也草虫常羊
也趯〻躍也阜螽蠜也卿大

夫之妻，待禮而行，隨從君子。《箋》云：草蟲鳴而阜螽躍而從之，異種同類，猶男女嘉時以禮相求呼也。未見君子，憂心忡忡（敕沖反）〔一〕。忡忡猶衝衝也。婦人雖適人，有歸宗之義。《箋》云：未見君子者，謂在塗時。在塗而憂，憂不當君子無以寧父母，故心衝衝然，是不其自絶於其親族人之情也。亦既見止，亦既覯（古候反）止，我心則降。止，辭也。覯（古豆反），遇也。降，下也。《箋》云：既見，謂已同牢而食也。既覯，謂已婚也。始者憂於不當君子，今君子待己以禮，庶幾也自此可以寧父母，故心下也。《易》曰：男女覯精，萬物化生也。陟彼南山，言采其蕨（居月反）。南山，周南山也。蕨（音決，ケチ、ケツ），虌〔二〕也。《箋》云：言，我也。我，我采者也，在塗而見采鼈〔三〕菜者，得其所欲得，猶已

〔一〕「忡，敕沖反」，《釋文》：「忡，敕中反。」

〔二〕「虌」，阮本作「鼈」。《干禄字書》：「鱉、鼈：上通下正。」

〔三〕「鼈」，原作「龞」，寫本「敝」、「敞」多相乱。

躍夫之妻侍礼而行隨從君子箋云草虫鳴而阜螽
跂而從之異種同類猶男女嘉時以礼相求呼也
未見君子憂心忡忡 忡忡猶衝衝也婦人
雖適人有歸宗之義
箋云未見君子者謂在塗時在塗而憂不當君子
無以寧父母故心衝衝然是不自絶於其族人情也
亦既見止亦既覯止我心則降
止辞也覯遇也降下也箋云既見謂已同牢而食也
既覯謂已昏也始者憂於不當今君子侍已以礼庶幾也
自此可以寧父母故心下也
易曰男女覯精萬物化生也
陟彼南山言采
其蕨
南山周南山也蕨鼈也箋云言我采者
也在塗而見采鼈采者得其所欲得猶已

今之行者欲得禮以自諭焉〔無本〕也。未見君子，憂心惙惙（陟劣反）。惙惙，憂也。亦既見之，亦既覯止，我心則說。說，服也。陟彼南山，言采其薇。薇，草〔菜，本〕也。未見君子，我心傷悲。嫁女之家不息火，三日思相離也。《箋》云：惟父母之思己，故己亦傷悲之。亦既見止，亦既覯止，我心則夷。夷，平也。

《草蟲》三章章七句

《采蘋（符申反）》，大夫妻能循法度，能循法度則

今之行者欲得禮以自論爲奉也

未見君子憂心惙〻 惙〻陟劣反憂也

亦既見之亦既覯止我心則説也

陟彼南山言采其薇 薇菜也

未見君子我心傷悲 嫁女之家不息火三日思相離也箋云惟父母之思己故己亦傷悲之

亦既見止亦既覯止我心則夷 夷平也

草蟲三章〻七句

采蘋大夫妻能〻循〻法〻度〻則

232 可以承先祖供祭祀矣。女子十年不出門，傅姆（莫豆反）教以之婉娩〔公〕聽從

233 執麻枲，治絲繭（俗題反），織紝（女金反）組紃（音旬，ジュン），學女事，以供衣服，觀於祭祀，納酒漿（子詳反）邊豆葅醢（音海，カイ），禮相助
奠。女十有五而笄，

234 廿而嫁，此言能循法度者。今既嫁爲大夫妻能循其爲女之時所學，所觀之事，以爲法度也。

235 于以采蘋？南澗之濱。于以采藻？于彼行潦（盧稻反）。

236 蘋，大蓱（音平，ヒン）也。濱，涯也。藻，聚藻也。行潦，流潦也。《箋》云：古者婦人先嫁三月，祖廟未毀，教于公宮；祖廟既毀，

237 毀〔本無〕，教于宗室。教以婦德、婦言、婦容、婦功。教成之祭，牲用魚，芼用蘋藻，所以成婦順也。此祭祭女所出祖

238 也。法度莫大於四教，是又祭以成之，故舉以言焉。蘋之言賓，藻之言澡也。婦人之行（下皿反）尚柔順，自潔清

以可承先祖供祭祀矣女子十年不出門傳姆教婉娩聽從
執麻枲治絲繭織紝組紃學女事以供衣服觀於
祭祀納酒漿籩豆葅醢禮相助奠女十有五而笄
廿而嫁此言能循法度者今既嫁大夫妻能
循其為女之時所學所觀之事以為法度也
于
以采蘋南澗之濱于以采藻于彼行潦
蘋大萍也濱涯也藻聚藻也行潦流潦也箋云古
者婦人先嫁三月祖廟未毀教于公宮祖廟既
毀教于宗室教以婦德婦言婦容婦功教成之祭
牲用魚芼用蘋藻所以成婦順也祭女所出祖
也法度莫大於四教是又祭以成之故舉以言焉
蘋之言賓藻之言澡也婦人之行尚柔順自潔清

故取名以爲戒也。于以盛之？維筐及筥（居呂反）。于以湘（息浪反）〔一〕之？維錡（其倚反）〔二〕及釜〔何甫〕。方曰筐，圓曰筥。湘，烹〔音彭，ホウ；煮也〕。錡，釜屬也。有足曰錡，無足曰釜。《箋》云：烹蘋藻，煮於魚湆之中，是鉶（音刑，ケイ）羹之芼也。于以奠之？宗室牖（餘友反）下。奠，置也。宗室，大宗之廟也。大夫、士祭於宗廟，奠於牖下。《箋》云：牖下，户牖間之前也，祭不於室於〔本無〕中者，凡昏事，於女禮設几筵於户外，此其義也。與宗子主此祭禮，唯君使有司爲之也。誰其尸之？有齋季女。尸，主也。齋，敬也。季女，小女也。蘋藻，薄物也。澗潦，至質也。筐筥錡釜，陋器也。小女，微主也。古之待嫁女者，必先禮之於宗室，牲用魚，芼之以蘋藻。《箋》云：

〔一〕《釋文》：「湘，息良反。」

〔二〕《釋文》：「錡，其綺反。」

故取名以爲戒也
于以盛之維筐及筥于以湘之維錡及釜
方曰筐圓曰筥湘亨也錡釜屬
也有足曰錡無足曰釜箋云亨
蘋藻者煑於魚湆之中
是鉶羹之芼也
于以奠之宗室牖下
奠置也宗室大宗之廟也大夫士祭於宗廟
奠於牖下箋云牖下戶牖間之前也祭不於室中者
凡昏事於女礼設几筵於戶外此其義也
與宗子主此祭礼唯君使有司爲之也
誰其尸之有齊季女
尸主也齊敬也季女少
女也蘋藻薄物也澗潦
至質也筐筥錡釜陋器也小女微主也古之將嫁
女者必先禮之於宗室牲用魚芼之以蘋藻箋云

246 主婦設羹者，季女則非禮也。女將行嫁，父醴之，以俟迎者。蓋母薦之無祭事也。祭禮，主婦設羹，教成

247 之祭，更使季者女成其婦禮也。季女不主魚，魚俎（側所）實男子設之。其粢盛，蓋以黍稷云。

248 《采蘋》三章章四句

249 《甘棠》，美召（時照反）伯也。召伯之教，明於南國。

250 召伯，姬姓也，名奭（奭，本）。食采於召，作上公爲二伯，後封燕，此美其爲伯之功，故言伯云之也。蔽（脯袂反）

251 芾（徐方蓋反，非貴反）甘棠，勿翦（子踐反）勿伐，召伯所茇（音發，ハツ；蒲曷反）。蔽芾，小貌也。甘棠，杜

252 也。翦（子踐反），去也。伐，擊。《箋》云：茇，草舍也。召伯聽男女之訟，重煩勞百姓，止舍小棠之下而聽斷焉。國人被其

主婦設｜義者。季｜女則｜非｜礼也。女將行嫁，父醴之以
俟迎者。蓋母｜薦之。無祭事也。祭礼主｜婦設｜義教｜成
之。祭更使季者女。成其婦｜礼也。季女不
主菓〻。但｜實男子。設之其梁盛。蓋以黍稷云

菜蘋三章〻四句

甘｜棠美｜召｜伯也。召｜伯之教明於南國
召｜伯姫｜姓也。名奭。食菜於召。上｜云爲二｜伯。後封燕
燕。此美其爲伯之功。故言伯云之也
蔽芾甘｜棠。勿翦勿伐。召｜伯所茇。
蔽芾小貌
也。甘棠杜
也。翦去也。伐擊。箋云茇草｜舍也。召｜伯聽男女之訟
重煩｜勞百｜姓。止｜舍小｜棠之下而聽｜斷焉。國人被其

253 德，説其化，敬其樹也。蔽芾甘棠，勿翦勿敗，召伯所

254 愒（結罽反；音計，ケイ）（去例反）〔一〕。愒，息也。蔽芾甘棠，勿翦勿拜，召伯所

255 説（輸鋭反）。説，舍也。《箋》云：拜之言拔也。

256 《甘棠》三章章三句

257 《行露》，召伯聽訟也，衰亂之俗微，貞信

258 之教興，强暴之男不能侵陵貞女也。

259 衰亂之俗微，貞信之教興者，此殷之末世，周之盛德，當文王與紂之時也。厭（音葉，ヨウ、エフ）浥（音邑，オウ、エウ）

〔一〕「愒」，唐石經、小字本、相臺本皆作「憩」。阮校：「案惠棟云：《説文》無『憩』字，當作『愒』。今考《釋文》云：『憩本又作愒。』《小雅・蒹葭》、《大雅・民勞》經皆作『愒』。『憩』但『愒』之俗字耳，《釋文》舊有誤，今訂正。」「去例反」，《釋文》：「起例反。」

德説其化，敬其樹也。

蔽芾甘棠，勿翦勿敗，召伯所愒。愒，息也。去例反。

蔽芾甘棠，勿翦勿拜，召伯所説。説，輸鋭反，舍也。箋云：拜之言拔也。

甘棠三章，章三句

行露，召伯聽訟也。衰乱之俗微，貞信之教興，強暴之男不能侵陵貞女也。

衰乱之俗微，貞信之教興者，此殷之末世，周之盛德，當文王与紂之時也。

厭浥

260 行露，豈不夙夜？謂行多露。興也。厭浥，濕意也，行，道也。

261 豈不，言有是。《箋》云：夙，早也。夜暮，厭浥然濕道中始有露，謂二月中嫁娶時也。言我豈不知當早夜成婚禮

262 歟？謂道中露大多，故不行耳。今强暴之男以此多露之時，禮不足而强來，不度（待洛反）時之可否，故云然也。《周禮》

263 仲春月令（力鄭反）會（其袂反）男女無夫家者，行事必以昏時昕（許巾反）也。誰謂雀無角？何以

264 穿我屋？誰謂女無家？何以速我獄？不思

265 物變，而推其類。雀之穿屋，似有角（埆，本，故角反）者也。速，召也。獄，訟也。《箋》云：女，女强暴之男也。變，異也。人皆謂雀之穿屋

266 似有角者，强暴之男召我而獄，似有室家之道於我也。物有相似而不同，雀之穿室，不以角，乃以喙，今强暴

興也。厭浥，濕
意也。行，道也。

行露豈不夙夜謂行多露

豈不，言有是。箋云：夙，早也。夜，暮。厭浥濕，道中始
有露，謂二月中嫁娶時也。言我豈不知當早夜成昏禮
与？謂道中露大多，故不行耳。今彊暴之男以此多露
之時，禮不足而彊來，不度時之可否，故云然也。周禮
仲春月，令會男女無夫家
者，行事必以昏時昕也。

誰謂雀無角何以穿我屋

誰謂女無家何以速我獄

不思
物變而推其類，雀之穿屋似有角者也。速，召也。獄，訟
也。箋云：女ヽ，彊暴之男也。變異也，人皆謂雀之穿屋
似有角者，彊暴之男召我而獄，似有室家之道於我
也。物有相似而不同，雀之穿室不以角，乃以喙；今彊暴

267 之男，召我而獄，不以室家之道於我，乃以侵陵，物與事有相似而不同者，士師所當審也。雖速我

268 獄，室家不足。婚禮純帛不過五兩。《箋》云：幣帛猶可備也。室家之道〔二字本無〕不足，謂媒妁之言

269 不和六禮之來强委是也。誰謂鼠無牙？何以穿我墉〔音容，ヨウ〕。

270 誰女〔謂〕誰〔女，本〕無家？何以速我訟？墉，牆也。視牆之穿，推其類，

271 可謂鼠有牙也。雖速我訟，亦不女從。不從，終不棄禮而隨此强暴之

272 男之也。

273 《行露》三章章四句二章章六句

之男召我而獄不以室家之道於我乃以侵
陵物与事有似而不同者士師所當審也　雖速我
獄室家不足　昏礼純帛不過五兩箋云藥帛猶
可備也室家之道不足謂媒妁之言
不和六礼之
來強委是也　誰謂鼠無牙何以穿我墉
誰謂女誰無家何以速我訟　墉墻也視墻
之穿推其斷
可謂鼠
有牙也　雖速我訟亦不女從　不從終不棄礼
而隨此強暴之
男
也

行露三章〻四句二章〻六句

274 《羔羊》，《鵲巢》之功所致也。召南之國，化
275 文王之政，在位皆節儉正直，德如羔
276 羊也。《鵲巢》之君，積行累功，以致此羊羔之化也。在位卿大夫競相功化，皆如此羔羊之人也。羔
277 羊之皮〔一〕，素絲五紽（徒他反）。小曰羔，大曰羊。素，白也。紽，數也。古者素絲以英（於京反）裘，不失其制
278 也。大夫羔裘以居也。退食自公，委（於危反）蛇（音移，イ）委蛇。公，公門也。委蛇委蛇，行可蹤（子松反）跡
279 也。《箋》云：退食，謂減膳也。自，從也。從，於。公謂正直順於事也。委蛇委蛇，委曲自得之貌。節儉而順心志定，故可自得走也。
280 羔羊之革，素絲五緎。革猶皮也。緎，縫也。委蛇委

〔一〕「皮」，右旁注讀作「カハコロモ」，意爲「皮衣」。左旁注「カハアリ，清」，清指清原家。「カハアリ」，意爲「有皮」。

羔羊鵲巢之功致也召南之國化文王之政在位皆節儉正直德如羔羊。也鵲巢之君積行累功以致此羊羔之化也在位卿大夫。競相切化。皆如此羔羊之人也

羔羊之皮素絲五紽小曰羔大曰羊素白也紽數也古者素絲以英裘不失其制也大夫羔裘以居也

退食自公委蛇公門也委蛇行可蹤跡也箋云退食謂減膳也自從於公謂正直順於事也委蛇委曲自得之貌節儉而順心志定故可自得也

羔羊之革素絲五緎革猶皮也緎縫也

委蛇

281 蛇，自公退食。《箋》云：自公退食，猶退食自公之也。羔羊之
282 縫，素絲五總（子蘽反）〔一〕。縫言縫殺之大小得其制也。總，數也。委蛇委蛇，
283 退食自公。
284 《羔羊》三章章四句
285 《殷（殷，下同）其靁》，勸以義也。召南之大夫遠行
286 從政，不遑寧處，其室家能閔其勤
287 勞，勸以義也。召南大夫，召伯之屬也。遠行謂使出邦畿也。殷其靁，

〔一〕《釋文》：「總，子公反。」

〻自公退食箋云自公退食猶退食自公之也●羔羊之

縫素絲五總縫言縫殺之大小得其制也總數也委〻蛇〻

退食自公

羔羊三章〻四句

殷其雷勸以義也召南之大夫遠行

從政不遑寧處其室家能閔其勤

勞勸以義也召南大夫召伯之屬也遠行謂使出邦畿也●殷其雷

288 在南山之陽。殷，靁聲也。山南曰陽。靁出地，奮震驚百里，山出雲雨以潤天下。《箋》云：靁

289 以諭號令。南山之陽，又諭其在外也。召南之大夫以王命施號令於四方，猶靁殷殷然發聲於南山之陽之也。

290 何斯違斯？莫敢或皇。何，何此君子也。斯，此也。違，去也。皇，暇也。《箋》

291 云：何乎此君子適居此，復去此轉遠行，從事於王所命之方，無敢或閑暇時，閔其勤勞之也。振〔至刃反〕振

292 君子，歸哉歸哉！振振，信厚也。《箋》云：大夫信厚之君子，爲君使，功未成，歸哉歸哉，

293 勸以爲臣之義，未得歸之也。殷〔慇〕其靁，在南山之側。亦在其陰與左右也。

294 何斯違斯，莫敢皇息。息，止也〔本無〕。振振君子，

在南山之陽

殷雷聲也山南曰陽雷出地奮震驚百里山出雲雨以潤天下箋云雷以諭號令南山之陽又諭其在外也召南之大夫以王命施號令於四方猶雷殷殷然發聲於南山之陽之也

何斯違斯莫敢或皇

何此君子也斯此違去也皇暇箋云何乎此君子適居此復去此轉遠行從事於王所命之方無敢或閒暇時閔其勤勞之也

振振君子歸哉歸哉

振振信厚也箋云大夫信厚之君子爲君使功未成歸哉歸哉勸以爲臣之義未得歸之也

殷其雷在南山之側

亦在其陰與左右也

何斯違斯莫敢遑息振振君子

歸哉歸哉！殷其靁，在南山之下。或在其下。
《箋》云：下謂山足之也。何斯違斯，莫或皇處（户煮）。處，居。振振
君子，歸哉歸哉！
《殷其靁》三章章六句
《摽有梅》，男女及時也。召南之國，被文
王之化，男女得以及時也。
摽有梅，其實七兮。興也。摽，落也。盛極則墮落者，梅也，尚在樹者七。《箋》云：

歸〻哉〻殷其雷在南山之下 或在其下

箋云何謂山也遲忽也 何斯違斯莫敢皇處〻 居 振〻

君子歸〻哉〻

殷其雷三章〻六句

摽有梅男女及時也召南之國被文

王之化男女得以及時也 興也摽落也盛

摽有梅其實七兮 興也摽落也盛極則墮落者梅也尚有樹者七箋云

302 興者，喻梅實尚有餘七未落，諭始衰也。謂女年廿，春戚〔盛，本〕而不嫁，至夏則衰之也。求我庶士，
303 迨其吉兮。吉，善也。《箋》云：我，我當嫁者。庶，衆也。迨，及也。求女之當嫁者之衆士，宜及其
304 善時。善時謂女年廿，雖夏未太衰之也。摽有梅，其實三兮。在者三也。《箋》云：此
305 夏嚮晚，梅之墮落差多在者，餘三耳之也。求我庶士，迨其今兮。今，急
306 之辭。摽有梅，頃筐塈〔許器反〕之。塈，取也。《箋》云：頃筐取地之〔二字無〕謂夏時〔本無〕已晚，以
307 頃筐取地之也。求我庶士，迨其謂之。不待禮備也。卅之男，廿之女，禮
308 未備則不待禮會而行之者〔本無〕，所以蕃育人民也。《箋》云：謂，勤也。女年廿而無嫁端〔一〕，則有勤望之憂，不待禮會而

〔一〕「端」，原作「瑞」，而訓讀作「ハシ（端）」，當爲「端」字誤書。

興者梅實尚有餘七未落諭始衰也。謂女年　求我庶士
廿春盛而不嫁至夏則衰之也
迨其吉兮　吉善也箋云我〻當嫁者庶衆也迨
及也求女之當嫁者之衆士宜及其
善時〻謂女年廿雖　摽有梅其實三兮　在者三也
夏未大衰之也　箋云此
夏鄉晚梅之隨落差　求我庶士迨其今兮　今
多在者餘三耳之也　急
之　摽有梅頃筐塈之　塈取也箋云頃筐取
辭　地也謂夏時已晚以
頃筐取　求我庶士迨其謂之　不待礼備也卅
地之也　之男廿之女礼
未備則不待礼會而行之者所以蕃育人民也。箋云謂
勤也女年廿而無嫁端則有勤望之憂不待礼會而

309 行之者，謂明年仲春不待以禮會之而行之時，禮雖不備，相奔不禁之也。

310 《摽有梅》三章章四句

行之者，謂明年仲春，不待礼會而
行之時，礼雖不備，相奔不禁之也

摽有梅三章〻四句

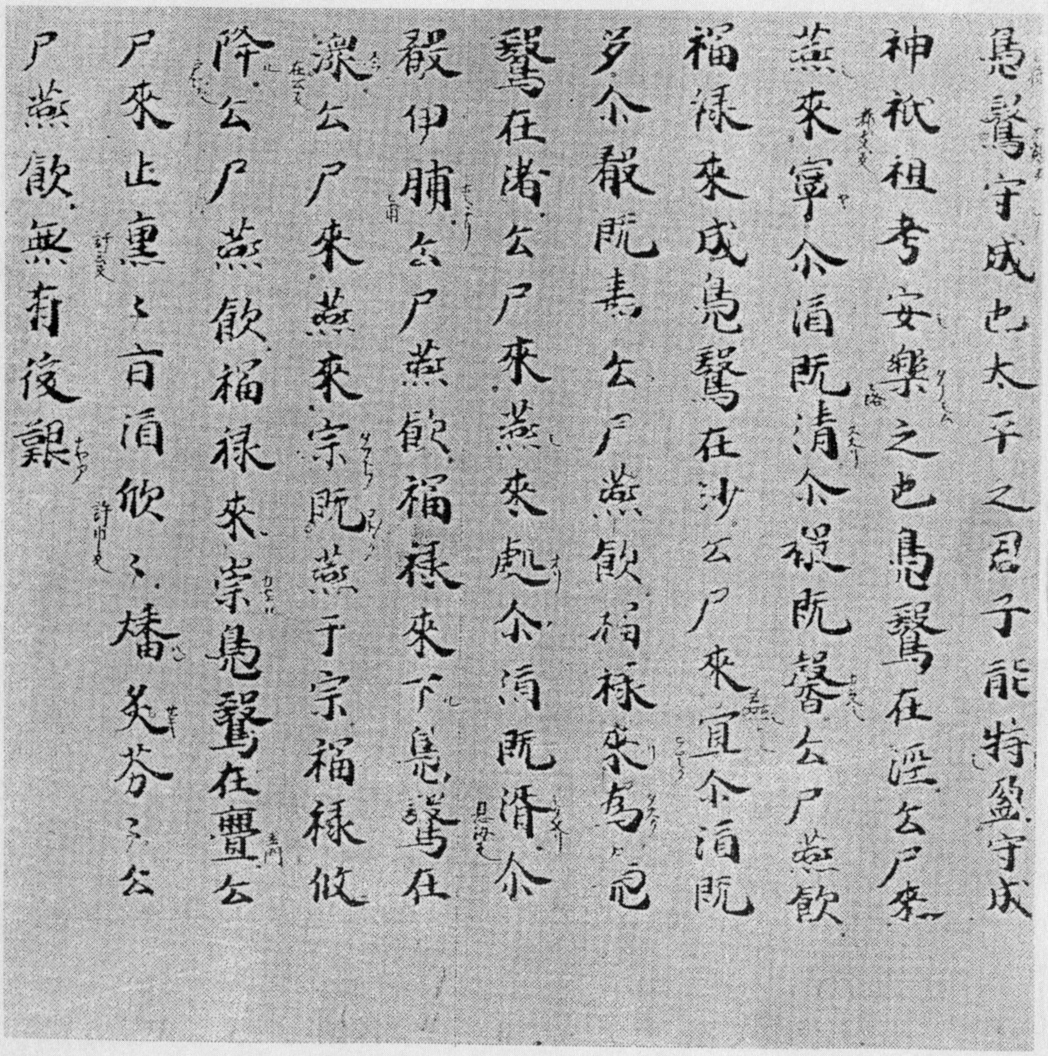

鳧鷖守成也太平之君子能持盈守成
神祇祖考安樂之也鳧鷖在涇公尸來
燕來寧尒酒既清尒殽既馨公尸燕飲
福禄來成鳧鷖在沙公尸來宜尒酒既
多尒殽既嘉公尸燕飲福禄來爲鳧
鷖在渚公尸來燕來處尒酒既湑尒
殽伊脯公尸燕飲福禄來下鳧鷖在
潨公尸來燕來宗既燕于宗福禄攸
降公尸燕飲福禄來崇鳧鷖在亹公
尸來止熏〻旨酒欣〻燔炙芬〻公
尸燕飲無有後艱

卷首

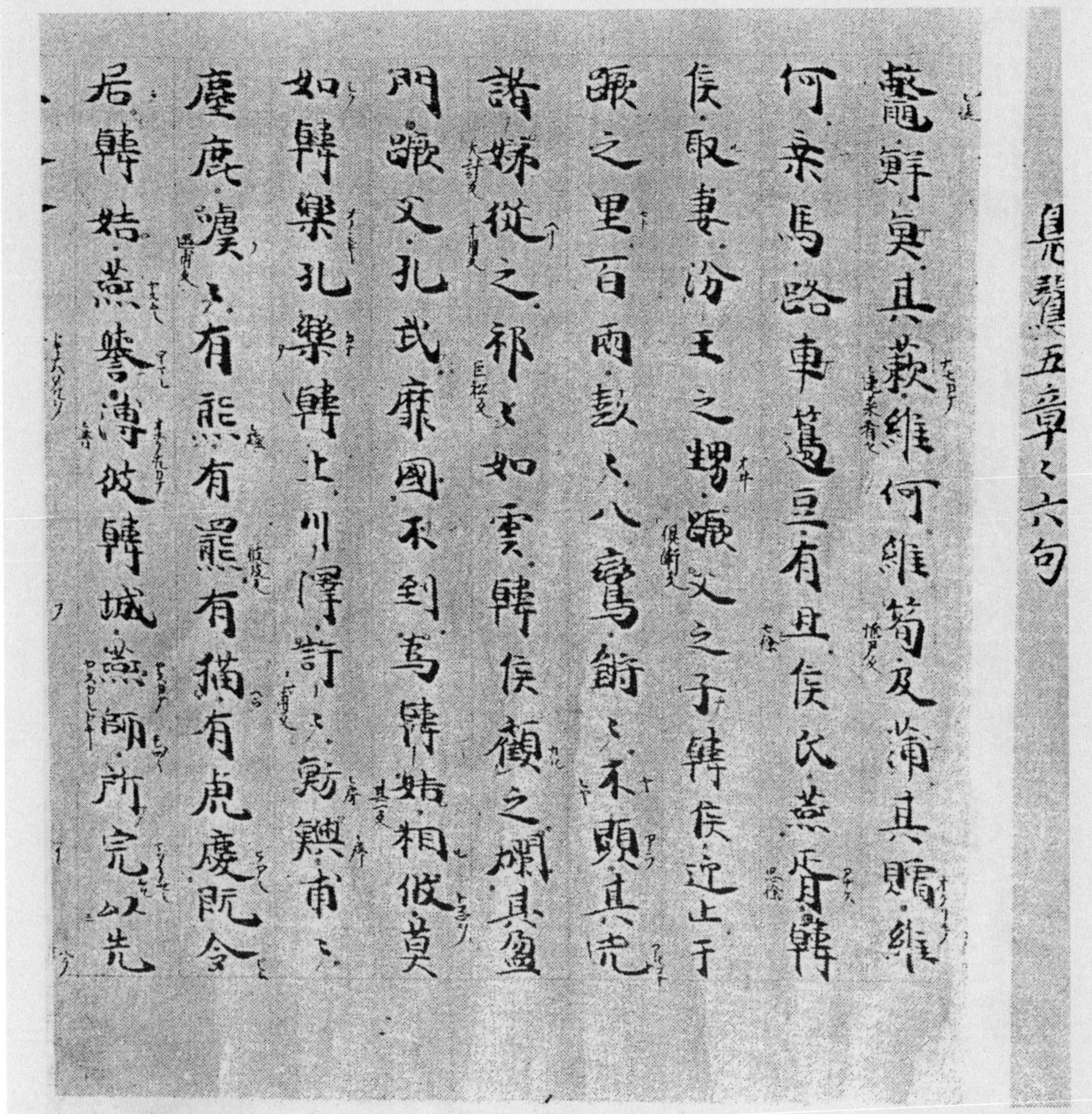

鳧鷖五章〻六句

鼈鮮魚其蔌維何維筍及蒲其贈維
何乘馬路車籩豆有且侯氏燕胥韓
侯取妻汾王之甥蹶父之子韓侯迎止于
蹶之里百兩彭〻八鸞鏘〻不顯其光
諸娣從之祁〻如雲韓侯顧之爛其盈
門蹶父孔武靡國不到爲韓姞相攸莫
如韓樂孔樂韓土川澤訏〻魴鱮甫〻
麀鹿噳〻有熊有羆有貓有虎慶既令
居韓姞燕譽溥彼韓城燕師所完以先

部分

日本宫内廳書陵部藏群書治要詩

目録

日本宮内廳書陵部藏群書治要詩研究序説……二三七
日本宮内廳書陵部藏群書治要詩及釋録……二五六
周南……二五七
關雎……二五七
卷耳……二六五
召南……二六七
甘棠……二六七
何彼襛矣……二六九
邶風……二七一
柏舟……二七一
谷風……二七一
鄘風……二七五
相鼠……二七五
干旄……二七五
衛風……二七七
淇奥……二七七
芄蘭……二七九
王風……二八一
葛藟……二八一
采葛……二八一
鄭風……二八三
風雨……二八三
子衿……二八三
齊風……二八五
雞鳴……二八五
甫田……二八七
魏風……二八七
伐檀……二八七
碩鼠……二八九
唐風……二九一

杕杜……二九一
秦風……二九三
晨風……二九三
渭陽……二九三
權輿……二九五
曹風……二九七
蜉蝣……二九七
候人……二九九
小雅……二九九
鹿鳴……二九九
皇皇者華……三〇一
常棣……三〇三
伐木……三〇五
天保……三〇七
南山有臺……三〇九
蓼蕭……三一一
湛露……三一三
六月……三一三
車攻……三一七
鴻鴈……三一九
白駒……三二一
節南山……三二三
正月……三二五
十月之交……三二七
小旻……三二九
小宛……三三三
小弁……三三三
巧言……三三五
巷伯……三三五
谷風……三三九
蓼莪……三四一
北山……三四三
青蠅……三四五
賓之初筵……三四七
采菽……三四九
角弓……三五一
菀柳……三五三
隰桑……三五五
白華……三五七
何草不黄……三五九

大雅……三六一
文王……三六一
大明……三六三
思齊……三六五
靈臺……三六七
行葦……三六九
假樂……三七一
民勞……三七三
板……三七五
蕩……三七七
抑……三八一
桑柔……三八三
雲漢……三八五
崧高……三八七
烝民……三八九
瞻卬……三九三
周頌……三九七
清廟……三九七
振鷺……三九九
雍……三九九
有客……四〇一
敬之……四〇一
魯頌……四〇三
閟宮……四〇三
商頌……四〇五
長發……四〇五
殷武……四〇七

日本宫内廳書陵部藏群書治要詩研究序説

王曉平

從奈良時代到平安時代，《詩經》主要是通過各種《毛詩》寫本在學人中傳播，而明經道專門研究《詩經》，畢竟人數是十分有限的，相比之下，紀傳道、文章道的學士對《詩經》的瞭解，便不能不借助於各種辭書、類書或選本。不僅從中國傳入的辭書、類書和選本中，不乏對《詩經》的引用，就是在日本人編撰的這類書籍中，也經常可以看到將《詩經》的詩句作爲例句或名言引用的情況。特别是到了平安時代中後期，僧侣選編的佛經音義和學士編寫的字書、辭書，都是出於閲讀漢文、漢籍以及寫作訓練的需要，這些寫本不少是根據流傳到日本的中國原本抄寫下來的。儘管有很多是重抄本，但在字句方面也多少保留着部分當時的面貌。這些寫本從一個側面反映着《詩經》傳播和研究的歷史狀況，其中也有一些值得重視的文字語言材料。

《群書治要》一書，乃唐太宗欲覽前王得失，命魏徵、虞世南、褚亮等輯録經史百家有關帝王興衰的事蹟記録而編成的書。原書從近七十種書節選，五十卷，唐後亡佚。清代乾隆間自日本重新傳入，因鏤板行世。所采各書，皆初唐善本，與後刊者多有不同。然而在翻刻過程中，也改變和遺棄了原本部分内容，特别是日本訓點的内容。日本現存最早抄本是東京國立博物館保存的平安中期寫本，此外尚有鎌倉時代書寫，原金澤文庫舊藏，宫内廳書陵部藏本。後一抄本一九八九年由汲古書院全文影印出版。該書經部中的《詩》部分，保存了唐宋《毛詩》的舊貌，是研究中古詩經學史的寶貴資料，卻尚未引起斯界學人注目。本文擬以中日兩國古本對照，略做考校，爲更多學者深入研究鋪路搭橋。

一　《群書治要》的編撰與回歸

唐太宗是一個很看重歷史經驗的皇帝，他留心墳典，「以往代興亡爲鑒，覽前修之得失」(《帝王略論序》)。《群書治要》正是根據他的要求修撰的。《唐會要》卷三十六《修撰》云：「貞觀五年九月二十七日秘書監魏徵，撰《群書政要》上之。」又云：「太宗欲觀前王得失，爰自六經，訖於諸子。上始五帝，下盡晉年。徵與虞世南、褚亮、蕭德言等，始成凡五十卷，上之，諸王各賜一本。」根據該書目録，收書六十八種，而由於其中《三國志》分成《魏志》《蜀志》《吴志》，所以也有説是六十六種的。卷八的《周書》，是《逸周書》。

《玉海》引《集賢注記》曰：「天寶十三載，……先是院中進魏文正所撰《群書政要》(唐避諱，「治」改「理」，又改「政」，故《玉海》依舊本作「理要」，且云《實録》作「政要」)。上覽之，稱善，令寫十數本，分賜太子以下。」天寶十三載，即公元七五四年，已是《群書治要》成書百二十三年後，但仍受到皇帝重視。皇帝命令把它書寫分賜給諸王或太子，説明是把它看成治國思想綱要來看待的，是最高統治者的必讀書。

關於太宗對此書的評價，《新唐書》列傳一百二十三儒學上《蕭德言傳》云：「太宗欲知前世得失，詔魏徵、虞世南、褚亮及德言裒次經史百氏帝王所以興衰者上之。帝愛其書博而要，曰：『使我稽古臨事不惑者，卿等力也。』賚賜尤渥。」這表明玆編乃魏徵爲之總裁，而蕭德言主其撰，雖其書卷首署魏徵，而實際主編則是蕭德言。虞世南和褚亮均是蕭德言自陳朝以來的盟友，是號稱擁有四部群書二十餘部的弘文館的學士，這樣一個班底，正具備編就一部「博而要」的治國全書的條件。上述記述還看出他們的主導思想，並不是單純保存文獻，而是抱着總結帝王所以興衰的歷史經驗這一明確目的，來對文獻加以精選的，這正是剛從南北動盪分裂時代走出來的初唐時期的歷史文化要求。從太宗將其分賜諸王來看，或許説自己讀它「臨事不惑」是「虚」，要以此教導諸王是「實」，總之，這本書的性質，誠如其書名，是摘編的高級政治教科書。

《群書治要》很有可能是遣唐使從唐攜回日本的。它和《貞觀政要》《帝範》兩書一起，成爲當時正需要統一國家治理經驗的日本皇室適用的帝王學教材。平安時代藤原佐世所編《日本國見在書目》已著録「《群書治要》五十，魏徵撰」。那時爲朝廷所重者，正是給最高統治者確立治國思想提供文化依據的這三種書。

日本典籍記載朝廷經筵開講《群書治要》亦甚早。《續日本紀》言及仁明天皇的學問時，特别提到他通曉《群書治要》，説他「睿智聰明，包綜衆藝，最耽經史，講誦不倦，能練漢音，辨清濁。柱下、漆園之説、《群書治要》之流莫不通，兼愛文藻」。仁明天皇時助教直道宿彌廣公進講之事，見於《續日本後紀》卷七承和五年六月壬子（二十六日）所載：

（仁明）天皇御清涼殿，令助教正六位上直道宿禰廣公讀《群書治要》第一卷，有五經文故也。

這裏所説的仁明天皇承和五年，乃是唐開成三年，即公元八三八年。是《唐會要》所説的貞觀五年，即公元六三一年的二〇七年後。歷史上看，早期日本追隨中國思想文化風潮，時差大體兩三百年。這裏説，廣公讀《群書治要》第一卷，是因爲該書載有五經之文，便於宣講和聽講，《群書治要》是當作天皇讀經的教科書使用的。《三代實録》卷二十七貞觀十七年四月二十五日丁丑又云：

先是（清和）天皇讀《群書治要》。參議正四位下行勘由長官兼式部大輔播磨權守菅原朝臣是善，奉授書中所抄納紀傳、諸子之文；從五位上守刑部大輔菅原朝臣佐世奉授五經之文；從五位下行山城權介善淵朝臣愛成爲都講；從四位上行右京大夫但馬守源朝臣覺豫侍講席。至是講竟，帝觴群臣於綾綺殿，蓋申竟宴也。大臣以下各賦詩，參議從三位行左衛門督近江權守大江朝臣音人作都序，唤樂人一兩人，絲竹間奏，終日

樂飲，達曉而罷，賜衣被錦絹各有差。〔一〕

清和天皇貞觀十七年，當唐乾符二年，即公元八七五年。上面詳細記載了參與講書活動的學者和地方官的名字職務和擔當的工作：菅原是善講史傳諸子，菅原佐世講五經，善淵愛成負責在天皇開始讀書的儀式上復習侍讀講解的地方，即所謂「都講」，侍講席的是源覺豫。這些都是當時最負盛名的學者。

宇多天皇三十一歲時，決心讓位於十三歲的皇太子，這時他專門爲少年新帝寫下了自己身爲帝王的心得，即現已散佚的《寬平御遺誡》。從《明王抄》卷一《帝道部》引用的《寬平御遺誡》中可以看出，他特别囑咐新帝要多讀《群書治要》，而不要在其他「雜文」上耗費時光：

天子雖不窮經史百家，而有何所恨乎？唯《群書治要》，早可誦習。勿就雜文以消日月耳。〔二〕

從九世紀仁明天皇起，到清河天皇，再到醍醐天皇，都曾拜文章博士爲師，請其專門講解《群書治要》。《扶桑略記》《日本紀略》都記載公元八九八年式部大輔紀長谷雄進講一事：

（醍醐天皇昌泰元年）二月廿八日戊辰，式部大輔紀長谷雄朝臣侍清涼殿，以《群書治要》奉授天皇，大内記小野朝臣美村爲尚復，公卿同預席。

這裏所説的昌泰元年，乃是唐光化元年，即公元八九八年。《新儀式》「御讀書條」則稱：「舊例七經召明經博士，史

〔一〕〔日〕黑板勝美編《新訂增補國史大系》第4卷，東京：吉川弘文館，二〇〇七年。
〔二〕〔日〕宇多天皇撰《寬平御遺誡》，見《國史大辭典》，東京：吉川弘文館，一九八三年。

書召紀傳博士,《群書治要》式,用明經、紀傳各一人。」是説《群書治要》既有經學的内容,又有史學的内容,所以要明經博士和紀傳博士各一名來共同承擔講學的任務。《大鏡》寫本背面所書:「醍醐天皇御事,年十四,昌泰元年廿八日戊辰,於清涼殿始讀《群書治要》。」

《群書治要》對於平安時代政治思想的影響,還可以從下面一個事實中看到。菅原道真(八四五—九〇三)二十九歲時曾擬抄出有關時務問對的詞章以供政治參考,編爲一書,題作《治要策苑》。在他撰寫的序文中説:「自古之聖帝明王莫不開直諫以聞得失,因秀才以決是非」,這裏所言,顯然包括初唐的政治經驗,序文中談到自己的編撰方針是:「今之所撰,唯急時務; 時務之中,更擇其實」[一],也可以看出與《群書治要》相似的設想。雖然菅原道真最終没有實現自己的計劃,但他後來着手編撰的《類聚國史》,可説是部分完成了編著一部有關「政術治道」的類書的夙願。出於相似的政治需要和文化需要,又具有相對安定的環境,是平安時代重視《群書治要》的條件。平安時代以後,王朝日漸衰微,《群書治要》遂不再被視爲要典。

歷經數百年,江户時代再次出現社會安定局面,《群書治要》亦始爲其時德川幕府所重。一六〇八年,德川家康將林羅山招至駿府,讓其講《群書治要》。德川家康要求聽講這樣一部經史子集兼備的大書,本身便表明他建立類似甚至超過大唐帝國政權的雄心。

至於在中國,《玉海》引《中興館閣書目》云:「秘閣所録唐人墨蹟,乾道七年寫副本藏之,起第十一,止二十卷,餘不存。」唐劉肅《大唐新語》著述第十九載:

太宗欲見前代帝王得失以爲鑒戒,魏徵乃以虞世南、褚遂良、蕭德言等采經史百家之内嘉言善語,明王暗君之跡,爲五十卷,號《群書理要》,上之。太宗手詔曰:「朕少尚威武,不精學業,先王之道,茫若涉海。覽所

[一]〔日〕川口久雄校注《菅家文草 菅家後集》,東京:岩波書店,一九七八年,五四一頁。

撰書，博而且要，見所未見，聞所未聞。使朕致治稽古，臨事不惑，其爲勞也，不亦大哉！」賜徵等絹千匹，彩物五百段；太子諸王，各賜一本。

然而，《群書治要》畢竟只是一部典籍的摘編。《册府元龜》獨收魏序，爾來《崇文書目》、《宋志》以下，皆不録。乃知其在唐時尚未至大顯，遂泯泯於宋氏。

日本宮内廳書陵部藏金澤文庫本，缺卷四、十三、二十這三卷。是書卷十七末，有北條實時跋云：

建治元年六月二日，以勾勒本書寫點校終功。抑此書一部，事先年後藤壹州爲大番在洛之日，予依令誂所書寫下也。而於當卷者假藤三品（茂範）之手以加點畢。爰去文永七年極月回禄成孽，化灰燼畢，今本者炎上以前以予本勾勘令書寫之間，還又以件本重令書寫者也。越州刺史。〔一〕

文中的「件本」，就是「前面所説的本子」。件，「上述，每一」，唐代用法。卷十五末又云：

文永七年十二月，常卷以下少少燒失了，然間以康有本書寫點校了。〔二〕

卷第二十九有其孫貞顯跋曰：

嘉元四年二月十八日以右大辨三位經雄以本書寫點校畢。此書祖父越州之時，被終一部之功之處，後年

〔一〕〔日〕尾崎康、小林芳規解題《群書治要》（一），東京：汲古書院，五四三頁。
〔二〕〔日〕尾崎康、小林芳規解題《群書治要》（二），東京：汲古書院，三七八頁。

少少紛失之，仍書加之而已。從五位上行越後守平朝臣貞顯。〔二〕

近代學者島田翰根據以上這些識語，對圍繞這個本子的情況作了説明：

蓋勾勘，即勘解由，是指三善康有。今合而考之，實時嘗使後藤壹州，就康有藏本傳抄一通，後又抄副本。文永七年十二月不戒於火，壹州所抄，旋化灰燼，而副抄本亦第十五以下，間有佚亡。至貞顯始抄補之也。但此書既有建長識語，則副抄亦決不在建長之下。

根據上述識語和分析，與此相關的情況大體可以理出頭緒。此書是北條實時讓清原教隆從一二五三年到一二六〇年加點的，而書寫則是此前在京都進行的。其中的史部多有散逸，或毁於一二七〇年的火災。即時曾讓三善康有於一二七四至一二七六年加以補寫。後來，北條實時之孫北條貞顯於一三〇二年和一三〇六年據藤原光經、藤原經雄的本子書寫校點。

島田翰對這個抄本的評價甚高，他説：

夫實時英明雋永，世之所仰以爲山斗，得其片楮隻簡，寶如琬琰，而斯累累四十七卷，而皆經其點校，今雖佚其第四、第十三、第二十三三卷，其梗概則存，不亦可幸乎！顧亦繼今而後之君子，苟有拜秘府之藏也，讀斯書也，則必有思所以斯書之存於今者，感極而泣若予者矣。而唐土之人讀斯書，則其尊崇威敬之心，其有不油然而興者耶？學者知先哲之勤懇如斯，憫今本之詭異

〔二〕〔日〕尾崎康、小林芳規解題《群書治要》（四），東京：汲古書院，一九八九年，三八九頁。

如彼，緣異文以考作者之意，讀奇字而求制字之原則可，若徒以其珍册異書，則兩失之矣。〔二〕

對於古代抄本，其實我們既不必將其尊爲極品，也不用像有些學者那樣斥爲「廢紙文化」。有好古的學者做一點必要的研究，是無可厚非的。至今《群書治要》抄本的研究仍不能説是很透徹。

二 《群書治要》的寫本和刻本

《群書治要》有一六一六年刊行的古活字版五十卷，大五十册，今藏日本國立國會圖書館，是所謂駿河版（德川家康隱居駿河之後令林羅山、金地院崇傳出版的版本）。一七八五年由尾張德川家整版印刷的本子再傳入中國，是十年後即一七九五年的事。又過了十年，《平津館叢書》收入了該書保存的《尸子》。阮元著録於《四庫未收書目》，該書大半又被採録於嚴可均編撰的《全上古三代秦漢六朝文》當中。一八四七年楊靈石又將其收入《連筠簃叢書》，同治年間刊行的《榕園叢書》丙集有《治要節抄》五卷，附録一卷，王仁俊《玉函山房輯佚書續編》收入其中十種。《群書治要》給清代考據學者的影響可見一斑。

歸根結底，日本一六一六年刊本（所謂元和版）、一八四六年紀州德川家本（所謂弘化版），以及一七八五年刊本（所謂天明版）三種，都是根據鐮倉文永、建治年間（一二六四—一二七八）書寫的金澤文庫本翻刻的，這個本子現在保存在宫内廳書陵部。一九四一年宫内省圖書寮曾將其複製翻刻，計四十七軸四十八册，附有解説和凡例，爲和裝本。一九八九至一九九一年汲古書院再將此複製本影印出版。將這個本子與現東京國立博物館保管的平安中期寫本比較，文字異同甚顯。包括原本爲鐮倉寫本的上述三個本子在内，都很難説是可供復原舊抄本階段的資料。小林芳規編有《宫内廳書陵部藏本群書治要經部語彙索引》（古典研究會，一九九六年二月，古典籍索引叢

〔二〕〔日〕島田翰著《漢籍善本考》，北京：北京圖書館出版社，二〇〇三年，一百五十五—一百五十六頁。

書，第十卷），是研究此本的必備工具。

日本學者從出版文化史和日本思想史的角度，對日本所傳《群書治要》給以很高評價。江户末年明治初年森立之曾著《群書治要校本》二册，其親筆書寫，爲寶玲文庫舊藏，今存東京古典會。現代日本學者多從歷史學和日本古代訓詁學的角度對其加以研究。如石濱太郎撰《群書治要の尾張本》（《支那学》，一一五）、《群書治要の史類》（《東洋学叢編》第一册，静安学社編，東京：刀江書院，一九三四年）、《群書治要の論語鄭注》（《東亞研究》，五—六）、同《群書治要の尚書舜典》（《東亞研究》，五—十，十一），植松安撰《群書治要に就て》（《東亞研究》一—十），武内義雄撰《群書治要と清原教隆》（《武田義雄全集》第四卷），新村出撰《群書治要金澤本》（《典籍叢談》），小林芳規撰《金澤文库本群書治要卷四十所收三略の訓點》（《田山方南先生華甲記念論文集》，東京：田山方南先生華甲紀念會出版，一九六三年），井上親雄撰《宫内厅書陵部藏群書治要古點の訓讀——ヲソリてとヲソレて》（《大坪并治教授退官記念國語史論集》，東京：表現社，一九七六年）等。

從抄本整體來看，《詩》只是其中很小一部，因而，從詩經學的角度來對此書加以研究的論文，幾無所見。然而，在《群書治要》回傳中國之後不久，我國的《詩經》研究者實際已經有人敏感地注意到它的文獻價值，他便是陳奂（一七八六—一八六三）。梁啓超在《中國近三百年學術史》中説陳奂的《詩毛氏傳疏》「堪稱疏家模範」，不爲過譽。筆者發現，該書多次引用《群書治要》，現略舉三例。

1 《柏舟》：「憂心悄悄，愠於群小。」陳奂引《群書治要》證明傳文誤倒。通行本先釋「愠」，後釋「悄悄」，與經中兩詞先後相反，所以陳奂説：

> 《傳》先釋「愠」，後釋「悄悄」，文疑誤倒。顔師古注《漢書》、楊倞注《荀子》及魏徵《群書治要》並云：「悄悄，憂貌。愠，怒也。」《正義》亦順經爲釋，是所據《毛傳》，皆當不誤。

陳奐提到的《傳》，見於《群書治要》寫本第六十二行，本作「悄悄，憂意。慍，怒也」，其中的「意」字，乃「貌」字之訛。其順序與經文合。陳奐繼續指出「慍，怒也」，當爲「慍，怨也」，亦爲篤論。

2　《谷風》：「習習谷風，以陰以雨。」，陳奐引《群書治要》證明通行本《傳》「習習，和舒貌」「舒」下脱「之」字。《傳》：「興也，習習，和舒貌。東風謂之谷風。」陳奐《疏》提到，《群書治要》及《文選》束皙《補亡詩》注引《毛傳》「習習，和舒之貌」，有「之」字。陳奐所言是，其所言《傳》文在《群書治要》寫本第六十六行。

3　《角弓》：「爾之教矣，民胥傚矣。」陳奐引《群書治要》等書證「傚」字古本作「效」，他説：

> 「傚」，古字作「效」。《白虎通義・三教》、《潛夫論・班禄》及《群書治要》皆作「效」。昭六年《左傳》叔向曰：「楚辟我衷，若何效辟？《詩》曰：『爾之教矣，民胥效矣。』從我而已，焉用效人之辟？」其字亦作「效」。[一]

不過，陳奐看到的《群書治要》是哪個本子，並不清楚，當是翻刻本而不可能是原寫本。第三例「民胥效矣」，宫内廳書陵部所藏抄本「效」字乃作「傚」，或已經在翻刻時被改動。這樣根據後人改動過的本子得出的結論，自然有必要再討論。錢大昕《十駕齋養新餘録》卷下「群書治要」條謂：「日本人刻《群書治要》五十卷，每篋首題秘書監鉅鹿魏徵等奉敕撰。」在羅列各卷所收書目之後，又説：「前有尾張國校，督學臣細井德民序，題云天明五年乙巳春二月。未知當中國何年也。」由此可知，錢大昕時《群書治要》天明本已經傳到中國。陳奐看到的是不是這個本子，很難確考；但説他看到的是刻本，該不會錯。

《群書治要》四部分類與《隋書・經籍志》大體相同。書中所載，皆初唐舊本，收載唐宋以後佚書十餘種，所據本文多存六朝末年舊貌，於古籍校勘輯佚極爲珍貴，可藉以訂補今本之訛誤者不鮮。但是，包括陳奐在内的以往

[一]〔清〕陳奐著《詩毛氏傳疏》中册，北京：中國書店影印，一九八四年。

中國學者依據的本子，都是根據抄本翻刻的印本。在將寫本轉換成印本的時候，改俗字爲正字，或者將當日主其事者認爲訛誤之處加以改變，被認爲是無可非議之事，何況原文中那些日本人加上去的訓點，更以爲與國人無關，統統一筆抹掉也不足惜，結果，對此書的真正學術價值，便難給以根本的認識。

古典研究會叢書漢籍之部第一期出版了宮內廳書陵部《群書治要》，鐮倉時代書寫，清原教隆點校〔一〕。金澤文庫舊藏，四十七軸，經部一册，史部三册，子部三册（缺卷四、十四、二十）。原本爲卷子本，高二十九點二厘米，有欄綫，欄高二十一點三厘米，寬二厘米。原本加有朱點、墨點和朱色「乎古止」點，這個本子是以宮內廳書陵部版（一九四一年版）珂羅版複製本爲底本影印的。

今天以這個本子作爲考察對象，看起來只不過是舊話重提，而出發點卻不可同日而語。如果將它作爲文獻學、文學交流史和比較文學綜合研究的對象的話，那麼開掘的工作還僅是發端。

三　《群書治要》中的《詩》

《群書治要》收入的《詩》共六百餘行。從三〇五篇中選出七十四篇，下面是行數和篇名：

二　《詩》

三　《周南》：二九　《關雎》　三九　《卷耳》

四六　《邵（召）南》：四七　《甘棠》　五一　《何彼穠（襛）矣》

五七　《鄁（邶）風》：五八　《栢（柏）舟》　六三　《谷風》

七二　《鄘風》：七三　《相鼠》　七九　《干旄》

八五　《衛風》：八六　《淇澳（奥）》　九二　《丸（芄）蘭》

〔一〕〔日〕尾崎康、小林芳規解題《群書治要》（一），東京：汲古書院，一九八八年，一四三—二一九頁。

九八　《王風》：九九　《葛藟》　一〇三　《采葛》
一〇六　《鄭風》：一〇七　《風雨》　一一一　《子衿》
一一五　《齊風》：一一六　《雞鳴》　一二〇　《甫田》
一二六　《魏風》：一二七　《伐檀》　一三三　《碩鼠》
一三九　《唐風》：一四〇　《杕杜》
一四五　《秦風》：一四六　《晨風》一五一　《渭陽》　一五九　《權輿》
一六四　《曹風》：一六五　《蜉蝣》
一七四　《小雅》
一七五　《鹿鳴》：一八一　《皇皇者華》　一八七　《常棣》
一九六　《伐木》：二〇五　《天保》　二一二　《南山有臺》
二一八　《蓼蕭》：二二四　《湛露》　二二八　《六月》　二四七　《車攻》　二五四　《鴻雁》
二六三　《白駒》：二六八　《節南山》
二七四　《正月》：二八四　《十月之交》　二九五　《小旻》
三〇八　《小弁》：三二〇　《巧言》　三二五　《巷伯》
三三二　《谷風》：三三七　《蓼莪》　三四八　《北山》
三五八　《青蠅》：三六三　《賓之初筵》　三七四　《采菽》
三八〇　《角弓》：三八七　《菀柳》　三九四　《隰桑》
四〇一　《白華》：四一三　《何草不黃》
四二〇　《大雅》
四二一　《文王》：四三一　《大明》　四三九　《思齊》

四四七 《靈臺》：四五三 《行葦》 四六二 《假樂》
四六九 《民勞》：四七二 《板》 四八三 《蕩》 四九九 《抑》 五〇七 《桑柔》
五一六 《雲漢》：五二六 《崧高》 五三二 《烝民》
五四八 《瞻仰(卬)》
五六四 《清廟》：五七〇 《振鷺》 五七四 《雍(雝)》 五七七 《有客》 五八〇 《敬之》
五八五 《魯頌》：五八六 《閟宮》
五九二 《商頌》：五九三 《長發》 六〇〇 《殷武》

由於該書是以特定的讀者對象編撰的，編撰者從選篇到選注各方面都體現出獨特的標準。這個特定的讀者對象就是太宗，頂多擴大到太宗的周邊。也就是首先要符合太宗知國之興衰的需要。從選篇來看，《國風》中的《陳風》《檜風》《豳風》等一篇未選。而每篇選擇的情況也不盡相同，既有全篇選入的，也有摘選數章的，還有只選數句的。最少的是《有客》一篇，只選了其中兩句。最多的選法則是只選首章。特別是兩三章只變换數字，構成復唱的詩，皆採用了只選首章的方式。有些有名的篇章如《七月》没有選入，或許是考慮到其他經書中已選入相關的内容。

總之，《群書治要》中的《詩經》部分，是今存較早的《詩經》選本，僅從這一點出發，也是《詩經》接受史中值得一顧的課題。由於編撰者選擇目的過於集中到興衰一點，所以所注目的與其説是詩句本身的含義，不如説是《詩序》和《鄭箋》通過詩解發揮的儒家治國理念。近代以來，學者主張將《詩經》本身和附着在它身上的「層層疊疊的瓦礫」分開，這固然是探究詩意所必須的，同時不應忘記的是，以往千年以來的很多場合，那些「瓦礫」，特別是《傳》、《箋》早已和《詩經》本身融爲一體，成爲一個接受對象，特別是在政教的層面更爲醒目。這是我們研究《詩經》接受史時不可忽視的。

由於這樣的特定目的，在對《傳》《注》的處理上，爲精要不繁，處處可見删去《毛傳》一些常見詞釋詞的痕跡，同時《傳》《箋》不予分别，一律混用，在《傳》《箋》釋詞不同的時候，多棄《傳》而從《箋》，這或許是因爲《箋》對詩句有更完整的解釋。

研究這個抄本，首先是因爲它保存了《毛詩》定本和《毛詩正義》之前的《詩經》的部分面貌。儘管其中已有清原家根據《定本》、《釋文》及《毛詩正義》校勘的内容，但與宋刊本異同甚多，可供參酌分析。從文字上看，多用俗字，唐石經用假借字，而此本用正字的情況很普遍，而相反的情況也時有所見。清人陳奂雖注意到《群書治要》可資《毛詩》校勘，但由於没有看到抄本原件，而翻刻本又不可能保存抄本中複雜的訓點標記，所以終究未能使之物盡其用。

首先，這個抄本對於校定《毛詩傳箋》具有一定參照價值。

1　阮本《大序》：「風，風也」，此抄本第六行作「風，諷也」。日本刻唐釋慧琳《一切經音義》卷三十六引作「諷也」，與《釋文》所載崔靈恩本同。日本大念佛寺藏《毛詩二南》抄本亦作「諷也」。

2　《大序》中阮本「故永歌之，永歌之不足」，抄本第九行兩「永歌」均作「詠歌」，與其前後之「嗟歎」，「舞蹈」恰爲組合，《文選》顔延之《曲水詩序》注引《初學記・歌類》、《慧琳音義》卷三十六日本刻原本《玉篇・言部》引，及日本《七經孟子考文》並作「詠歌」。日本大念佛寺藏《毛詩二南》抄本亦均作「詠歌」。

3　《秦風・晨風》：「鴥彼晨風，鬱彼北林。」「鴥」字，阮本誤作「鴪」。阮校：「唐石經作『鴥』。案：『鴥』字是也。」恭仁山莊藏《毛詩正義》單疏本標起止爲「『䮀疾』至『實多』」，劉承幹《毛詩單疏校勘記》云：「阮本『䮀』作『鴪』，下同。此本與唐石經無異，當《正義》本如是，無作『鴪』者。」案：《群書治要》寫本作「鴥」，則知今本之「鴪」字或爲「鴥」字形近而訛。「鴥」同「䮀」，故詩有作「䮀彼晨風」者，又有作「鴥彼晨風」者，皆不誤。

4　《小雅・十月之交》：「百川沸騰，山塚崒崩。」《箋》云：「百川沸出相乘淩者，由貴小人也；山頂崔嵬者崩，君道壞也。」

兩句皆以「者……也」句式説明原因，而語義不暢，上句「百川沸出相乘淩者」，爲果，而下句「山頂崔嵬者崩」亦爲果，則以作「山頂崔嵬崩者」爲順。《群書政要》寫本正作「山頂崔嵬崩者」。順便説，《鄭箋》將「崒崩」分爲兩詞，非爲確解。馬瑞辰《通釋》：「『崒崩』二字當連讀，與上『沸騰』相對成文，即碎崩之假借。《廣雅》碎、崩並訓爲壞是也。」

5 《大雅·清廟》：「濟濟多士，秉文之德，對越在天。」《箋》云：「濟濟之衆士，皆執行文王之德。文王精神已在天矣，猶配順其素如生存。」

這一段話有兩點值得注意。《群書治要》「素」字下有「行」字，今無。另一點是《群書治要》本「存」字下有「焉」字，而今本無。

先説「行」字。從配順與素行的搭配看，以有「行」字爲長。而《正義》曰「文王在天，而云多士能配者，正謂順其素先之行，如其生存之時焉」。可知孔穎達所見本子，蓋有「行」字。

再看「焉」字。「如生存」三字，今本原作「如存生存」。阮校：「閩本上『存』作『在』，明監本同。毛本『如』誤『知』，相臺本無上『存』字，《考文》古本無。案無者是也。」誠如阮校所言，今本「如存生存」，當爲「如生存」，僅此數字，諸本之混亂可知。之所以出現這種混亂，很可能是原有的「焉」字被剥離後，僅存「如生存」三字結句，頗感不穩，遂有增字之誤。

手抄本中，句尾助字一方面可能比後來的印本有更多的原樣保留的機會，因爲從成本講，多寫一個助字，印本要高於寫本。另一方面，在書寫時，最容易因被忽略而錯訛的也是助字。抄寫者無疑會儘量在看懂文意後正確抄寫，而當看到抄到句末助字的時候，很可能自認爲理解已没有問題而有所大意，特别是之、也、焉之類用哪個區别不是很大的時候，再加上「也」、「之」在原本過草本易搞錯的情況，將「之」看成「也」，或者分不清的時候再加上疑似的字，於是丢下或增衍助字的現象便頻頻出現。可以説，抄本較印本可能更具有個人隨機性，這是我們在參照時不能不細加留意的。

其次，這個抄本雖然有後來改動的痕跡，但仍多用俗字，這和敦煌藏六朝和唐代《詩經》寫本十分相似，可作異文對照研究，豐富我們對那一時代文字的認識。

如「刺」字，此本皆作「刾」。考《漢石經集成》三七「惟是褊心，是以爲刾（其二）葛屨」。馮登府云：「《説文》『刺』從『刀』從『朿』，《石經》作『刾』者，隸變也。」伯二五二九同篇亦作「刾」，或以爲作「刺」作「刾」，爲《毛》、《魯》之異者，由此可見，非也。日本念佛寺本抄本《毛詩二南》「刺」亦作「刾」，可證唐時俗本多有作「刾」者。《巧言》：「投畀豺虎」，「豺」字，此抄本作「犲」。阮本用正字。《干禄字書》：「犲，豺，上通，下正。」此類例子不勝枚舉。

辨明抄本中的俗字，有利於分析今本異文産生的原因。例如，今本《大明》第三章「心之憂矣，自詒伊戚。」《箋》云：「我冒亂世而仕。」阮校無説。而静嘉堂本「冒」字作「胃」字，且右旁注：「遭，本乍。」蓋「冒」字本作「遭」。據《干禄字書·平聲》：「曺，曹，上通下正。」即「曺」是通字，「曹」是正字。《群書治要·詩》《渭陽·序》「文公遭孋姬之難」，「遭」字「辶」中正作「曺」。由此，可以推想，《箋》本作「遭亂世」，後抄寫中脱「辶」，「曺」字又誤作「胃」，再誤作「冒」，語則似通，故人不疑。類似的例子尚可列舉。不論是直接還是間接，充分瞭解六朝和唐代寫本中的俗字，都有助於擴展思路，增加判斷的可靠性。

第三，《群書治要》抄本或可有助於糾正現行標點本的疏漏。

四　《群書治要》中《詩經》的訓點

《群書治要》的《詩經》部分既不是《毛詩鄭箋》的全部，又有編選者動手剪裁的痕跡，但部分保留的舊貌，卻非後人所能作僞的。爲此，就有必要對寫本的訓點加以研究，即對寫本中原文文字之外的句讀、圈發、訓釋和校勘符號做一考察。

《群書治要》卷一至卷十的經部，是清原教隆以清原家訓説加點的。爲《詩》加點則是建長五年，即一二五三年，即南宋寶祐元年。清原教隆是清原廣澄的七世孫。廣澄（九三四—一〇〇九）於一〇〇二年爲明經博士，賜姓清原，開創清原明經家，其子孫時代繼承祖業。教隆（一一九九—一二六五）曾在鐮倉爲將軍講議，受到重用。他爲《群書治要》加點，乃是受命於北條即時將軍。一二二六年爲《詩》所加點，也同其他部分一樣，保存了清原家經學的古風，也部分反映了南宋以前《毛詩》抄本的情況。

原件在《經》《序》《傳》《箋》旁，均以上四種訓點符號，包括四角所標四聲，此乃研究日本訓點的寶貴資料，雖於一般中國《詩經》研究者或非必需，但對比當時釋詩與通行本異同具有參考價值。

句讀。中國古人論讀書，莫不曰詳訓點、明句讀。讀之謂豆，讀即是點。《增韻》解釋句讀説：「凡經書成文語絶處，謂之句，語未絶而點分之間，以便誦詠，謂之讀。今秘省校書式，凡句絶則點於字之旁，讀分則微點於字之中間（見《康熙字典》）。」觀《群書治要・詩》的句讀，完全與《增韻》所言方法一致。例如第十三至十四行，「故正得失，動天地，感鬼神，莫近於詩」一句，在「詩」之旁的點，是句，相當於今日之句號或逗號；而「故」之下、「失」之下、「神」之下，皆有小點，大體相當於今天的頓號。「故」之下的點，表示讀至此，略作停頓，意義更爲明晰。今天讀日本人對漢籍的斷句，往往比較中國學者斷句停頓多，或許與自古以來採用的這種句讀方法有關。

圈發。即對字，特別是破音字的四聲予以標注。日本採用的方法，和張守節《史記正義・發字》中所言相一致，其言所謂「觀義點發」，就是就其字義，看其在文中該讀幾聲。宋以來點各以圈來代替，以免與其他點相混。《群書治要・詩》均用小圈標注四聲，稱爲聲點。各種聲調小圈在字周圍的位置不同，平聲於左下，平聲輕於左下略靠上，上聲於左上，去聲於右上，入聲輕於右下略靠上，入聲於字之右下。濁聲則用兩個小圈來標注，平聲濁於左下，平聲輕濁於左下略靠上，上聲濁於左上，去聲濁於右上，入聲音輕濁於右下略靠上，入聲濁於右下。在敦煌《詩經》殘卷中可以看到同樣的標注。

例如，第五十一行，「何彼穠（襛）矣」，於「何」字左下有一小圈，謂讀平聲，於「彼」字左上有一小圈，謂讀上聲，「穠」字左下有兩小圈，謂讀穠平聲濁，「矣」字左上有一小圈，謂讀上聲。

值得思考的是，一般認爲，當時讀中國傳來的典籍，並不需要按照漢語發音來讀，而是像今天仍在使用的訓讀那樣，讀日本音就行了，即所謂漢字的「同文異音」。那麼爲什麼還要將四聲標注出來呢？當時清原家是否也進行漢語發音的教育呢？是否也在採用類似現代的用中國話誦讀原文的方法呢？不管怎樣，這些讀法，抄自中國原本，應無需懷疑，它們應該也是研究我國古代音韻的參考資料。

清原教隆似乎對於字的讀音還相當重視，在寫本中還可以看到以「音」字的簡代字「立」來注音的情況，即只寫出「音」字的上半邊一部分，來作「音」字的代用字，不將上半的「立」字寫全，似是爲了避免歧意，這個方法今天看來像是暗號，而當時完全是爲了便利而已。如第三四四行「拊」左下旁注「撫」字，即便表示「拊」讀如「撫」，同樣，五六四行「雒」字左下旁注「洛」，也就是「雒」讀若「洛」。

訓釋。訓釋就是通過各種文字或符號來對文本作出解釋，從某種意義上説也是保留原有文字的翻譯方式。平安時代前後這種讀書法已經相當成熟。各種文字和符號不僅能够表明原文語彙的讀法和意義，而且也通過返點的方式，將中文的語法結構調整爲日語的語法，使閱讀者看着原文就能在將漢文轉化爲日語。日語爲粘着語，在將漢文轉化爲日語的過程中，利用符號來轉變語序，明確各個辭彙的關係，是訓釋的重要内容，同時，每個詞是採用音讀（近乎音譯），還是訓讀（近乎意譯）也是不可缺少的。常用的表明詞語關係的助詞，被簡化爲點，由其在字周圍的位置，讀者就可以還原爲原來的假名，由各種固定位置的點，也可以明確如何將原文顛倒讀之。《群書治要·詩》的訓釋，如字左旁有「丨」，表示此字當訓讀；字的右旁有「丨」，表示此字當音讀。兩字之間，有「丨」，表明兩字爲一詞，其中如果「丨」在兩字正中間，則表示此兩字在一起音讀，即所謂「音合」，而「丨」字在兩字之間的左半側，那麼則表示兩字在一起訓讀，即所謂「訓合」。在兩字之間如有「レ」，即所謂「雁點」，則表示兩個字按照日語來説應當顛倒來讀。其名爲雁點，或因爲其形如雁展翅而飛。字下中部有短横線，則表示上爲人名。還有「上」、「一」、「二」等字，將原文各詞先後注明，虛字則標「不讀」，這樣，不論是《經》，還是《傳》《箋》，即便不通漢語也都可以讀通了。這是一種默默無聲的深層次交流。從這些文字或符號，我們就可以知道當時的日本人怎樣理解《詩經》的。

校勘符號。寫本校勘，不僅是糾正抄錯的字，而且也是通過不同時期不同來源的本子相互對照，以尋求超越各本的善本的過程。《群書治要》常使用的校勘符號有以下幾種：

補漏：字下中間有小圈○，以弧線引出，表示字下有漏字，當補上弧線外所寫的字。

删去：字的左側（時亦有在右側的）的「〻」，表明此處當删。

糾謬：文中之字的一側有兩點「〻」，而於其字下寫有異字，表明文中字爲訛誤，以異字爲正。

另外，《群書治要·詩》部分，每首詩的詩題前，有圓黑點，而疊詞一律用重文號，省而不書，這些可能保存着唐本的舊貌。本次校讀，則將重文號去掉，寫出叠字。至於原本文字，多用俗字，如「惡」作「悪」，「因」作「囙」，「廢」作「癈」，凡「土」皆作「圡」，如杜、基、堅、牡中的「土」皆作「圡」，凡「臼」皆作「旧」，如蹈、舊、舅字中的「臼」皆作「旧」，此類情況則改爲正字。抄本中，清原教隆多根據《釋文》標出反切。

這個本子，是今存極少明確抄寫點讀時間的早期抄本，從時間上講，比清原宣賢一五二一年加點，現存静嘉堂文庫的《毛詩鄭箋》要早二九五年。遺憾的是它只是《毛詩鄭箋》的摘抄，不能爲我們展現當時的全貌。

最後，謹向同意影印出版此抄本的日本宫内廳書陵部致以誠摯的謝意。

日本宮内廳書陵部藏群書治要詩及釋録

《群書治要》卷第三　　秘書監鉅鹿男臣魏徵奉敕撰
《詩》
《周南》
《關雎》，后妃之德也，風之始也。所以風化〔一〕天
下而正夫婦也。故用之鄉人焉，用之邦國
焉。風，諷也〔二〕，教也。風以動之，教以化之。詩者，
志之所之。在心爲志，發言爲詩。情動於

〔一〕旁注：「定本無。」唐石經、小字本、相臺本並作「風天下」。
〔二〕唐石經、小字本、相臺本並作「風，風也」。

群書治要卷第三　秘書監鉅鹿男臣魏徵等撰

詩

周南

關雎后妃之德也風之始也所以風化天
下而正夫婦也故用之鄉人焉用之邦國
焉風諷也教也風以動之教以化之詩者
志之所之也在心為志發言為詩情動於

衷而形於言。言之不足，故嗟歎之；嗟歎之不足，故詠歌之；詠歌之不足，不知手之舞之，足之蹈之也。情發於聲，聲成文謂之音。發猶見也。聲謂宫商角徵羽。聲成文者，宫商上下相應也。治世之音，安以樂，其政和；亂世之音，怨以怒，其政乖；亡國之音，哀以思，其民困。故正得失，動天地，感鬼神，莫近於詩。先王以是經夫婦，成孝敬，厚人倫，美教化，移風易〔一〕

〔一〕《會箋》：「唐石經、摺本、延文本無『易』字。」

所之也在心為志發言為詩情動於中
而形於言言之不足故嗟歎之嗟歎
之不足故詠歌之詠歌之不足不知手
之舞之足之蹈之也情發於聲聲成文謂
之音發猶見也聲謂宮商角徵羽聲成文者宮商上下相應也治世之
音安以樂其政和亂世之音怨以怒其政
乖亡國之音哀以思其民困故正得
失動天地感鬼神莫近於詩先王以是
經夫婦成孝敬厚人倫美教化移風易

俗。故詩有六義焉：一曰風，二曰賦，三曰比，四曰興，五曰雅，六曰頌。上以風化下，下以風刺上[一]。言之者無罪，聞之者足以自誡[二]，故曰風[三]。以[四]一國之事，繫一人之本，謂之風；言天下之事，形四方之風，謂之雅。雅者，正也，言王政之所由廢興[五]也。政有小大，故有《小雅》焉，有《大雅》焉。頌者，美盛德之形容，以其成功告於神明者也。是謂四始，詩之至也。始者，王道興衰之所由也[六]。至於王道

〔一〕「上」字下脱「主文而譎諫」五字。

〔二〕唐石經、小字本、相臺本皆無「自」字。

〔三〕下與阮本不同。阮本下接「至於王道衰至變風變雅作矣」，此本則將變風變雅之説置於對風雅頌各作説明之後。

〔四〕阮本「以」字前有「是」字。

〔五〕「癈」，同「廢」。唐石經、小字本、相臺本並無「之」字。阮校：「案《正義》云定本『王政所由廢興』，俗本『王政』下有『之』字，誤也。」

〔六〕阮本「由」下無「也」字。

經夫婦成孝敬厚人倫美教化移風
俗故詩有六義焉一曰風二曰賦三曰比
四曰興五曰雅六曰頌上以風化下下以風刺
上言之者無罪聞之者足以自誡故曰風以一國
之事繫一人之本謂之風言天下之事形四
方之風謂之雅雅者正也言王政之所由廢
興也政有小大故有小雅焉有大雅焉頌
者美盛德之形容以其成功告於神明者
也是謂四始詩之至也始者王道興衰之所由也至於王道

衰，禮義廢，政教失，國異政，家殊俗，而變風變雅作矣〔一〕。《周南》〔二〕、《召南》，正始之道，王化之基。是以《關雎》樂得淑女以配君子，憂〔三〕在進賢，不淫其色。哀窈窕，思賢才，而無傷善之心焉。是《關雎》之義也〔四〕。

關關雎鳩，在河之洲。興也。關關，和聲也。雎鳩，王雎也。鳥摯而有別〔五〕。后妃悅樂君子之德，無不和諧，又不淫其色〔六〕，若雎鳩之〔七〕有別焉。然後可以風化天下。夫婦有別則父子親，父子親則君臣敬，君臣敬則朝廷正，朝廷正則王化成也〔八〕。窈窕淑女，君子好

〔一〕阮本在「變風變雅作矣」後有以下六十三字：「國史明乎得失之跡，傷人倫之廢，哀刑政之苛，吟詠情性，以風其上，達於事變而懷其舊俗者也。故變風發乎情，止乎禮義。發乎情，民之性也；止乎禮義，先王之澤也。」

〔二〕阮本於《周南》前有以下四十七字：「然則《關雎》之化，王者之風，故繫之周公。南，言化自北而南也。《鵲巢》、《騶虞》之德，諸侯之風也，先王之所以教，故繫之召公。」

〔三〕「憂」，今本作「愛」。阮校：「毛本『愛』作『憂』。案『憂』字是也。」此同毛本。

〔四〕此選本詩首章和次章。

〔五〕「別」字後脱「水中可居者曰洲」七字。

〔六〕「色」字後脱「慎固幽深」四字。

〔七〕《會箋》：「延文本《傳》『若關雎之』四字，作『若雎鳩之關關』六字。」

〔八〕阮本「成」字下無「也」字。

也長言之……也　衰之所由也

衰禮義廢，政教失，國異政，家殊俗，而變風變
雅作矣。周南、召南，正始之道，王化之基。是
以關雎樂得淑女以配君子，憂在進賢，不
淫其色，哀窈窕，思賢才，而無傷善之心焉。
是關雎之義也。

關關雎鳩，在河之洲。興也。關關，和聲也。雎鳩，王雎也。鳥摯而有別。后妃說樂君子之德，無不和諧，又不淫其色，若雎鳩之有別焉。然後可以風化天下。夫婦有別則父子親，父子親則君臣敬，君臣敬則朝廷正，朝廷正則王化成也。

窈窕淑女，君子好

仇。窈窕，幽閑也。淑，善也〔一〕。仇，匹也。后妃〔二〕有關雎之德，是幽閑貞專之善女，宜爲君子仇匹也〔三〕。參差荇菜，左右流之。荇，接尒〔四〕也。流，求也。后妃有關雎之德，乃能供荇菜偹庶物，以事宗廟也。左右助之〔五〕，言三夫人、九嬪以下皆樂后妃之事也。窈窕淑女，寤寐〔六〕求之。寤，覺也〔七〕。寐，寢也。言后妃覺寐則常求此賢女，欲與之共己職〔八〕。求之不得，寤寐思服。服，事也。求賢女而不得，覺寐則思己職事當与誰共之也。悠哉悠哉，展〔九〕轉反側。悠，思也。言己誠思之也。臥而不周曰展也。

《卷耳》，后妃之志也。又當輔佐君子求

〔一〕阮本「善」字下無「也」字。

〔二〕阮本「后妃」上有「言」字。

〔三〕阮本「仇匹」作「好匹」。「匹」字下無「也」字。

〔四〕「尒」字當爲「余」字形近而誤。《會箋》：「延文本『余』作『荼』。」

〔五〕「偹」，「備」的俗字。《敦煌俗字典》引伯二九六五《佛説生經》：「甥又覺之，兼猥釀酒，持（特）令醇厚，詣守者微而沽之。」自「左右」爲《箋》。「之」字當爲「也」字之誤。有删節。

〔六〕「寤」爲「寤」的俗字。《敦煌俗字典》引伯二九六五《佛説生經》：「醒寤失兒，具以啓王。」「寐」爲「寐」的俗字。《敦煌俗字典》引斯五五八四《開蒙要訓》：「眠睡寢寐。」

〔七〕阮本「覺」字下無「也」字。

〔八〕自「寢也」下爲《箋》。「職」字下阮本無「也」字。

〔九〕古抄本作「輾」。《會箋》：「延文本作『展』。」

逑正朝廷正則王化成也

窈窕淑女君子好仇窈窕幽閑也淑善也仇匹也后妃有關雎之德是幽閑貞專之善女宜為君子仇匹也

參差荇菜左右流之荇接余也流求也后妃有關雎之德乃能供荇菜備庶物以事宗廟也左右助之言三夫人九嬪以下皆樂后妃之事也

窈窕淑女寤寐求之寤覺也寐寢也言后妃覺寐則常求此賢女欲與之共己職

求之不得寤寐思服服事也求賢女而不得覺寐則思己職事當誰與共之也

悠哉悠哉輾轉反側悠思也言己誠思之也臥而不周曰輾也

卷耳后妃之志也又當輔佐君子求

賢審官，知臣下之勤勞。內有進賢之志，而無險詖私謁之心，朝夕思念，至於憂勤〔一〕。謁，請也。采采卷耳，不盈頃〔二〕筐。憂者之興也。采采，事采之也。卷耳，苓耳也。頃筐，畚屬也〔三〕，易盈之器也。器之易盈而不盈者，志在輔佐君子，憂思深也〔四〕。嗟我懷人，寘彼周行。懷，思也。寘，置也〔五〕。行，列也。思君子官賢人，置之周之列位也〔六〕。周之列位，謂朝廷之臣也。

《召南》

《甘棠》，美召伯也。召伯之教，明於南國〔七〕。召伯，姬姓，

〔一〕此選此詩首章。阮本「勤」字下有「也」字。

〔二〕《會箋》：「延文本『頃』作『傾』，《傳》同。」

〔三〕阮本「屬」字下無「也」字。

〔四〕自「器也」爲《箋》。

〔五〕阮本「思」下、「寘」下皆無「也」字。《會箋》：「延文本『思』下、『寘』下並有『也』字。」

〔六〕阮本「列位」下無「也」字。自「列位」也爲《箋》。

〔七〕「邵」字，今本作「召」，《傳》同。此選此詩首章。

[illegible]

賢。審官知臣下之勤勞。内有進賢之志。而無險詖私謁之心。朝夕思念至於憂勤。謁請也

采采卷耳。不盈頃筐。憂者之興也。采采，事采之也。卷耳，苓耳也。頃筐，畚屬也。易盈之器也。器之易盈而不盈者，志在輔佐君子，憂思深也。

嗟我懷人。寘彼周行。懷，思也。寘，置也。行，列也。思君子官賢人，置之周之列位也。周之列位，謂朝廷之臣也。

邵南

甘棠，美邵伯也。邵伯之教，明乎南國。邵伯，姬姓

名奭，作上公，爲二伯〔一〕。蔽芾甘棠，勿翦勿伐，召伯所茇。蔽芾，小貌。甘棠，杜也〔二〕。茇，草舍也〔三〕。召伯聽男女之訟，不重煩勞百姓，止舍小棠之下而聽斷焉，國人被其德，悦其化，敬其樹也〔四〕。

《何彼穠矣》，美王姬也。雖則〔五〕王姬亦下嫁於諸侯，車服不繫其夫下，王后一等，猶執婦道，以成肅雍之德〔六〕。何彼穠矣，唐棣之華。興也。穠猶戎戎也。唐棣，移也。云〔七〕何乎彼戎者，乃移之華。興者，喻王姬顔色之美盛也。曷弗肅雍，王姬之車。肅，敬也。雍，和也〔八〕。曷，何也。之，往也。何不敬和乎？王姬往

〔一〕「作」字上脱「食采於召」四字。「二伯」後删節十五字。

〔二〕「杜也」後删去《傳》「翦去伐擊也」五字。

〔三〕此下爲《箋》。《會箋》：「卷子本《傳》『茇艸舍也』四字系《鄭箋》。據《正義》引定本及崔靈恩《集注》，此乃《傳》文，非《箋》語，今依延文本補之。」

〔四〕阮本「樹」字下無「也」字。

〔五〕「則」字右旁注「定本無」。

〔六〕此選此詩首章。下「棣」字旁注「徒帝友」。

〔七〕自「云」爲《箋》。阮本「盛」字下無「也」字。

〔八〕阮本「敬」下、「和」下皆無「也」字。自「和也」爲《箋》。

召奭。作上公為二伯。蔽芾甘棠。勿翦勿伐。召伯所茇。蔽芾。小貌。甘棠。杜也。茇。草舍也。召伯聽男女之訟。不重煩勞百姓。止舍小棠之下而聽斷焉。國人被其德。悅其化。敬其樹也。

何彼襛矣。美王姫也。雖則王姫。亦下嫁於諸侯。車服不繫其夫。下王后一等。猶執婦道。以成肅雝之德。何彼襛矣。唐棣之華。興也。襛猶戎戎也。唐棣。栘也。云何乎彼戎戎者。乃栘之華。興者喻王姫顏色之美盛也。曷弗肅雝。王姫之車。肅。敬也。雝。和也。曷。何也。之。往也。何不敬和乎。王姫往

56 乘車〔一〕，言其嫁時始乘車，則已敬和矣〔二〕。
57 《鄁〔三〕風》
58 《栢〔四〕舟》，言仁而不遇也。衛頃公〔五〕時，仁人不遇，小
59 人在側〔六〕。汎彼栢舟，亦汎其流。興也。汎汎〔七〕，流貎也〔八〕。栢木〔九〕所以宜爲舟也。
60 汎其流〔一〇〕，不以濟渡也〔一一〕。舟，載渡物也〔一二〕，今不用，而與衆物汎汎然俱流水中。興者，諭仁人之不用，與群小人並列，亦猶是也。
61 耿耿不寐，如有隱憂。耿耿，猶儆儆也。隱，痛也。仁人既不遇，憂在見侵害也〔一三〕。
62 憂心悄悄，愠于群小。悄悄，憂意也。愠，怒也〔一四〕。覯閔既多
63 受侮不少。閔，病也。《谷風》，刺夫婦失道也。衛人

〔一〕阮本「車」字下有「也」字。
〔二〕阮本「和」字下無「矣」字。
〔三〕「鄁」，阮本作「邶」。
〔四〕「栢」，阮本作「柏」。
〔五〕阮本「公」字下有「之」字。
〔六〕此選此詩首章四句（共六句）和第四章前四句（共六句）。
〔七〕「泛泛」，阮本亦作「泛泛」。阮校：「此當衍一『泛』字。」
〔八〕「貎」，「貌」的俗字。阮本「貌」下無「也」字。《會箋》：「延文本《傳》『貌』下有『也』字。」
〔九〕《會箋》：「延文本《傳》『木』下有『名』字。」
〔一〇〕「汎其流」，阮本作「亦汎汎其流」。陳奐《詩毛詩傳疏》：「『亦汎其流』，亦，語詞也。《傳》以『汎汎其流』釋經『汎其流』三字，則《傳》中『亦』字當衍矣。」
〔一一〕「渡」字，阮本作「度」字。自「濟渡也」爲《箋》。
〔一二〕「也」字阮本作「者」。
〔一三〕「仁人」句爲《箋》。阮本句末「害」字下無「也」字。
〔一四〕《傳》阮本作「愠，怒也。悄悄，憂貌」。根據經文和此本，「悄悄」當在上。當據此本顛倒之。

[illegible]徃也何不敬和乎王姬徃乘車言其嫁時始乘車則已敬和矣

邶風

柏舟言仁而不遇也衛頃公時仁人不遇小人在側汎彼柏舟亦汎其流興也汎汎流貌也柏木所以宜為舟也亦汎汎其流不以濟渡也舟載物也今不用而与衆物汎汎然俱流水中興者喩仁人之不用与群小人並列亦猶是也耿耿不寐如有隱憂耿耿猶儆儆也隱痛也仁人既不遇憂在見侵害也憂心悄悄慍于群小悄悄憂意也慍怒也覯閔既多受侮不少閔病也

谷風刺夫婦失道也衛人

化其上，淫於新婚〔一〕而棄其舊室，夫婦離絶，國俗傷敗焉〔二〕。習習谷風，以陰以雨。興也。習習，和舒之貌〔三〕。東風謂之谷風。陰陽和而〔四〕谷風至，夫婦和則室家成之也〔五〕。黽〔六〕勉同心，不宜有怒。言黽勉〔七〕思与君子同心也。所以黽勉者，以爲見譴怒，非夫婦之宜也〔八〕。采葑采菲，無以下體。葑，蕦〔九〕也。菲，芴也。下體，根莖也。二菜皆上下可食〔一〇〕，然而其根有美時有惡時。采之者不可以根惡之〔一一〕時並棄其葉。喻夫婦以禮義合，以顔色親〔一二〕，亦不可以顔色衰，而〔一三〕棄其相與之禮。德音莫違，及爾同死。莫，無也〔一四〕。及，與也。夫婦之言，無相違者，則可長相〔一五〕與處至死，顔色斯須之有也。

〔一〕「婚」字，阮本作「昏」。
〔二〕此選此詩首章。
〔三〕《會箋》：「延文本『貌』下有『也』字。」
〔四〕《會箋》：「延文本《傳》『和而』作『和則』。」
〔五〕阮本無「之也」。「也」下删去「室家成而繼嗣生」七字。《會箋》：「《傳》『成之』，卷子古本作『和則』。」
〔六〕「黽」字左下旁注「黽摺乍」。「扌」爲「摺」字之省，「摺」，摺本，即印本，指宋刻本。「黽」，「黽」的俗字。凡從「黽」者俗皆或作「黽」，見可洪《新集藏經音義隨函録》。
〔七〕阮本「勉」字下多一「者」字。
〔八〕「所以」句爲《箋》。阮本「譴怒」下多一「者」字，句末「宜」字後無「也」字。
〔九〕「蕦」字，阮本作「須」字。
〔一〇〕「二菜」句爲《箋》，有删節。
〔一一〕阮本「惡」下無「之」字。
〔一二〕「以顔色親」，今本作「顔色相親」。
〔一三〕阮本無此「而」字。
〔一四〕自「莫無」爲《箋》。阮本「無」字下無「也」字。
〔一五〕阮本「可」下多「與女」二字。句末「有」下無「也」字。

受侮不少也。□□莫知所適也。稱人

化其上。淫於新婚。而棄其舊室。夫婦

離絶。國俗傷敗焉。習々谷風。以陰。以

習々谷風。以陰以雨。興也。習々，和舒之貌。東風謂之谷風。陰陽和而谷風至。夫婦和則室家成之也。

黽勉同心。不宜有怒。言黽勉思与君子同心也。所以黽勉者，以為見譴怒非夫婦之宜也。君子同心也。

采葑采菲。無以下體。葑，須也。菲，芴也。下體，根莖也。二菜皆上下可食。其根有美時，有惡時。采之者，不可以根惡之時，并棄其葉。喩夫婦以禮義合，以顔色親，亦不可以顔色衰，而棄其相与之禮。

德音莫違。及爾同死。莫，无也。及，与也。夫婦之言無相違者，則可長相與處至死。顔色斯須之有也。

72 《鄘風》
73 《相鼠》，刺無禮也。衛文公正其群臣，而刺
74 在位承先君之化無禮儀也〔一〕。相鼠有皮，
75 人而無儀。相，視也〔二〕。儀，威儀也。視鼠有皮，雖處高顯之居，偷食苟得，不知廉
76 恥，亦與人無威儀者同也〔三〕。人而無儀，不死胡爲？人以有威儀爲
77 貴，今反無禮〔四〕之，傷化敗俗，不如其死無所害也。相鼠有體，人而無禮。
78 體，支體也。人而無禮，胡不遄死？
79 《干旄》，美好善也。衛文公之臣子多

〔一〕此選此詩首章和第三章。
〔二〕「相視也」下刪去《傳》文十四字：「無禮儀者，雖居尊位，猶爲暗昧之行。」
〔三〕自「儀威儀也」爲《箋》。阮本句末「同」下無「也」字。
〔四〕「無」字下之「禮」字，阮本無。

可長相與處至死顔色斯須之有也

鄘風

相鼠刺無禮也衛文公能正其群臣而刺在位承先君之化無礼儀也

相鼠有皮人而無儀 相視也儀威儀也視鼠有皮雖處高顯之居偷食苟得不知廉恥亦与人無威儀者同也 人而無儀不死胡為 人以有威儀爲貴今反無之傷化敗俗不如其死無所害也 相鼠有體人而無禮 體支體也 人而無禮胡不遄死

干旄美好善也衛文公之臣子多

80 好善，賢者樂告以善道也〔一〕。賢者，時處士也。孑
81 孑干旄，在浚之郊。孑孑，干旄貌〔二〕。注旄於干首，大夫之旃也。浚，衛邑〔三〕。
82 時有建此旄，來至浚之郊。卿大夫好善者也〔四〕。素絲紕之，良馬四之。紕，所
83 以織組也。總紕於此，成文於彼，願以素絲紕組之法，御四馬也。彼姝者子，何以
84 畀之？姝，順也〔五〕。畀，與〔六〕。時賢者既悦此大夫〔七〕有忠順之德，又欲以善道與之。誠愛厚之至焉〔八〕。
85 《衛風》
86 《淇澳》，美武公之德也。有文章，又能聽〔九〕
87 規諫，以禮自防，故能入相于周，美而作

〔一〕此選此詩首章。

〔二〕阮本「貌」上有「之」字。《會箋》：「延文本《傳》『干旄』下有『也』字。」

〔三〕《會箋》：「延文本《傳》『衛邑』下有『也』字。」以下《傳》删去十四字：「古者，臣有大功，世有官邑。郊外曰野。」

〔四〕自「時有」爲《箋》。「好善者也」，阮本無「者」字。

〔五〕「順也」，阮本作「順貌」。《會箋》：「延文本《傳》『順貌』下有『也』字。」

〔六〕阮本作「予」，下有「也」字。自「時賢者」爲《箋》。

〔七〕「大夫」，阮本作「卿大夫」。

〔八〕阮本無句末「焉」字。

〔九〕「澳」，「奥」涉上文類化字。阮本「聽」下衍一「其」字。

好善。賢者樂告以善道也。賢者時孑

蒙之也

孑干旄。在浚之郊。孑孑干旄皃。注旄於干首。大夫之旃也。浚，衛邑。

時有建此旄來至浚之郊。卿大夫好善者也。素絲紕之。良馬四之。紕所以織組也。總紕於此。成文於彼。願以素絲紕組之法御四馬也。彼姝者子。何以畀之。姝，順也。畀，与。時賢者既悦此大夫有忠順之德。又欲以善道与之。誠愛厚之至也。

衛風

淇澳。美武公之德也。有文章。又能聽規諫。以礼自防。故能入相于周。美而作

88 是詩〔一〕。
89 瞻彼淇澳〔二〕，緑竹猗猗。興也。猗猗，美貌〔三〕也。武公質美德盛，有康叔
90 之餘烈也〔四〕。 有斐〔五〕君子，如切如瑳，如琢如磨。斐，文章貌。
91 治骨曰切，象曰瑳，玉曰琢，石曰磨。道其學而成也。其聽規諫以禮自修飾〔六〕，如玉石之見琢磨〔七〕。
92 《芄〔八〕蘭》，刺惠公也，驕而無禮，大夫刺之。惠公以幼童
93 即位，自謂有才能，而驕慢於大臣，但習威儀，不知爲政以禮也〔九〕。 芄蘭之支，興也。
94 芄蘭，草〔一〇〕，柔弱，恒延蔓於地，有所依緣則起。興者，喻幼稚之君任用大臣乃能成其政也〔一一〕。 童子
95 佩觿。觿所以解結，成人之佩也。人君治成人事，雖童子，猶佩觿，以〔一二〕早成其德也〔一三〕。

〔一〕阮本「詩」下有「也」字。此選此詩首章前五句。
〔二〕「澳」字，阮本作「奥」。
〔三〕「美貌也」，阮本作「美盛貌」。《會箋》：「《傳》『美盛』下『貌』字，卷子本無。」
〔四〕阮本「烈」下無「也」字。《會箋》：「延文本『烈』下有『也』字。」此《傳》删去了「奥」、「緑」、「竹」三字釋詞。
〔五〕「斐」字，阮本作「匪」字，下同。「斐」字左旁注「芳尾反」。
〔六〕阮本「修」下無「飾」字。《會箋》：「折本『修』下無『飾』字。」
〔七〕阮本「琢磨」下多一「也」字。
〔八〕原文作「丸」，旁注「芄，本」，上欄注：「芄，立丸，本又乍丸」。即「芄，音丸，本又作丸」。「立」爲「音」字省文，「乍」爲「作」字省文。
〔九〕此選此詩首章。
〔一〇〕阮本「草」字下有「也」字。《會箋》：「折本《傳》『草』下無『名』字。」
〔一一〕自「柔弱」爲《箋》。阮本「政」字下無「也」字。「稺」爲「穉」的俗譌字，「穉」同「稚」。
〔一二〕阮本「早」上無「以」字。《會箋》：「延文本『早』上有『以』字。」
〔一三〕阮本「德」字下無「也」字。

矣言之系臣民古者人本弓月其所作

是詩

瞻彼淇澳，緑竹綺綺。奥隈也。綺綺美貌也。武公質美德盛，有康叔之餘烈也。

有斐君子，如切如磋，如琢如磨。斐文章貌。治骨曰切，象曰磋，玉曰琢，石曰磨。道其學而成也。聽其規諫以自修飾，如玉石之見琢磨。

芄蘭刺惠公也。驕而無禮，大夫刺之。惠公以幼童即位，自謂有才能，而驕慢於大臣。但習威儀，不知為政以禮也。

芄蘭之支，芄蘭草，柔弱恒延蔓於地，有所依縁則起。興者，喻幼稺之君，任用大臣，乃能成其政也。童子佩觿。觿所以解結，成人之佩也。人君治成人之事，雖童子，猶佩觿，早成其德也。

96 雖則佩觿，能不我知？此幼稚之君，雖佩觿與[一]，其才能實不
97 如我衆臣之所知爲也。惠公自謂有才能而驕慢，所以見刺也[二]。
98 《王風》
99 《葛藟》，王族刺桓王也[三]。周室道衰，棄其
100 九族焉[四]。綿綿葛藟，在河之滸。水涯曰滸。葛也，藟
101 也，生河之涯，得其潤澤，以長而不絶。興者，喻王之同姓得王恩施，以生長其子[五]。終遠兄弟，
102 謂他人父。兄弟，族親也。王寡於恩施，今以遠棄族親矣。是我以他人爲己父也[六]。
103 《采葛》，懼讒[七]。桓王之時，政事不明，臣無大小使出者則爲讒人所毁，故懼之也[八]。

〔一〕「與」字右旁注「辭字也」。自「此幼」爲《箋》。
〔二〕阮本「刺」字下無「也」字。
〔三〕「刺桓公」，唐石經、小字本、相臺本皆作「刺平王」。
〔四〕此選此詩首章前四句（節去「謂他人父，亦莫我顧」兩句）。下「滸」字旁注「呼五反」。
〔五〕自「葛也」爲《箋》。阮本句末「子」字下有「孫」字。
〔六〕自「兄弟」爲《箋》。「族親也」，阮本作「猶言族親也」。「是我以他人爲己父也」，阮本作「是我謂他人爲己父」。句末節去「族人尚親親之辭」七字。
〔七〕阮本「讒」字下有「也」字。此選此詩首章。
〔八〕阮本「之」字下無「也」字。

人事雖童子猶佩觿早成其德也

雖則佩觿，能不我知。此幼稚之君雖佩觿與其才能實不如我衆臣之所知為也恵公自謂有才能而驕慢所以見刺也

王風

葛藟，王族刺桓王也。周室道衰，棄其九族焉。

緜緜葛藟，在河之滸。水涯曰滸葛也藟也生河之涯得其潤澤以長而不絶興者喻王之同姓得王恩施以生長其子

終遠兄弟，謂他人父。兄弟族親也王寡於恩施今以遠棄族親矣是我以他人為己父也

采葛，懼讒也。桓王之時政事不明臣無大小使出者則為讒人所毀故懼之也

104 彼采葛兮，一日不見，如三月兮。興也。葛所以爲絺綌

105 也。事雖小，一日不見於君，憂懼於讒矣。興者，以采葛喻臣以小事使出者也〔一〕。

106 《鄭風》

107 《風雨》，思君子也。亂世則思君子不改其

108 度焉〔二〕。風雨淒淒，雞鳴喈喈。興也。風且雨淒淒然，雞猶守時而

109 鳴喈喈〔三〕然。興者，喻君子雖居亂世，不改其節度也〔四〕。既見君子，云胡不夷？

110 夷，悦也。思而見之，云何不悦也〔五〕。

111 《子衿》，刺學廢也。亂世則學校不脩〔六〕。青

〔一〕自「興者」爲《箋》。阮本無句末「者也」兩字。

〔二〕此詩選此詩首章。下「喈」字旁注「亣皆」，即「音皆」。

〔三〕《會箋》：「延文本《傳》『喈』下有『之』字。」

〔四〕自「興者」爲《箋》。阮本句末「度」字下無「也」字。

〔五〕自「思而」爲《箋》。「云何不悦也」，阮本作云「何而心不悦」。

〔六〕阮本前一「學」字下有「校」字，此同定本。阮本「不脩」下有「焉」字。此選此詩首章。

采□也云　出者則為讒人所毀故懼之也

彼采葛兮一日不見如三月兮　興也葛所以為絺綌也事雖小一日不見於君憂懼於讒矣興者以采葛喻臣以小事使出者也

鄭風

風雨思君子也亂世則思君子不改其度焉

風雨淒淒鷄鳴喈喈　興也風且雨淒淒然鷄猶守時而鳴喈喈然興者喻君子雖居亂世不改其節度也

既見君子云胡不夷　夷悅也思而見之云何不悅也

子衿刺學廢也亂世則學校不脩青

112 青子衿，悠悠我心。青衿，青領〔一〕，學子之所服。學子而在學校之中，己
113 留彼去，故隨而思之〔二〕。縱我不往，子寧不嗣〔三〕。嗣，續也。汝曾不
114 傳聲問我，以恩責其忘己也〔四〕。
115 《齊風》
116 《雞鳴》，思賢妃也。哀公荒淫怠慢，故陳賢
117 妃貞女夙夜警戒相成之道焉〔五〕。
118 鷄既鳴矣，朝既盈矣。鷄鳴朝盈，夫人也，君也，可以起之，常禮也〔六〕。
119 匪雞則鳴，蒼蝿之聲。夫人以蝿聲爲鷄鳴，則以作〔七〕，早於常時，敬也。

〔一〕阮本「領」下有「也」字。
〔二〕自「學子而」爲《箋》。阮本「而」字下有「俱」字，句末「之」字下有「耳」字。
〔三〕「嗣」字下脱「音」字。
〔四〕自「嗣續也」爲《箋》。「汝」字，阮本作「女」。阮本句末「己」字下無「也」字。
〔五〕此選此詩首章。後「鷄既」二字爲衍文，或爲抄寫銜接有差而致。
〔六〕自「雞鳴」爲《箋》。阮本「禮」字下無「也」字。
〔七〕「蝿」，「蠅」的俗字，見可洪《新集藏音義隨函録》。自「夫人」爲《箋》。「則以作早於常時」，阮本作「則起早於常禮」。《會箋》：「延文本《傳》『作』下有『也』字。」

子衿，刺學校廢也。亂世則學校不修焉。

青子衿，悠悠我心。青衿，青領，學子之所服。學子而在學校之中，己留彼去，故隨而思之。

縱我不往，子寧不嗣。嗣，續也。汝曾不傳聲問我，以恩責其忘己也。

齊風

鷄鳴，思賢妃也。哀公荒淫怠慢，故陳賢妃貞女夙夜警戒相成之道焉。

鷄既鳴矣，朝既盈矣。鷄鳴朝盈，夫人也君也，可以起之常禮也。

匪鷄則鳴，蒼蠅之聲。夫人以蠅聲為鷄鳴，則以作早於常時，敬也。

120 《甫田》，大夫刺襄公也。無禮義而求大功，
121 不脩其〔一〕德而求諸侯，志大心勞，所以求
122 者〔二〕非其道也〔三〕。
123 無田甫田，維莠驕驕。興也。甫，大也。大田過度而無人功，終不能獲。興
124 者，喻人君欲立功致治，必勤身修德，積小以成高大也〔四〕。無思遠人，勞心
125 忉忉。忉忉，憂勞〔五〕。此言無德而求諸侯，徒勞其心忉忉然也〔六〕。
126 《魏風》
127 《伐檀》，刺貪也。在位貪鄙，無功而受禄，君

〔一〕阮本無「其」字。《會箋》：「唐石經、折本並無『其』字。」
〔二〕《會箋》：「延文本『求』下有『之』字。」
〔三〕此選此詩首章。
〔四〕自「興者」爲《箋》。阮本句末「大」字下無「也」字。
〔五〕「忉」字左旁注「𠀤刀」，即「音刀」。阮本「勞」字後有「也」字。
〔六〕自「言無德」爲《箋》。阮本句末「然也」作「然耳」。

……則以作早於常時。敎也

甫田，大夫刺襄公也。無禮義而求大功。不脩其德而求諸侯。志大心勞。所以求者非其道也。

無田甫田，維莠驕驕。興也。甫，大也。大田過度，而無人功，終不能獲。者猗人君欲立功致治，必勤身脩德，積小以成高大也。無思遠人，勞心忉忉。忉忉，憂勞也。言無德而求諸侯，徒勞其心忉忉然也。

魏風

伐檀，刺貪也。在位貪鄙，無功而受祿，君

128 子不得進仕爾〔一〕。坎坎伐檀兮，寘之河之
129 干兮，河水清且漣漪。伐檀以俟世用，若俟河水清且漣漪〔二〕。是謂
130 君子之人不得進仕也〔三〕。不稼不穡，胡取禾三百廛兮？
131 不狩不獵，胡瞻爾庭有懸貆兮？一夫之居曰廛。貆，獸名也〔四〕。
132 彼君子兮，不素湌兮。素，空〔五〕。彼君子者，斥伐檀之人。仕有功乃肯受禄。
133 《碩鼠》，刺重斂也。國人刺其君之重斂，蠶
134 食於民，不修其政，貪而畏人，若大鼠也〔六〕。
135 碩鼠碩鼠，無食我黍！三歲貫汝，莫我

〔一〕《會箋》：「延文本『爾』下有『也』字。」此選此詩首章前六句（删去後兩句）。

〔二〕阮本無「猗」字。《會箋》：「折本《傳》曰『漣猗』無『猗』字。」此處删去《傳》「坎坎」、「置」、「幹」等四字釋詞。

〔三〕自「是謂」爲《箋》。

〔四〕阮本「名」字下無「也」字。此處删去《傳》「稼」「穡」兩字釋詞。

〔五〕「碩」字左旁注「立石」，即「音石」。「[illegible]」，「蠶」的俗字。阮本「空」字下有「也」字。下自「彼君子」爲《箋》。

〔六〕此選此詩首章。上「碩」字左旁注「立石」，即「音石」。

伐檀刺貪也在位貪鄙無功而受禄君

子不得進仕尒坎〻伐檀兮寘之河之

干兮河水清且漣漪。伐檀以俟世用若俟河水清且漣漪是

君子之人不得進仕也不稼不穡胡取禾三百廛兮

不狩不獵胡瞻尒庭有縣貆兮一夫之居曰廛貆獸名也

彼君子兮不素餐兮素空也彼君子者斥伐檀之人仕有功乃肯受禄

●碩鼠刺重斂也國人刺其君之重斂蠶

食於民不脩其政貪而畏人若大鼠也

碩鼠碩鼠無食我黍三歲貫汝莫我

136 肯顧。碩，大也。大鼠大鼠者，斥其君〔一〕。汝無復食我黍。疾其君稅斂之多〔二〕。我事汝已三歲矣，曾無
137 教令恩德來顧眷我，又疾其不修德政〔三〕。逝將去汝，適彼樂土。往矣，將去女，與
138 之訣別之辭。樂土，有德之國也〔四〕。
139 《唐風》
140 《杕杜》，刺時也。君不能親其宗族，骨肉離
141 散，獨居而無兄弟，將爲沃所并爾〔五〕。
142 有杕之杜，其葉湑湑。興也。杕，特生貌〔六〕。杜，赤棠也。湑湑，枝葉不相次比之貌〔七〕。
143 獨行踽〔八〕踽，豈無他人？不如我同父。踽踽，無所親也。他人

〔一〕自「碩大」爲《箋》。阮本「君」字下有「也」字。
〔二〕「汝」，阮本作「女」。「多」字下有「也」字。
〔三〕「顧眷」，阮校：「依《正義》當作『眷顧』，各本皆誤倒也。」又，阮本「修」字下無「德」字。
〔四〕「樂」字旁注「亣洛」，即「音洛」。自「往矣」下爲《箋》。阮本「國」字下無「也」字。
〔五〕此選此詩首章前四句（刪去後四句）。上「杕」字旁注「徒細反」。「尒」字下的「有」字是銜接有差而產生的衍文。
〔六〕上「湑」字旁注「私叙反」。小字本、相臺本「特」下有「生」字，此本「生」字書於「特」字左下。
〔七〕「次比」，阮本作「比次」。「之貌」，阮本作「也」。
〔八〕「踽」字旁注「俱禹反」。《釋文》：「踽，俱乎反。」

石鼠石鼠，無食我黍。三歲貫女，莫我肯顧。碩，大也。鼠大鼠者，序其君。汝無復食我黍，疾其君稅斂之多。我事汝已三歲矣，曾無教令恩德來顧眷我。往矣。又疾其不脩德政。之訣別之辭。樂土，有德之國也。逝將去汝，適彼樂土。

唐風

杕杜，刺時也。君不能親其宗族，骨肉離散，獨居而無兄弟，將為沃所并，爾有

有杕之杜，其葉湑湑。興也。杕，特貌。杜，赤棠也。湑湑，枝葉不相次比之貌。

獨行踽踽，豈無他人，不如我同父。踽踽，無所親也。他人。

謂異姓也。言昭公棄遠〔一〕其宗族，獨行國中踽踽然。此豈無異姓之臣乎？顧恩不如同姓之親〔二〕耳。

《秦風》

《晨風》，刺康公也。忘穆公之業。始棄其賢臣焉〔三〕。鴪〔四〕彼晨風，鬱彼北林。興也。鴪，疾貌也〔五〕。晨風，鴪〔六〕也。鬱，積也。先君招賢人，賢人歸往〔七〕之，駛疾如晨風之飛入北林也〔八〕。未見君子，憂心欽欽。言穆公始未見君子之時，思望而憂欽欽然也〔九〕。如何如何，忘我實多。此言〔一〇〕穆公之意，責康公：如何乎〔一一〕，如何乎，汝忘我之事實大多也〔一二〕。

《渭陽》，康公念母也。康公之母，晉獻公之

〔一〕自「他人」爲《箋》。

〔二〕「親」字左旁注「親親，本乍」。「親」字下有重文號，意爲「親」一本作「親親」。「耳」，阮本作「也」。

〔三〕此選此詩首章。

〔四〕「鴪」字左旁注「尹橘反」。「鴪」字，阮本誤作「鴆」。阮校：「唐石經作『鴥』。案『鴥』字是也。」「鴥」同「鴪」，則知阮本之「鴆」乃「鴪」字形近而訛。恭仁山莊藏《毛詩正義》單疏本引作「鴪」不誤。劉承幹《毛詩單疏校勘記》卷上：「阮本『鴥』作『鴆』，下同。此本與唐石經無異，當《正義》如是，無作『鴆』者。」

〔五〕「疾貌也」，阮本作「疾飛貌」。《箋》：「延文本『貌』下有『也』字。」

〔六〕「鴪」字乃「鸇」字之誤。

〔七〕「歸往」，阮本無「歸」字。《會箋》：「延文本『歸往』作『往歸』。」

〔八〕阮本「林」下無「也」字。《會箋》：「延文本『入北林』下有『矣』字。」

〔九〕自「言穆公」爲《箋》。「君子」，阮本作「賢者」。「思望而憂欽欽然也」，阮本作「思望而憂之」。

〔一〇〕自「此言」爲《箋》。阮本「言」字作「以」字。

〔一一〕阮本無此「乎」字。

〔一二〕「也」字左旁注「大，本ナ」。意爲一本有「大」字。「ナ」爲「有」字省文。阮本此句作「女忘我之事實多」。

顧也他人

謂異姓也言昭公棄其宗族獨行國中踽踽

然與豈無異姓之臣乎顧不如同姓之親耳

秦風

晨風刺康公也忘穆公之業棄其賢臣

鴥彼晨風鬱彼北林 興也鴥疾皃也晨風鸇也鬱積疾如晨風之飛入北林之中也先君招賢人〻〻往之疾如晨風之鸇飛入如北林也 未見君子憂心欽欽 言穆公招〻未見君子之時思望而憂欽欽然也 如何如何忘我實多 此言穆公之意責康公如何乎忘我之事實大多也

渭陽康公念母也康公之母晉獻公之

女。文公遭孋〔一〕姬之難未反，而秦姬卒。穆公納文公，康公時爲太子，贈送文公于渭之陽。念母之不見也。我見舅氏，如母存焉。及其即位，思而作是詩也〔二〕。我送舅氏，曰至渭陽。渭，水名也〔三〕。何以贈之？路車乘黄。贈，送也。乘黄，駟馬皆黄也〔四〕。我送舅氏，悠悠我思。何以贈之？瓊瑰玉佩。瓊瑰，美石而次玉者也〔五〕。《權輿》，刺康公也。忘先君之舊臣，與賢

〔一〕「孋」字，阮本作「麗」字。

〔二〕此選全詩，二章，章四句。

〔三〕「渭水名也」乃《箋》。

〔四〕「駟馬皆黄也」，阮本作「四馬也」。《會箋》：「《傳》『皆黄』二字折本無。」

〔五〕「美石而次玉者也」，阮本作「石而次玉」。《會箋》：「傳『美』字、『者』字，折本並無。延文本『者』下有『也』字。」

渭陽康公念母也康公之母晉獻公之
女文公遭孋姫之難未反而秦姫卒
穆公納文公康公時為大子贈送文公于
渭之陽念母之不見也我見舅氏如母
存焉及其即位思而作是詩也我送
舅氏曰至渭陽渭水名也何以贈之路
車乘黄贈送也乘黄駟馬也我送舅氏悠悠我
思何以贈之瓊瑰玉佩瓊瑰美石而次玉者也
權輿刺康公也忘先君之舊臣與賢

160 者〔一〕有始而無終也〔二〕。
161 於我乎！夏屋渠渠。夏，大也。屋，具也。渠渠，猶勤勤也。言君始於我厚設禮
162 食大具以食我，其意勤勤然〔三〕。今也〔四〕每食無餘。此言君今遇我薄，其食我
163 纔足也〔五〕。于嗟乎！不承權輿。承，繼也。權輿，始也。
164 《曹風》
165 《蜉蝣》，刺奢也。昭公國小而迫，無法以自
166 守，好奢而任小人，將無所依焉〔六〕。
167 蜉蝣之羽，衣裳楚楚。興也。蜉蝣，渠略也。朝生夕死，猶有羽翼以自

〔一〕《會箋》：「唐石經『賢人』作『賢者』，卷子本作『人』。」

〔二〕此選此詩首章。

〔三〕自「屋具也」爲《箋》。

〔四〕《會箋》：「延文本『今也』下有『我』字。」

〔五〕自「此言」爲《箋》。「裁」字，阮本作「纔」，「足」下之「也」字，作「耳」字。

〔六〕上「蜉」字左旁注「立浮」，「蝣」字左旁注「立由」。意即「蜉」音「浮」，「蝣」音「由」。此選詩首章。下「蜉蝣」二字爲衍文。

者有始而無終也
於我乎夏屋渠渠夏大也屋具也渠渠猶勤勤也言君始於我厚設礼食大具以食我其意勤勤然今也每食無餘此言君今遇我薄其食我纔足也于嗟乎不承權輿承繼也權輿始也

曹風

蜉蝣刺奢也昭公國小而迫無法以自守好奢而任小人將無所依焉蜉蝣

蜉蝣之羽衣裳楚楚興也蜉蝣渠略也朝生夕死猶有羽翼以自

168 飾〔一〕。楚楚，鮮明貌〔二〕。興者，喻昭公之朝，其群臣皆小人也。徒整飾其衣裳，不知國將迫脅，君子死亡之〔三〕無
169 日，如渠略然之也〔四〕。心之憂矣，於我歸處。歸，依歸也〔五〕。君當
170 於何依歸〔六〕？言有危亡之難，將無所就往也〔七〕。《候人》，刺近小人也。共公
171 遠君子而好近小人焉〔八〕。彼候人兮，荷戈
172 與祋。候人，道路送迎賓客者也。荷，揭也。祋，殳也〔九〕。言賢者之官，不過候人。彼其
173 之子，三百赤芾。芾，韠也。大夫以上赤芾乘軒〔一〇〕。之子〔一一〕，是子也。佩赤芾者，三百人。
174 《小雅》
175 《鹿鳴》，燕群臣嘉賓也。既飲食之，又實

〔一〕阮本「飾」上有「脩」字。
〔二〕《會箋》：「延文本『貌』下有『也』字。」
〔三〕自「興者」爲《箋》。阮本「亡」字下無「之」字。
〔四〕阮本「然」下無「之也」兩字。
〔五〕自「歸依歸」爲《箋》。阮本「歸」下無「也」字。
〔六〕阮本「歸」下有「乎」字。
〔七〕阮本「往」下無「也」字。
〔八〕此選詩之首章。
〔九〕「祋」字左旁注「都外反」。「荷，揭也」，阮本作「何揭」。下「其」字左旁注「不讀」即「其」爲虚字，訓讀時不讀。
〔一〇〕以上爲《傳》，「大夫」前删去一命、再命、三命之説。「芾」字左旁注「立弗」，即「音弗」。「韠」字左旁注「立必」，即「音必」。
〔一一〕自「之子」爲《箋》。

蜉蝣之羽衣裳楚楚　蜉蝣渠略也朝生夕死猶有羽翼以自
脩飾楚楚鮮明皃興者喻昭公之朝其群臣皆小人
也徒整飾其衣裳不知國將迫脅君臣死亡之無
日如渠略然也　心之憂矣於我歸處　歸依歸也君當
於何依歸乎言有危亡之
難將無所就往也　候人刺近小人也共公
遠君子而好近小人焉彼候人兮何戈
與祋　候人道路送迎賓客者也荷揭也祋殳也言賢者之官不過候人　彼其
之子三百赤芾　芾韠也大夫以上赤芾乘軒之子是子也佩赤芾者三百人

小雅

鹿鳴燕群臣嘉賓也既飲食之又實

幣帛筐篚以將其厚意，然後忠臣嘉賓得盡其心矣〔一〕。呦呦鹿鳴，食野之苹。興也。苹，大萍〔二〕也。鹿得苹草〔三〕，呦呦然鳴而相呼，懇誠發于〔四〕中，以興嘉樂賓客當有懇誠相招呼以盛〔五〕禮也。我有嘉賓，鼓瑟吹笙。吹笙鼓簧，承筐是將。筐，篚屬〔六〕，所以行幣帛也。承，猶奉也〔七〕。

《皇皇者華》，君遣使臣也。送之以禮樂，言遠而有光華也〔八〕。言臣出使，能揚君之美，以〔九〕延其譽於四方，則爲不辱君命也。皇皇者華，于彼原隰。皇皇，猶煌煌也。忠臣奉使，能

〔一〕此選此詩首章。

〔二〕「萍」，阮本作「蓱」。《會箋》：「《傳》延文本作『萍』。」

〔三〕阮本「蘋」下無「草」字。《會箋》：「摺本『萍』下『大』字、『得』下『苹』字、『草』字，『盛』下『其』字俱無。『盛』作『成』，卷子古本同。」

〔四〕「于」字，阮本作「乎」。

〔五〕「盛」字，阮本作「成」字。

〔六〕《會箋》：「延文本『篚』下有『之』字，『屬』下有『也』字。」

〔七〕「承猶奉也」爲《箋》。

〔八〕此選此詩首章。

〔九〕阮本「延」上無「以」字。

幣帛筐篚以將其厚意然後忠臣

嘉賓得盡其心矣呦呦鹿鳴食野之苹

興也苹蓱也鹿得苹呦呦然鳴而相呼懇誠發

乎中以興嘉樂賓客當有懇誠相招呼以盛礼也

我有嘉賓鼓瑟吹笙吹笙鼓簧承筐是將

筐篚屬所以行幣

帛也承猶奉也

皇皇者華君遣使臣也送之以禮樂言

遠而有光華也

言臣出使能揚君之美以

延其譽於四方則為不辱

君命

之也

皇皇者華于彼原隰

皇皇猶煌煌也

忠臣奉使能

光君〔一〕命，無遠無近，如華不以高下易其色矣〔二〕。無遠〔三〕無近，惟所之則然之也。駪駪征夫，每懷靡及。駪駪，衆多之貌也〔四〕。征夫，行人也。衆行夫既受君命，當速行，每人懷其私相稽留，則於王事將無所及也〔五〕。《常棣》，燕兄弟也。閔管、蔡之失道，故作《常棣》焉〔六〕。周公弔二叔之不臧〔七〕而使兄弟之恩疏，召公爲作是詩，而歌之以親之。常棣之華，萼不燁燁〔八〕。承花者曰萼，不當作跗〔九〕。跗，萼足也。萼足得華之光明燁燁然也〔一〇〕。興者，喻弟以敬事兄，兄以榮覆弟，恩義之顯，亦燁燁然也〔一一〕。凡今之人，莫如兄弟。人之恩親，無如兄弟之最厚也〔一二〕。鶺鴒〔一三〕

〔一〕《會箋》：「延文本《傳》『君』下有『之』字。」

〔二〕阮本「色」字下無「矣」字。《會箋》：「延文本『色』下有『也』字。」

〔三〕自「無遠」爲《箋》。阮本句末「然」字下無「之也」兩字。下「駪」字左旁注「所巾反」。

〔四〕阮本「貌」下無「也」字。

〔五〕自「衆行夫」爲《箋》。阮本「事」字上無「王」字，「及」下無「也」字。「𥡴」爲「稽」字的俗字。《敦煌俗字典》引斯六六五九《太上洞玄寶妙經衆篇序章》：「道君首。」

〔六〕此選此詩首章、第三章和第四章頭兩句。

〔七〕「不臧」，阮本作「不咸」。

〔八〕頁上注：「萼，本乍鄂，燁，本乍韡。」《藝文類聚》卷八十九作「萼不煒煒」，《御覽》卷四百十六作「萼不韡韡」，徐鼒《讀書雜釋》卷第四：「『韡』之作『煒』，音同之假借。」

〔九〕「跗」，小字本、相臺本、閩、監、毛本皆作「拊」。《釋文》：「拊，亦作跗」下同。

〔一〇〕自「承花者」爲《箋》。阮本「明」下有「則」字，「然」字下「也」字作「盛」字。

〔一一〕阮本「然」字下無「也」字。

〔一二〕自「人之恩親」爲《箋》，前有刪節。

〔一三〕頁上注：「鶺鴒，本乍即令」。意爲「鶺鴒」一本作「即令」。「乍」爲「作」字省文。今本作「脊令」，下同。《釋文》：「脊，井益反，亦作『即』，又作『鶺』，皆同。令音零，本亦作『鴒』，同。」

之也 [illegible] 忠臣奉使能光君命無遠無近如華不以高下易其色矣無遠無近惟所之則然之也

駪駪征夫每懷靡及 駪駪衆多之皃也征夫行人也衆行夫既受君命當速行每人懷其私相稽留則於王事將無所及也

常棣燕兄弟也閔管蔡之失道故作常棣焉 周公弔二叔之不咸而使兄弟之恩疏召公為作是詩而歌之以親之

常棣之華鄂不韡韡 承華者曰鄂不當作跗跗鄂足也鄂足得華之光明韡韡然盛也興者喻弟以敬事兄兄以榮覆弟恩義之顯亦韡韡然也

鄂 本作鄂
韡 本作韡

凡今之人莫如兄弟 人之恩親無如兄弟之最厚

鶺鴒

鶺鴒 本作脊令

在原，兄弟急難。鶺鴒，雍渠也。飛則鳴，行則揺，不能自舍爾〔一〕。急難，言兄弟之相救於急難矣〔二〕。每有良朋，況也永歎〔三〕。況，兹也〔四〕。永，長也。每，雖也。良，善也。當急難之時，雖有善同門來，兹對之長歎而已也。兄弟鬩于牆，外禦其侮〔五〕。鬩，恨〔六〕也。禦，禁也。兄弟雖内鬩外猶禦侮也〔七〕。

《伐木》，燕朋友故舊也。自天子以下〔八〕至于庶人，未有不須友以成者〔九〕。親親以〔一〇〕睦，友賢不棄，不遺故舊，則民德歸厚矣〔一一〕。伐木丁丁，鳥鳴嚶嚶。丁丁，嚶嚶，相切直也。言昔日未居位〔一二〕，与友生〔一三〕山巖伐木，爲勤苦之事，

〔一〕「爾」字，阮「耳」字。《會箋》：「延文本《傳》『耳』作『爾』。」

〔二〕阮本「難」字下無「矣」字。

〔三〕《會箋》：「唐石經『歎』作『嘆』。」

〔四〕阮本「兹」字下無「也」字。《會箋》：「延文本『兹』下有『也』字。」

〔五〕「侮」字左旁注「務，本乍」。阮本作「侮」，下同。

〔六〕「恨」字，阮本作「很」字。

〔七〕「御」字左下旁書「禦」字。自「禦禁也」爲《箋》。「猶」字，阮本作「而」字。

〔八〕「下」字左下旁注「二字本无」。「无」爲「無」之俗字。阮本無「以下」兩字。

〔九〕《會箋》：「延文本『者』下有『也』字。」

〔一〇〕《會箋》：「卷子古本『以』作『已』。」

〔一一〕此選此詩首章和第二章前四句（删去後兩句）。下「丁」字下注「陟耕反」。

〔一二〕自「丁丁」爲《箋》。阮本「位」字下有「在農之時」四字。

〔一三〕阮本「生」字下有「於」字。

[illegible]

本作即令

在原兄弟急難 鶺鴒雝渠也飛則鳴行則搖不能自舍耳急難言兄弟之相救於急難矣 每有良朋況也永歎 況茲也永長也每雖也良善也當急難之時雖有善同門來茲對之長歎而已也 兄弟鬩于牆外禦其侮 鬩很也鬩禁也兄弟雖內鬩外禦其備鬩侮也

伐木燕朋友故舊也自天子以下至于庶人未有不須友以成者親親以睦友賢不棄不遺故舊則民德厚矣

伐木丁〻鳥鳴嚶〻 丁〻嚶〻相切直也言昔日未居位與友生於巖伐木為勤苦之事

[illegible]

猶以道德相攻〔一〕正也。嚶嚶，兩鳥聲也。其鳴之志，似於有朋〔二〕友道然，故連言之也乎〔三〕。出自幽谷，遷于喬木。遷，徙也。謂嚮時之鳥出從深谷〔四〕，今移處喬木也〔五〕。嚶其鳴矣，求其友聲。君子雖遷處於高位，不可以忘其朋友也〔六〕。相彼鳥矣，猶求友聲，矧伊人矣，不求友生？矧，況也。相，觀也。鳥尚知居高木呼其友，況是人乎？不可不求之乎也。

《天保》，下報上也。君能下下以成其政，則〔七〕臣亦〔八〕歸美以報其上焉〔九〕。

天保定爾，俾爾戩〔一〇〕穀。罄無不宜，受天

〔一〕「攻」，阮本作「切」。案：據前文，此本「攻」字乃「切」字形近而訛。

〔二〕阮本「有」字下無「朋」字。

〔三〕阮本「之」字下無「也乎」兩字。

〔四〕《會箋》：「延文本『深谷』下有『也』字。」

〔五〕阮本「木」字下無「也」字。

〔六〕阮本「友」字下無「也」字。

〔七〕阮本「政」字下無「則」字。

〔八〕「亦」字，阮本作「能」。《會箋》：「『臣能』『能』字，卷子本旁書：『本作亦』。」

〔九〕此選此詩第二章前四句（删去後兩句）和第六章前四句（亦删去後兩句）。

〔一〇〕「戩」字左旁注「子淺反」。

徃与友生處伐木爲勤苦之事
出自幽谷、
猶以道德相攻正也。嚶〻兩鳥聲也。其
鳴之志、似於友道、故連言之也。乎
遷于高木
遷徙也。謂鄉時之鳥出從
深谷今移處高木也。
嚶其
鳴矣、求其友聲。
君子雖遷於高位、
不可以忘其朋友也。
相彼
鳥矣、猶求友聲。矧伊人矣、不求友生。
矧況也。相視也。鳥尚知居高木、
呼其友、是人乎、不可不求之乎也。
天保下報上也。君能下〻以成其政、則臣亦
歸美以報其上焉。
天保定爾、俾爾戩穀。罄無不宜、受天

百禄。保，安也。爾，汝也〔一〕。戩，福也〔二〕。穀，禄〔三〕也。罄，盡也。天使汝〔四〕所福禄之人，謂群臣也。其舉事盡得其宜，受天之多福禄〔五〕。如月之晅〔六〕，如日之昇〔七〕。恒，弦也〔八〕。升，出也；言俱進也。月上弦而就盈，日始出而就明也〔九〕。如南山之壽，不騫不崩。騫，虧也。如松柏之茂，無不爾或承。或之言有也。如松柏之枝葉常茂盛，青青相承，無衰落也〔一〇〕。《南山有臺》，樂得賢也。得賢者〔一一〕則能爲邦家立本，太平之基矣〔一二〕。人君得賢者，則其德廣大堅固，如〔一三〕山之有基趾也〔一四〕。南山有臺，北山有萊。臺，夫須也。興者，喻〔一五〕山之有草木

〔一〕自「保安」爲《箋》。釋首章「天保定爾」之語，今移至此。阮本「安」字下無「也」字。「汝」字作「女」字。

〔二〕阮本「福」字下無「也」字。

〔三〕阮本「禄」字下無「也」字。

〔四〕自「天使」爲《箋》。阮本「汝」字作「女」字。

〔五〕「福」字左旁注「本無」。阮本無「福」字。

〔六〕「晅」字，阮本作「恒」字。「晅」字左旁注「恒（缺筆）、本」。

〔七〕「昇」字左旁注「升，本」。

〔八〕阮本「弦」字下無「也」字。

〔九〕自「月上」爲《箋》。阮本「明」字下無「也」字。

〔一〇〕自「或之」爲《箋》。

〔一一〕阮本「賢」字下無「者」字。

〔一二〕此選此詩首章前四句（删去後兩句）。

〔一三〕阮本「如」字下有「南」字。

〔一四〕阮本「趾」字下無「也」字。

〔一五〕自「興者」爲《箋》。「喻」字左下旁注「本無」。

天保定尒俾尒戩穀罄無不宜受天百祿 保安也尒汝也戩福也穀祿也罄盡也天使汝所福祿之人謂群臣也其舉事盡得其宜受天之多福祿
得其宜〻受天多福祿
如月之恒如日之昇如南山之壽不騫不崩 恒弦也昇出也言俱進也月上弦而就盈日始出而就明也 騫虧也
如松柏之茂無不尒或承 或之言有也如松柏之枝葉常茂盛青〻相承无衰落也
南山有臺樂得賢也得賢者則能為邦家立太平之基矣 人君得賢者則其德廣大堅固如山之有基趾也
南山有臺北山有萊 臺夫須也興者喻山之有草木

216 以自覆蓋，成其高大，喻人君有賢臣自以〔一〕尊顯之也。**樂只君子，邦家之**
217 **基。**基，本也。只之言是也。人君既得賢者，置之於位，又尊敬以禮樂樂之，則能爲國家
218 之本也〔二〕。**《蓼蕭》，澤及四海也**〔三〕。
219 **蓼彼蕭斯，零露湑兮。**興也。蓼，長大貌。蕭，蒿也。湑湑然蕭上
220 露貌。興者，蕭〔四〕香物之微者，喻四海之諸侯亦國君之賤者。露，天所以潤萬物，喻王者恩澤不爲遠國則不
221 及之〔五〕。**既見君子，我心寫兮。**既見君子者，遠
222 國之君朝見於天子也。我心寫者，舒其情意，无留恨者〔六〕。**燕咲**〔七〕**語兮，是以**
223 **有譽處兮。**天子與之燕而笑語，則遠國之君各得其所，是以稱揚德美，使聲譽

〔一〕自「興者」爲《箋》。「自以」，阮本作「以自」，「顯」字下無「之也」兩字。
〔二〕自「只之」爲《箋》。阮本「本」字下無「也」字，有「得壽考之福」五字。
〔三〕此選此詩首章。
〔四〕「斯」字左下旁注「辭字也」。自「興者」爲《箋》。阮本「者」字下有「蕭」字。
〔五〕「及之」，今本作「及也」。
〔六〕自「既見」爲《箋》。
〔七〕「咲」，今本作「笑」。《干禄字書·去聲》：「咲，笑，上通下正。」「咲」爲「笑」的通字。

[illegible]喩山之有草木
以自覆蓋成其高大喩人君　樂只君子邦家之
有賢臣自以尊顯之也
基　基本也只之言是也人君既得賢者置
之於位又尊敬以礼樂樂之則能為國家
之本
也　蓼蕭澤及四海也
蓼彼蕭斯零露湑兮　興也蓼長大貌蕭
蒿也湑々然蕭上
露貌興者蕭香物之微者喩四海之諸侯亦國君之
賤者露天所以潤萬物喩王者恩澤不為遠國則不
及之國　既見君子我心寫兮　既見君
子者遠
國也
國之君朝見於天子也我心
寫者舒其情意无留恨者　燕笑語兮是以
有譽處兮　天子与之燕而笑語則遠國之君各
得其所是以稱揚德美使聲譽

224 常處天子也〔一〕。《湛露》，天子燕諸侯也〔二〕。湛湛露斯，
225 匪陽不晞。晞，乾也。露雖湛湛然，見陽則乾。興者，露之在物湛湛然，使物柯
226 葉低垂，喻諸侯受燕爵，其威儀〔三〕有似醉之皃。唯天子賜爵則自變〔四〕，肅敬承命，有似露見
227 日而晞也。厭厭夜飲，不醉無歸。厭厭，安也。
228 《六月》，宣王北伐也。《鹿鳴》廢則和樂缺〔五〕矣；
229 《四牡》廢則君臣缺矣；《皇皇者華》廢則
230 忠信缺矣，《常棣》廢則兄弟缺矣；《伐木》廢
231 則朋友缺矣；《天保》廢則福禄缺矣；《采薇》

〔一〕自句首「天子」爲《箋》。阮本句末「天子」下無「也」字。

〔二〕此選此詩首章。下「斯」字下注「辭字也」。

〔三〕自「興者」爲《箋》。「威儀」，阮本作「義」。阮校：「小字本、相臺本『義』作『儀』。案『儀』是也。《正義》『其威儀有似醉之貌也』可證。」

〔四〕「皃」，「貌」的俗字。《敦煌俗字典》引斯六八二五想爾注《老子道經》卷上「無狀皃形像也」。「自變」，阮本作「貌變」。案：「貌」，亦作「皀」、「皃」，與「自」字形近。「唯天子」前删去「諸侯旅酬之則猶然」八字。下「厭」字下注「於塩反」。

〔五〕「壓」字左下旁注「於鹽反」。「癈」，同「廢」。《敦煌俗字典》引斯六八二五想爾注《老子道經》卷上：「大道癈。」《干禄字書·去聲》：「廢，癈，上妨廢，下癈疾。」「缺」爲「缺」的正字。《干禄字書·入聲》：「缺，缺，上通下正。」「樂」字左下注「立洛」，即「音洛」。

[illegible]鹿[illegible]得其所，是以願報德，亦使靜樂言

常處天子也。

●湛露，天子燕諸侯也。湛湛露斯，匪陽不晞。晞，乾也。露雖湛湛然，見陽則乾。興者，露之在物湛湛然，使物柯葉低垂，猶諸侯受燕爵，其威儀有似醉之貌。唯天子賜爵，則自變肅敬承命，有似露見日而晞也。厭厭夜飲，不醉無歸。厭厭，安也。

●六月，宣王北伐也。鹿鳴廢則和樂缺矣。四牡廢則君臣缺矣。皇皇者華廢則忠信缺矣。常棣廢則兄弟缺矣。伐木廢則朋友缺矣。天保廢則福祿缺矣。采薇

廢則征伐缺矣；《出車》廢則功力〔一〕缺矣；《杕杜》廢則師衆缺矣；《魚麗》廢則法度缺矣；《南陔》廢則孝友缺矣；《白華》廢則廉恥缺矣；《華黍》廢則畜積缺矣；《由庚》廢則陰陽失其道〔二〕理矣；《南有嘉魚》廢則賢者不安，下民〔三〕不得其所矣；《崇丘》廢則萬物不遂矣；《南山有臺》廢則爲國之基墜〔四〕矣；《由儀》廢則萬物失其道

〔一〕「力」字左旁注「臣，摺乍」。乍，作。
〔二〕《會箋》：「延文本『其』下無『道』字。」下同。
〔三〕《會箋》：「摺本、唐石經無『民』字。」阮本無「民」字。
〔四〕「墜」，阮本作「隊」。小字本、相臺本、閩本、明監本、毛本同。唐石經作「墜」。

朋友缺矣天保廢則福祿缺矣采薇
廢則征伐缺矣出車廢則功力缺矣
杕杜廢則師衆缺矣魚麗廢則法
度缺矣南陔廢則孝友缺矣白華
廢則廉恥缺矣華黍廢則蓄積缺
矣由庚廢則陰陽失其道理矣南有
嘉魚廢則賢者不安下民不得其所矣
崇丘廢則萬物不遂矣南山有臺廢則
為國之基隊矣由儀廢則萬物失其道

理矣；《蓼蕭》廢則恩澤乖矣；《湛露》廢則萬國離矣；《彤弓》廢則諸夏衰矣；《菁菁者莪》廢則無禮儀矣；《小雅》盡廢則四夷交侵，中國微矣〔一〕。六月棲棲，戎車既飭〔二〕。棲棲，簡閲貌〔三〕。飭，正也。記六月者，盛夏出兵，明其急也〔四〕。玁狁孔熾，我是用急。熾，盛也。孔，甚也。此序吉甫之意也。北狄交〔五〕侵甚熾，故王以是急遣我也。《車攻》，宣王復古也。宣王能内脩政事，

〔一〕此選此詩首章。

〔二〕《會箋》：「延文本『餝』作『飾』。」「餝」，阮本作「飭」。

〔三〕《會箋》：「延文本『貌』下有『也』字。」

〔四〕自「記六月」爲《箋》。

〔五〕「交」字左旁注「來，本」。

理矣蓼蕭廢則恩澤乖矣湛露廢則萬國離矣彤弓廢則諸夏衰矣菁〻者莪廢則無禮儀矣小雅盡廢則四夷交侵中國微矣六月棲〻戎車既飭棲〻簡閲貌飭正也記宵者盛夏出兵明其急也玁狁孔熾我是用亟熾盛也孔甚也此序吉甫之意也北狄交侵甚熾故王以是急遣我也

車攻宣王復古也宣王能内脩政事

外攘夷狄，復文武之境〔一〕土，脩車馬，備器械，復會諸侯於東都，因田獵而選車徒焉〔二〕。東都，王城〔三〕。

我車既攻，我馬既同。攻，堅也〔四〕。同，齊也。四牡龐龐，駕言徂東。龐龐，充實〔五〕。東，雒〔六〕邑也。蕭蕭馬鳴，悠悠旆旌。言不讙譁也。之子于征，有聞無聲。有善聞而無讙譁〔七〕也。

《鴻鴈》，美宣王也。萬民離散，不安其居。而能勞來還定安集之，至乎鰥〔八〕寡。

〔一〕《會箋》：「延文本『竟』作『境』。」
〔二〕此選此詩首章、第七章前兩句（删去兩句）和第八章前兩句（亦删去兩句）。
〔三〕阮本「城」字下有「也」字。
〔四〕《會箋》：「延文本『堅』下有『也』字。」
〔五〕阮本「實」字下有「也」字。
〔六〕《會箋》：「延文本『洛』作『雒』。」
〔七〕阮本「也」字上有「之聲」兩字。
〔八〕「來」字旁注「力代反」。「鰥」字左旁注「矜，本乍」。

車攻，宣王復古也。宣王能内脩政事，

外攘狄，復文武之境土，脩車馬，備器

械，復會諸侯於東都，因田獵而選車

徒焉。東都，王城。

我車既攻，我馬既同。攻，堅也。同，齊也。四牡龐龐，駕

言徂東。龐龐，充實。東，雒邑也。蕭蕭馬鳴，悠悠旆旌。

言不讙譁也。之子于征，有聞無聲。有善聞而無讙譁也。

鴻鴈，美宣王也。萬民離散，不安其居，

而能勞來還定安集之，至于鰥寡，

遷

256 置無不得其所焉〔一〕。宣王承厲王衰亂之弊，而〔二〕興復先王
257 之道，以安集衆民爲始〔三〕。
258 鴻鴈于飛，集于中澤。中澤，澤中〔四〕。鴻鴈之性，安居澤中
259 今飛而〔五〕又集于澤中，猶民去其居而離散。今見還，定安集之也〔六〕。之子
260 于垣，百堵皆作。侯伯卿士，又於壞滅之國，徵民起屋舍，築牆壁，百堵同時〔七〕
261 起，言趨事也。雖則劬勞，其究安宅。此勸萬民之辭。汝今
262 雖病勞〔八〕，終於〔九〕有所居，安也〔一〇〕。
263 《白駒》，大夫刺宣王也〔一一〕。刺其不能留賢也。

〔一〕此選此詩第二章。
〔二〕阮本「而」字下有「起」字。
〔三〕阮本「始」字下有「也」字。
〔四〕阮本「中」字下有「也」字。
〔五〕自「鴻鴈」爲《箋》。阮本「飛」字下無「而」字。
〔六〕阮本「集」字下無「之也」兩字。
〔七〕阮本「時」字下有「而」字。
〔八〕自「此勸萬民」爲《箋》。「勞」字，本爲「苦」字，左旁書「勞」字。《會箋》：「延文本《傳》『病苦』作『病勞』。」
〔九〕「於」字左下旁注「本無」。阮本「終」字下無「於」字。
〔一〇〕「有所居安也」，阮本作「有安居」。
〔一一〕此選此詩首章。此行後三字爲衍文。

宣無不得其所焉 宣王承厲王衰乱之弊而興復先王之道以安集衆民為始也

鴻鴈于飛集于中澤 中澤之中鴻鴈之性安居澤中今飛而又集于澤中猶民去其居而離散今見還定安集之也

之子于垣百堵皆作 侯伯卿士又於壞滅之國徵民起屋舍築牆壁百堵同時起言趣事也

雖則劬勞其究安宅 此勸萬民之辭汝今雖病勞終於有所居安也

白駒大夫刺宣王也 刺其不能留賢也

264 皎皎〔一〕白駒，食我場苗。縶之維之，以永今
265 朝。宣王之末，不能用賢〔二〕，賢者有乘白駒而去者。縶，絆也〔三〕。維，繫也。永，久也。願此去者，乘〔四〕白駒而
266 來，使務〔五〕食我場中之苗，我則絆之繫之，以久今朝。愛之，欲留之也〔六〕。
267 所謂伊人，於焉逍遥。乘白駒〔七〕而去之賢人，今於何遊息乎？思之甚
268 矣〔八〕。《節南山》，家父刺幽王也〔九〕。家父，字，周大夫也。
269 節彼南山，維石巖巖。興也。節，高峻貌〔一〇〕。巖巖，積石〔一一〕貌。興者，喻三
270 公之位，人所尊嚴也〔一二〕。赫赫師尹，民具爾瞻。師，大師〔一三〕，周之三
271 公，尹氏爲太師。具，倶也。此言尹氏，汝居三公之位，天下之民倶視汝之所爲也〔一四〕。國既卒

〔一〕「晈」字，阮本作「皎」。案：「晈」，同「皎」。《九歌·東君》：「撫余馬兮安驅，夜皎皎兮既明。」洪興祖補注：「『晈』字從『日』，與『皎』同。」

〔二〕《會箋》：「搢本《傳》『用賢』下無『者』字。」

〔三〕阮本「絆」字下無「也」字。《會箋》：「延文本『絆』下有『也』字。」

〔四〕自「永久也」爲《箋》。阮本「乘」字下有「其」字。

〔五〕阮本無「務」字。

〔六〕阮本「之」字下無「也」字。

〔七〕自「乘白駒」爲《箋》，删去「乘」字上原有「所謂是」三字。

〔八〕「矣」字，阮本作「也」字。

〔九〕此選詩首章。本行最後一字爲衍文。

〔一〇〕《會箋》：「延文本《傳》『峻』下有『之』字。『高峻貌』下有『也』字。」

〔一一〕《會箋》：「延文本『石』下有『之』字。」

〔一二〕自「興者」爲《箋》。阮本「嚴」字下無「也」字。

〔一三〕《會箋》：「延文本『大師』下有『也』字。」

〔一四〕自「此言」爲《箋》。阮本「爲」字下無「也」字，删去「皆憂心如火灼爛之矣」九字。詩中「民具爾瞻」後，「憂心如惔，不敢戲談」兩句被删去。

白駒大夫刺宣王也　留賢也

皎皎白駒，食我場苗。縶之維之，以永今朝。宣王之末，不能用賢，賢者有乘白駒而去者。縶，絆也。維，繫也。永，久也。願此去者乘白駒而來，使食我場中之苗，我則絆之繫之，以久今朝，愛之欲留之也。所謂伊人，於焉逍遙。乘白駒而去之賢人，今於何遊息乎，思之甚矣。

節南山，家父刺幽王也。家父字，周大夫也。

節彼南山，維石巖巖。興也。節，高峻貌。巖巖，積石貌。興者，喻三公之位，人所尊嚴也。赫赫師尹，民具爾瞻。師，大師，周之三公也。尹氏爲太師。具，俱也。此言尹氏，汝居三公之位，天下之民俱視汝之所爲也。國既卒

272 斬，何用不監？卒，盡也〔一〕。斬，斷也〔二〕。監，視也。天下之諸侯日〔三〕相侵伐，其國已盡絶滅，
273 汝〔四〕何用爲職不監察之？
274 《正月》，大夫刺幽王也〔五〕。
275 正月繁霜，我心憂傷。正月，夏之四月也〔六〕。繁，多也。夏之四月而霜多，急
276 恒寒若之異也〔七〕。傷害萬物，故我心爲之憂傷也〔八〕。民之訛言，亦孔之將。
277 將，大也。訛，僞也。人以僞言相陷入〔九〕，使王行酷暴之刑，致此災異，故言〔一〇〕甚大。謂天蓋高，不敢
278 不局〔一一〕，謂地蓋厚，不敢不蹐。局，曲也。蹐，累足也。此民有〔一二〕疾苦，
279 王政上下皆可畏〔一三〕之言也。哀今之人，胡爲虺蜴？虺蜴之性，見人

〔一〕阮本「盡」字下無「也」字。《會箋》：「延文本『盡』下有『也』字。」

〔二〕阮本「斷」字下無「也」字。《會箋》：「延文本『斷』下有『也』字。」阮校：「案《釋文》以『斷也』作音，是其本『斷』下有『也』字。《考文》古本同。」

〔三〕「日」字，阮本原作「曰」，誤。此本「日」字左下旁注「本無」。

〔四〕自「天下」爲《箋》。句中「汝」字阮本作「女」字。

〔五〕此選此詩首章前四句（刪去後四句）、第六章前四句和七八句、第八章第五六句。

〔六〕阮本「月」字下無「也」字。

〔七〕自「夏之四月」爲《箋》。「而」字上刪去「建巳四月純陽用事」八字。阮本「異」字下無「也」字。

〔八〕阮本「故」字下無「我」字，「傷」字下無「也」字。

〔九〕自「訛，僞也」爲《箋》。「入」，阮本作「人」。

〔一〇〕阮本「言」字下有「亦」字。句末「大」字下有「也」字。

〔一一〕「局」字左下旁注「本又作跼」。

〔一二〕自「此民」爲《箋》。阮本「民」字下無「有」字。

〔一三〕阮本「畏」字下有「怖」字。

三公尹氏為太師，但視汝之所為也。

斬何用不監　卒，盡也。斬，斷也。監，視也。天下之諸侯日相侵伐，其國已盡絕滅，

汝何用為職，不監察之。

正月，大夫刺幽王也。

正月繁霜，我心憂傷。正月，夏之四月也。繁，多也。夏之四月而霜多，急恒寒若之異也。傷害万物。

民之訛言，亦孔之將。故我心為之憂傷也。將，大也。訛，偽也。人以偽言相陷入，使王行酷暴之刑，致此災異，故言甚大也。

謂天蓋高，不敢不局。謂地蓋厚，不敢不蹐。局，曲也。蹐，累足也。此民有疾苦，王政上下皆可畏之言也。

哀今之人，胡為虺蜴。虺蜴之性，見人

280 則走。哀哉！今之人何爲如是？傷時政也〔一〕。燎之方陽，寧或滅之？
281 滅之者〔二〕，以水也。燎之方盛之時，炎熾熛怒，寧有能滅息之者乎〔三〕？言無有也〔四〕以無有喻有之者，爲甚之乎〔五〕？
282 赫赫宗周，裒〔六〕姒烕之。宗周，鎬京也。裒，國名〔七〕也。姒，姓也。烕，滅也。有裒〔八〕之
283 女，幽王惑焉，而以爲后，詩人知其必滅周也。
284 《十月之交》，大夫刺幽王也〔九〕。
285 十月之交，朔日〔一〇〕辛卯，日有蝕〔一一〕之，亦孔之
286 醜。之交，日月之交會也〔一二〕。醜，惡也。周〔一三〕十月，夏之八月也。日食陰侵陽，臣侵人君之象也〔一四〕。日爲君，辰爲臣〔一五〕。辛，金也。卯，木
287 也。又以卯侵辛，故甚惡之〔一六〕也。彼月而蝕，則維其常；此日

〔一〕自「虺蜴之性」爲《箋》。
〔二〕阮本「之」字下無「者」字。
〔三〕自「燎之」爲《箋》。阮本「者」字下無「乎」字。
〔四〕阮本「有」字下無「也」字。
〔五〕阮本「甚」字下「之乎」作「也」字。
〔六〕此本皆作「裒姒」，阮本均作「褒姒」。國名亦同，下同。「裒」，同「褒」，亦作「褎」，故「褒姒」亦作「裒姒」。
〔七〕阮本「國」字下無「名」字。「名」字右下旁注「本無」。
〔八〕阮本「裒」字下有「國」字。
〔九〕此選此詩首章前四句（删去後四句）、第二章選後四句，第三章選後六句、第七章選前四句（删去後四句）。
〔一〇〕「月」字右旁注「日」。明監本作「月」，毛本作「日」。「玥」爲「朔」的通字。《干祿字書》：「，朔，上通下正。」
〔一一〕「蝕」字，阮本作「食」字，下同。
〔一二〕阮本「會」下無「也」字。
〔一三〕自「周十月」爲《箋》。阮本「周」字下有「之」字。
〔一四〕此句前有删節，阮本「象」字下無「也」字。
〔一五〕「臣」字右下旁注「今」字。
〔一六〕阮本「惡」字下無「之」字。

異之言也
則是褒姒今之人何爲如是傷時政也
燎之方揚寧或滅之
滅之者水也燎之方盛之時炎熾熛怒寧有能滅息之者無有也以無有滅有之者爲甚之乎
赫赫宗周褒姒滅之
宗周鎬京也褒國名也姒姓也滅也有褒之女幽王惑焉而以爲后詩人知其必滅周也
十月之交大夫刺幽王也
十月之交朔月辛卯日有食之亦孔之醜
之交日月之會也醜惡也周十月夏之八月也日食陰侵陽臣侵君之象日爲君辰爲臣辛金也卯木也又以卯侵辛故甚惡之也
彼月而食則維其常此日

288 而蝕，于何不臧？臧，善也〔一〕。百川沸騰，山冢崒崩。
289 沸，出也〔二〕。騰，乘也。山頂曰冢。崒者，崔嵬也〔三〕。百川沸出相乘淩者，由貴小人也。山頂崔嵬崩者，喻〔四〕君道
290 懷〔五〕也。高岸爲谷，深谷爲陵。言君子居下，小人處上也〔六〕。哀
291 今之人，胡憯莫懲？憯，曾也〔七〕。變異如此，禍亂方至，哀哉！今在位之人，何曾無以道
292 德正之也〔八〕？黽勉從事，不敢告勞。詩人賢者，見時如是，自勉以從
293 王事，雖勞不敢自謂爲〔九〕勞，畏刑罰也。無罪無辜，讒口囂囂。
294 囂囂，衆多貌也〔一〇〕。時人非有辜罪，其被讒口見椓譖囂囂然。
295 《小旻》，大夫刺幽王也〔一一〕。

〔一〕「臧善也」爲《箋》。
〔二〕阮本「出」字下無「也」字。
〔三〕自「崒者」爲《箋》。阮本「嵬」字下無「也」字。
〔四〕「喻」字左下旁注「本無」。
〔五〕「懷」，當作「壞」。
〔六〕自「言君子」爲《箋》，有改動。
〔七〕自「憯曾」爲《箋》。阮本「曾」字下無「也」字。
〔八〕阮本「正」字下無「也」字。
〔九〕自「詩人賢者」爲《箋》。阮本「謂」字下無「爲」字。
〔一〇〕自「囂囂」爲《箋》。阮本「貌」字下無「也」字。
〔一一〕此選此詩首章第三四兩句、第三章前四句，删去第五六句、選第四章第六七句以及第六章。

甚惡之也
而徵于何不臧 臧善也 百川沸騰山冢崒崩
沸出也騰乘也山頂曰冢崒者崔嵬也百川沸
出相乘淩者由貴小人也山頂崔嵬崩者喻君道
懐 高岸為谷深谷為陵 言君子居下 哀
也 小人處上也
今之人胡憯莫懲 憯曾也哀哉如此禍亂方
興至此哉今在位之人曾無以道
德止 黽勉從事不敢告勞 詩人賢者見時
之也 如是自勉以從
王事雖勞不敢自 無罪無辜讒口囂囂
謂為勞畏刑罰也 囂囂
囂囂衆多貌也時人非有辜
罪其被讒口見椓譖囂囂然
小旻大夫刺幽王也

296 謀臧不從，不臧覆用。臧，善也。謀之善者，不從之〔一〕；其不善者，反用之也〔二〕。
297 我龜既厭，不我告猶。猶，圖也。卜筮數而瀆，龜靈厭之，不復告其
298 所圖之吉凶也〔三〕。謀夫孔多，是用不集。集，就也。謀事者衆多〔四〕，而
299 非賢者。是非相奪，莫適可從，故所爲不成也〔五〕。發言盈庭，誰敢
300 執其咎？謀事者衆，訩訩滿庭，而無能決當是非，事若不成，誰云己當〔六〕其咎責者。
301 言小人争智而讓過之〔七〕。如彼築室于道謀，是用不
302 潰于成。潰，遂也。如當路築室，得人而與之謀所爲，路人之意不同，故不得遂成也〔八〕。
303 不敢暴虎，不敢憑河。人知其一，莫知其

〔一〕自「臧善也」爲《箋》。阮本「從」字下無「之」字。
〔二〕阮本「之」字下無「也」字。
〔三〕自「猶圖也」爲《箋》。阮本「凶」字下無「也」字。
〔四〕自「謀事者」爲《箋》。「多」字下書「ナシトモ（亦無）」。
〔五〕阮本「成」字下無「也」字。
〔六〕自「謀事者」爲《箋》。「訩」字左下旁注「立凶」，即「音凶」。
〔七〕阮本「智」字作「知」字。
〔八〕自「如當路」爲《箋》。

小旻大夫刺幽王也

謀臧不從不臧覆用　臧善也謀之善者不從之其不善者反用之也

我龜既厭不我告猶　猶圖也卜筮數而瀆龜靈厭之不復告其所圖之吉凶也

謀夫孔多是用不集　集就也謀事者衆而非賢者是非相奪莫適可從故所為不成也

發言盈庭誰敢執其咎　謀事者衆訩訩滿庭而無敢決當是非事若不成誰云己當其咎責者言小人爭知而讓過之

如彼築室于道謀是用不潰于成　潰遂也如當路築室得人而與謀所為路人之意不同故不得遂成也

不敢暴虎不敢馮河人知其一莫知其

他。憑，淩也。人皆知暴虎憑河立至之害，而無知當畏慎小人能危亡己〔一〕也。《小宛》，大夫刺幽王也〔二〕。温温恭人，温温，和柔貌。如集於木。恐墜〔三〕也。惴惴小心，如臨于谷。恐隕〔四〕。戰戰兢兢，如履薄冰。衰亂之世，賢人君子雖無罪過，猶懷〔五〕恐懼也。《小弁》，刺幽王也。太子之傅〔六〕作焉。踧踧周道，鞫爲茂草。踧踧，平易貌。周道，周室之通道也〔七〕。鞫，窮也。我心憂傷，惄焉如擣。假寐永歎，維憂用老。心之憂矣，疢如疾首。惄，思也。擣，心疾也。不脱衣冠〔八〕而

〔一〕自「人皆知」爲《箋》。今本「亡」字下無「己」字。

〔二〕此選此詩第六章。

〔三〕「墜」字，阮本作「隊」字。

〔四〕阮本「隕」字下有「也」字。

〔五〕自「衰亂」爲《箋》。此本「懷」字左下旁注「本無」。「懼」字下無「之也」兩字。

〔六〕「傅」字左下旁注「立付」，即「音付」。此選此詩第一章、第三章前六句，删去後兩句、第八章後四句。

〔七〕「踧」字旁注「徒歷反」。阮本「道」字下無「也」字。

〔八〕自「不脱」爲《箋》。「衣冠」阮本作「冠衣」。

他馮陵也人皆知暴虎馮河立至之害而無知當畏慎小人能危亡也小宛大夫刺幽王也溫溫恭人柔貌如集于木恐墜也惴惴小心如臨于谷戰戰兢兢如履薄冰衰亂之世賢人君子雖無罪過猶懷恐懼之也

小弁刺幽王也太子之傅作焉作焉踧踧周道鞫為茂草踧踧平易貌周道周室之通道也鞫窮也我心憂傷惄焉如擣假寐永歎維憂用老心之憂矣疢如疾首惄思也擣心疾也不脫衣冠而

312 瘵曰假瘵。疢，猶病也。維桑與梓，必恭敬止。父之所樹，己尚不敢不恭敬也〔一〕。
313 靡瞻匪父，靡依匪母。不屬于毛，不離
314 于裏。此言人無不瞻仰其父取法則者，無不依恃其母以長大者。今我太子〔二〕獨不得瞻仰〔三〕父之皮
315 膚之氣乎？不〔四〕處母之胞胎乎？何曾無恩於我也〔五〕。無逝我梁，
316 無發我笱。逝，之也。之人梁，發人笱，此必有盜魚之罪。猶〔六〕言哀姒以〔七〕淫色來
317 嬖於王，盜我太子母子之寵也〔八〕。我躬不閱，遑恤我後。
318 念父，孝也。念父孝者〔九〕，太子念王將受讒言不止。我死之後，懼復有被讒者，無如之何，故自
319 決云，身尚不能自容，何暇乃憂我死之後乎〔一〇〕？

〔一〕「止」字下注「詞（辭）字也」。阮本「敬」字下無「也」字。
〔二〕阮本「我」字下無「太子」兩字。
〔三〕自「此言」爲《箋》。「瞻仰」兩字書「于父」字左下，阮本無「瞻仰」兩字。
〔四〕阮本「不」字上有「獨」字。
〔五〕阮本「我」字下無「也」字。
〔六〕自「逝之也」爲《箋》。「猶」字左下旁注「以本」。
〔七〕阮本「淫」字上無「以」字。
〔八〕阮本「寵」字下無「也」字。
〔九〕自後一「念父孝」爲《箋》。阮本「孝」字下「者」字作「也」字。
〔一〇〕阮本「乎」字作「也」字。

[illegible]也不脫衣冠而
寐曰假寐。維桑与梓，必恭敬心。父之所樹
疢猶病也　己尚不敢不恭敬也
靡瞻匪父，靡依匪母。不屬于毛，不離
于裏。此言人無不瞻仰其父取法則者，無不依恃
其母以長大者。今我太子獨不得瞻仰父之皮
膚之氣乎，不處母之胞胎
乎。何曾無恩於我也。無逝我梁，
無發我笱。逝，之也。之人梁，發人笱，此必有
盜魚之罪。猶言褒姒淫色來
嬖於王，盜我太子母子之寵也。我躬不閱，遑恤我後。
念父孝也。念父孝者，太子念王將受讒言不
止，我死之後，懼復有被讒者，無如之何，故自
決云：身尚不能自容，何
暇乃憂我死之後乎。

《巧言》，刺幽王也。大夫傷於讒而作是詩〔一〕。亂之初生，僭始既涵。僭，不信也。涵，同也。王之初生亂萌，群臣之言信與不信〔二〕，盡同之不別。亂之又生，君子信讒。君子，斥在位者〔三〕。信讒人〔四〕言，是復亂之所生。君子信盜，亂是用暴。盜謂小人〔五〕。盜言孔甘，亂是用餤。餤，進也。《巷伯》，刺幽王也。寺人傷於讒，而作是詩〔六〕。巷伯，内小臣〔七〕。萋兮斐〔八〕兮，成是貝錦。興也。萋，斐，文章貌〔九〕。貝錦，錦文〔一〇〕。興者，喻讒人集作己過，以成於罪，

〔一〕「而作是詩」，阮本作「故作是詩也」。此選此詩第二章前四句（删去後兩句）、第三章三至六句。

〔二〕「信與不信」，阮本作「不信與信」。

〔三〕自「君子」爲《箋》。阮本「者」字下有「也」字。

〔四〕阮本「信」字上有「在位者」三字，「人」字下有「之」字。

〔五〕「盜謂小人」爲《箋》。阮本「人」字下有「也」字。

〔六〕「而作是詩」，阮本作「故作是詩也」。此選此詩首章和第六章第三句至第八句。

〔七〕阮本「伯」字下有「奄官寺人」四字。「臣」字下有「也」字。

〔八〕《會箋》：「『斐』，延文本作『菲』，《傳》同。」

〔九〕「文章貌」，阮本作「文章相錯也」。

〔一〇〕阮本「文」字下有「也」字。

服乃。憂我死之後乎。

巧言，刺幽王也。大夫傷於讒而作是詩。亂之初生，僭始既涵。僭，不信也。涵，同也。王之初生亂萌，群臣之言，信与不信盡同之不別。亂之又生，君子信讒。君子斥在位者。信讒人言，是復亂之所生。君子信盜，亂是用暴。盜謂小人。盜言孔其，亂是用餤。餤，進也。

巷伯，刺幽王也。寺人傷於讒而作是詩。巷伯，內小臣。萋兮斐兮，成是貝錦。興也。萋斐，文章貌。貝錦，錦文。興者，喻讒人集作己過，以成於罪。

328 猶女工之集采色，成錦文也〔一〕。 彼讒人者，亦已太甚！
329 太甚者，謂使己得重罪〔二〕。 取彼讒〔三〕人，投畀豺〔四〕虎。豺
330 虎不食，投畀有北。 北方寒涼而不毛也〔五〕。 有北不
331 受，投畀有昊。 昊，昊天也。 與昊天，使〔六〕制其罪也。
332 《谷風》，刺幽王也。 天下俗薄，朋友道
333 絶焉〔七〕。 習習谷風，維風及雨。 興也。 風雨相感，朋友
334 相須。 風而有雨則潤澤行，喻朋友同志則恩愛成〔八〕。 將怒將懼，維
335 予与汝〔九〕。 將，且也。 恐，懼，喻遭厄難〔一〇〕也。 將安將樂，汝轉

〔一〕自「興者」爲《箋》。 阮本「成」字上有「以」字，「文」字下無「也」字。
〔二〕自「太甚者」爲《箋》。 阮本「太」字作「大」字，「罪」字下有「也」字。
〔三〕「讒」字左旁書「譖」字，下同。
〔四〕「豺」字左旁注「豺，本」。 下「豺」字旁書「豺」字。 案：「豺」，同「豺」。
〔五〕阮本「毛」字下無「也」字。
〔六〕自「與昊天」爲《箋》。 阮本「天」字下無「使」字。
〔七〕此選此詩首章和第二章第五六句。
〔八〕自「風而」爲《箋》。
〔九〕「汝」字，阮本作「女」字。 下同。
〔一〇〕自「將且也」爲《箋》。 阮本「難」字下有「勤苦之事」四字。

貝錦　者喻譖人集作己過以成於罪

猶女工之集依采　彼譖人者亦已太甚

色成錦文也

太甚者謂使

已得重罪　取彼譖人投畀豺虎

豺虎不食投捐有北　北方寒涼而不毛也

有北不受投畀有昊　昊昊天也付與昊天使制

其罪也

谷風刺幽王也天下俗薄朋友道

絕焉　習習谷風維風及雨　興也風雨相感朋友

相須風而有雨則潤澤行喻朋友同志則恩愛成

將恐將懼維予與汝　將且也恐懼喻遭厄難也　將安將樂汝轉

336 棄予。汝今已〔一〕志達而安樂，而棄恩忘舊，薄之甚也〔二〕。忘我大德，
337 思我小怨。大德，切瑳以道相成之謂也〔三〕。《蓼莪》，刺幽王
338 也。民人勞苦，孝子不得終養爾〔四〕。蓼蓼
339 者莪，匪莪伊蒿。興也。蓼蓼，長大貌也〔五〕。莪已蓼蓼長大，我視之
340 反謂之蒿〔六〕。興者，喻憂思〔七〕，心不精識其事也。哀哀父母，生
341 我劬勞。哀哀者，恨不得終養父母，報其生長己之苦也〔八〕。無父
342 何怙？無母何恃？出則銜恤，入則靡
343 至。恤，憂也。孝子之心，怙恃父母依依然，以爲不可斯須無也。出門則思之〔九〕憂，旋入門又不見，

〔一〕自「汝今」爲《箋》。「汝今」，阮本作「今女」，「已」字，阮本作「以」字。

〔二〕阮本「樂」字下無「而」字，「甚」字下無「也」字。

〔三〕自「大德」爲《箋》。小字本、相臺本、閩本、明監本、毛本作「磋」。阮校：「案《正義》作『磋』。『瑳』、『磋』古今字，易而説之之例也，不當依以改《箋》。」下「蓼」字旁注「立六」，即「音六」。「莪」字旁注「五河反」。

〔四〕此選此詩首章、第三章第三至六句和第四章。

〔五〕「也」字左旁書「貌」字。《會箋》：「延文本《傳》『貌』下有『也』字。」

〔六〕自「莪已」爲《箋》。阮本「視之」下有「以爲非莪」四字。

〔七〕阮本「思」字下有「雖在役中」四字。

〔八〕自「哀哀」爲《箋》。阮本「苦」字下無「也」字。

〔九〕自「恤憂」爲《箋》。阮本「之」字下有「而」字。

棄予　脅遭厄難也　汝今遭而安樂而棄　恩忌薦薄之甚也

忘我大德，思我小怨。　大德切瑳以道相成之謂也

蓼莪，刺幽王也。民人勞苦，孝子不得終養爾。

蓼蓼者莪，匪莪伊蒿。　興也。蓼蓼，長大也。莪已蓼蓼長大，我視之反謂之蒿。興者喻憂思心不精識其事也

哀哀父母，生我劬勞。　哀哀者，恨不得終養父母，報其生長己之苦也

無父何怙，無母何恃。出則銜恤，入則靡至。　恤，憂也。孝子之心，怙恃父母，依依然以為不可斯須無也。出門則思之憂，旋入門又不見

344 如入無所至也〔一〕。父兮生我，母兮鞠我，拊我

345 畜我，長我育我，顧我復我，出入腹

346 我。鞠，養也〔二〕。顧，旋視〔三〕也。復，反覆也。腹，懷抱也。欲報之德，昊天

347 冈極〔四〕。之，猶是也〔五〕。我欲報父母是德，昊天乎，我心無極也〔六〕。

348 《北山》，大夫刺幽王也。役使不均，己勞

349 於從事，而不得養其父母焉〔七〕。溥

350 天之下，莫非王土；率土之濱，

351 莫非王臣。此言王之土地廣大矣，王之臣又衆矣，何求而不得，何使而不

〔一〕阮本「至」字下無「也」字。下「拊」字旁注「立撫」，即「音撫」。

〔二〕阮本「養」字下無「也」字。

〔三〕自「顧旋」爲《箋》。

〔四〕「冈」，俗字「罔」。

〔五〕自「之猶」爲《箋》。

〔六〕阮本「極」字下無「也」字。

〔七〕此選此詩第二章、第四章、第五章三四句、第六章前兩句。下「溥」字旁注「立普」，即「音普」。

斯須無也出思之憂旋入又不見如入無所至也
父兮生我母兮鞠我拊我畜我長我育我顧我復我出入腹我
鞠養也顧旋視之也復反覆也腹懷抱也
欲報之德昊天罔極
之猶是也我於也欲報父母是德昊天乎我心無極也
北山大夫刺幽王也役使不均己勞於從事而不得養其父母焉溥天之下莫非王土率土之濱莫非王臣
此言王之土地之廣大矣皆王之臣
又努乎何求而不得何使而不

行乎〔一〕？大夫不均，我從事獨賢。賢，勞也。或
燕燕以〔二〕居息。燕燕，安息貌也〔三〕。或盡瘁以〔四〕事國。
盡力勞病以從國事。或息偃在牀，或不已于行。
不已，猶不止也〔五〕。或棲遲偃仰，或王事鞅掌。
鞅掌，猶荷也〔六〕。掌，謂捧持〔七〕之也。負荷捧持以趨走〔八〕促遽也。或躭〔九〕樂飲
酒，或慘慘畏咎。咎，猶罪過〔一〇〕。
《青蠅》，大夫刺幽王也〔一一〕。
營營青蠅，止于樊。興也。營營，往來貌。樊，藩也。興者，蠅之爲蟲，

〔一〕自「此言」爲《箋》。阮本「行」字下無「乎」字。
〔二〕阮本「燕」字下無「以」字。
〔三〕阮本「貌」字下無「也」字。《會箋》：「延文本《傳》『貌』下有『也』字。」
〔四〕阮本「瘁」字下無「以」字。
〔五〕「偃」，俗字「偃」。自「不已」爲《箋》。
〔六〕自「鞅掌」爲《箋》。「荷」字，今本作「何」。
〔七〕阮本「捧」字下無「持」字。
〔八〕阮本「走」字下有「言」字。
〔九〕「躭」字，阮本作「湛」字。下「樂」字旁注「立洛」，即「音洛」。
〔一〇〕「慘」字旁注「七感反」。自「咎猶」爲《箋》。阮本「過」字下有「也」字。
〔一一〕此選此詩首章和第二章。

又安乎何求而不得何使而不行乎

大夫不均我從事獨賢 賢勞也

燕燕居息 燕燕安息貌也 或盡瘁以事國

盡力勞病以從國事 或息偃在牀或不已于行

不已猶不止也 或棲遲偃仰或王事鞅掌

鞅掌猶荷也掌謂捧持之也負荷捧持以趍走促遽也 或耽樂飲酒或慘慘畏咎 咎猶罪過

青蠅大夫刺幽王也

營營青蠅止于樊 興也營營往來貌樊藩也興者蠅之為蟲

360 汙白使黑，汙黑使白，喻讒〔一〕佞人之變乱善惡也。止於藩，欲外之，令遠物之也〔二〕。愷悌〔三〕
361 君子，無信讒言。愷悌，樂易也〔四〕。營營青
362 蠅，止於棘。讒人罔極，交亂四國。極，猶
363 已也。《賓之初筵》，衛武公刺時也。幽王荒
364 廢，媟近小人，飲酒無度。天下化之，
365 君臣上下，耽〔五〕湎淫液。武公既入，而作
366 是詩也〔六〕。淫液者，飲酒時情態出〔七〕也。言武公入者，入爲王卿士也〔八〕。賓之初
367 筵，温温其恭。温温，和柔也〔九〕。其未醉止，威儀反

〔一〕自「興者」爲《箋》。阮本「喻」字下無「讒」字。
〔二〕阮本「物」字下無「之」字。
〔三〕「愷悌」，阮本作「豈弟」。
〔四〕「愷悌樂易也」爲《箋》。
〔五〕上「媟」字旁注「息列反」。「耽」字，阮本作「沈」字。
〔六〕此選此詩第三章前八句（删去後六句）、第四章前八句（删去後六句）。
〔七〕阮本「態」字下無「出」字。阮校：「考二章箋云『至於旅酬而小人之態出』，當以有者爲長。」
〔八〕阮本「武」字上無「言」字，「士」字下無「也」字。
〔九〕自「温温」爲《箋》。

藩也興者蝿之為蟲
汙白使黒汙黒使白衛讒佞人之變乱
善悪也止於藩欲外之令遠物之也　愷悌
君子無信讒言　愷悌樂易也　營々青
蝿止于棘讒人罔極交亂四國　極猶已也
賓之初筵衛武公刺時也幽王荒
廢媟近小人飲酒無度天下化之
君臣上下沈湎淫液武公既入而作
是詩也　淫液者飲酒時情態也　言武公入者為王卿士也　賓之初
筵温々其恭　温々和柔也　其未醉止威儀反々

反。曰既醉止，威儀幡幡。舍其坐遷，屢舞僊僊。反反，言重慎也。幡幡，失威儀也。僊僊，舞也〔一〕。此言賓初即筵之時〔二〕，自敕戒以禮，至於旅酬，而小人之態出也〔三〕。賓既醉止，載號載呶。亂我邊豆，屢舞僛僛。是曰既醉，不知其郵。側弁之俄，屢舞傞傞。號呶，號呼讙呶也。僛僛，僛不能自止〔四〕也。傞傞，不止也。郵，過也〔五〕。側，傾也。俄，傾貌也〔六〕。

《采叔〔七〕》，刺幽王也。侮慢諸侯。諸侯來朝，不能錫命，以禮數徵會之，而

〔一〕自「反反」爲《箋》，中間有删節。阮本「然」字下無「僛也」。案：静嘉堂本於「然」字旁注「本乍」，又於「然」字左下旁注「本乍」，南宋十行本已無此兩字，當以有此二字爲長。

〔二〕自此「言」爲《箋》。阮本「時」字下有「能」字。

〔三〕阮本「出」字下無「也」字。

〔四〕「僛」，「舞」的俗字。《干禄字書》：「僛舞：上俗，下正」。上「俄」字旁注「五何反」，「傞」字旁注「素令反」。阮本「止」字作「正」，小字本、相臺本作「正」。阮校：「《釋文》云注『本正或止』，又云『此宜爲正』。《正義》本是『正』字。《考文》古本采《釋文》作『止』。」案：静嘉堂本作「正」，而于左標注音讀「シキ」，在右標注訓讀「ヤムコト」，是讀爲「止」而非「正」，當以「止」爲長。

〔五〕自「郵過」爲《箋》。阮本「過」字下無「也」字。

〔六〕阮本「貌」字下無「也」字。

〔七〕「叔」字左下旁注「本又乍菽」。「乍」爲作之省文。

[illegible]其[illegible]蒸也其[illegible]

々曰既醉止威儀幡々舍其坐遷屢

舞僊々是々反々言重慎也幡々失威儀也僊々舞像也此言賓初即筵

時自勅戒以礼至於賓既醉止載號載

旅酬而小人之態出也呶亂我籩豆屢舞僛々是曰既醉

不知其郵側弁之俄屢舞傞々號呶

號呼讙呶也僛々舞不能自止也傞々五何反素何反

不止也郵過也側傾也俄傾貌也

采菽刺幽王也侮慢諸侯諸侯來本又作菽

朝不能錫命以礼數徵會之而

376 無信義。君子見徵而思古焉〔一〕。采
377 叔采叔，筐之筥之。叔所以芼太牢而待君子也。
378 君子來朝，何錫與之〔二〕？雖無與之〔三〕，路
379 車乘馬。君子，謂諸侯也。錫諸侯以車馬，言雖無與之，尚以爲薄也〔四〕。
380 《角弓》，父兄刺幽王也。不親九族而
381 好讒佞，骨肉相怨，故作是詩也〔五〕。
382 騂騂角弓，翩其反矣。興也。騂騂，調利也。不善紲檠巧用，則翩
383 然而反。興者，喻王与九族不以恩禮御持〔六〕之，則使之多怨心〔七〕也。兄弟婚姻，無胥

〔一〕此選此詩首章。
〔二〕「與」字左旁注「予本」。
〔三〕「與」字左旁注「予」。
〔四〕自「錫諸侯」爲《箋》。阮本「錫」字作「賜」字，「薄」字下無「也」字。
〔五〕此選此詩首章和第二章。
〔六〕自「興者」爲《箋》。阮本「持」字作「待」字。
〔七〕上「騂」字旁注「息營反」。阮本「怨」字下無「心」字。静嘉堂本「怨」字左下旁注「心，本無」。

朝不能錫命以禮數徵會之而

無信義君子見微而思古焉采

菽采菽筐之筥之 采菽所以芼大牢而待君子也

君子來朝何錫与之雖無与之路

車乘馬 君子謂諸侯也錫諸侯以車馬言雖無与之尚以為薄也

角弓父兄刺幽王也不親九族而

好讒佞骨肉相怨故作是詩也

騂騂角弓翩其反矣 興也騂騂調利也不善紲檠巧用則翩然而反興者喩王与九族不以恩礼御持之則使之多怨也

兄弟婚姻無胥

384 遠矣。胥，相也。骨肉之親當相親〔一〕，無相疏遠。相疏遠，則以親親之望，易以成怨也〔二〕。爾之
385 遠矣，民胥然矣。爾之教矣，民胥傚矣〔三〕。
386 爾，汝，爾幽王也〔四〕。胥，皆也。言王汝不親骨肉，則天下之人皆如斯〔五〕。汝〔六〕之教令無善無惡，所尚者，天下之
387 人皆學之。言上之化下，不可不慎也〔七〕。《菀柳》，刺幽王也。暴虐〔八〕而
388 刑罰不中，諸侯皆不欲朝，言王者之
389 不可朝事也〔九〕。
390 有菀者柳，不尚息焉。尚，庶幾也。有菀然枝葉茂盛之柳，行
391 路之人，豈有不庶幾就欲之止息乎？興者，喻王有盛德，則天下皆庶幾願往朝焉。憂今不然也〔一〇〕。

〔一〕自「胥相也」下爲《箋》。阮本「親」字下有「信」字。

〔二〕「成怨」，二字阮本無。阮校：「小字本、相臺本、閩本、明監本、毛本皆『以』下有『成怨』二字。案此十行本誤脱。」案：阮本亦無句末之「也」字。静嘉堂本有「成怨」二字，南宋十行本無，但於欄下有手書「成怨」二字。

〔三〕「傚」，阮本同。陳奂《詩毛氏傳疏》：「『傚』，古字作『效』。」

〔四〕自「爾汝」爲《箋》。「汝」字，阮本作「女」字。下同。

〔五〕「斯」字，阮本作「之」字。

〔六〕阮本「汝」字上有「見」字。

〔七〕阮本「慎」字下有「也」字。

〔八〕上「菀」字旁注「亣鬱」，即「音鬱」。阮本「虐」字下有「無親」二字。静嘉堂本於「無親」二字左下旁注「本無」。

〔九〕此選此詩首章。

〔一〇〕自「尚庶幾」爲《箋》。阮本「不然」下無「也」字。

恩礼御持之，則使之多怨也。

遠矣 胥，相也。骨肉之親，當相親，無相疏。民疏相疏遠，則以大親之望易以成怨。尒之

遠矣，民胥然矣。尒之教矣，民胥傚矣。

尒，汝。尒，幽王也。胥，皆也。言王汝不親骨肉，則天下之人皆如斯汝之教，令无善无惡，所尚者天下之人皆學之。言上之化下，不可不慎也。

菀柳，刺幽王也。暴虐而

刑罰不中，諸侯皆不欲朝。言王者之

不可朝事也。

有菀者柳，不尚息焉。尚，庶幾也。有菀然枝葉茂盛之柳，行

路之人，豈有不庶幾欲就之止息乎。興者，喻王有盛

德，則天下皆庶幾願往朝焉。憂今不然也。

[illegible]

俾予靖之，後予極焉。靖，謀也。俾，使也〔一〕。極，誅也。假使我朝王，王留我，使我謀政事，王信讒，不察功考績，後反誅放我，是言王刑罰不中，不可朝事〔二〕。

《隰桑》，刺幽王也。小人在位，君子在野，思見君子，盡心以事之也〔三〕。隰桑有阿，其葉有儺〔四〕。隰中之桑，枝條阿儺然〔五〕長美，其葉又茂盛〔六〕，可以庇陰人。興者，喻時賢人君子不用而野處，有覆養之德也。既見君子，其樂如何！思在野之君子，而得見其在位，我〔七〕喜樂無度之也〔八〕。心乎愛矣，遐不謂矣。中心臧之，何日忘之？遐，遠也〔九〕。謂，勤也。臧，善也〔一〇〕。我心愛

〔一〕自「靖謀」爲《箋》。阮本「謀」字下，「使」字下無「也」字。
〔二〕阮本「事」字下有「也」字。
〔三〕阮本「之」字下無「也」字。此選此詩首章。
〔四〕《會箋》：「《傳》『美貌』下，『盛』下，延文本並有『也』字。」
〔五〕「儺」字左旁注「難，本乍」。「乍」爲「作」之省文。
〔六〕自「隰中」爲《箋》。「阿儺然」，阮本作「阿阿然」。
〔七〕「我」字左下旁注「本無」。自「思在野」爲《箋》。
〔八〕阮本「度」字下無「之也」二字。
〔九〕自「遐遠」爲《箋》，文有删節。阮本「遠」字下無「也」字。
〔一〇〕阮本「勤」字下無「也」字。

後則下皆虞度蹴往斷焉，憂人令無也。喻王。

俾予靖之，後予極焉。靖，謀也。俾，使也。極，誅也。假我朝王，皆我使謀政事，王信讒，不察功考績，後反誅放我。是言王刑罰不中，不可朝事。

隰桑，刺幽王也。小人在位，君子在野。思見君子，盡心以事之也。

隰桑有阿，其葉有難。隰中之桑，枝條阿難然長美，其葉又茂盛，可以庇蔭人。興者，喻時賢人君子不用而野處，有覆養之德也。既見君子，其樂如何。思在野之君子，而得見其在位，我喜樂無度已也。

心乎愛矣，遐不謂矣。遐，遠也。謂，勤也。中心藏之，何日忘之。臧，善也。我心愛此君子，雖〔一〕遠在野，豈能不勤思之乎？我心善此君子，又誠不能忘也。
《白華》，周人刺幽后也。幽王娶申女以
爲后，又得襃姒而黜申后，故下國化
之，以妾爲妻，以孽代宗，而王弗能
治〔二〕。申，姜姓之國〔三〕。孽，支庶也。宗，適子也。王不能治，己不正故也。英英白雲，
露彼菅茅。英英，白雲貌〔四〕。白雲下露，養〔五〕彼可以爲菅之茅。使與白華之菅
可〔六〕相亂易。猶天之下妖氣生襃姒，使申后見黜也〔七〕。天步艱難，之
子不猶。步，行也。猶，圖也。天行此艱難之妖久矣，王不圖其變之所由〔八〕。昔

〔一〕阮本「雖」字上有「君子」二字。静嘉堂本有此二字。

〔二〕阮本「治」字下有「周人爲之作是詩也」八字。此選此詩第二章和第五章。

〔三〕阮本「國」字下有「也」字。

〔四〕《會箋》：「延文本傳『貌』下有『也』字。」

〔五〕自「白雲下」爲《箋》。《會箋》：「延文本《傳》『養』下有『也』字。」

〔六〕阮本「相」字上無「可」字。

〔七〕阮本「黜」字下無「也」字。

〔八〕自「猶圖也」爲《箋》。阮本「由」字下有「爾」字。

不[illegible]臧善也我心憂
此君子雖遠在野豈能不勤思之
乎我心善此君子又誠不能忘也
白華周人刺幽后也幽王娶申女以
為后又得褒姒而黜申后故下國化
之以妾為妻以孽代宗而王弗能
治申姜姓之國孽支庶也宗適
子也王不能治已不正故也英英白雲
露彼菅茅英英白雲貌白雲下露養彼
可以為菅之茅使与白華之菅
相乱易猶天之下妖氣生
褒姒使申后見黜也天步艱難之
步行也猶圖也天行此艱難之
子不猶妖久矣王不圖其変之所由昔

夏之衰，有二龍之妖。卜藏其漦，周厲王發而觀之，化爲玄黿。童女遇之，當宣王之時而生女，懼而棄之。後哀人有獄〔一〕，詔而人之幽王，幽王嬖之，是謂哀姒。鼓鍾于宮，聲聞于外。王失禮於内，而下國聞知而化之。王弗能治，如鳴鍾鼓於宮中，而欲使〔二〕外人之〔三〕不聞，亦不可得也〔四〕。念子懆懆，視我邁邁。邁邁，不悦也。言申后之忠於王也。念之懆懆然，欲諫正之。王反不悦於其所言〔五〕。

《何草不黄》，下國刺幽王也。四夷交侵，中國背叛，用兵不息，視民如禽獸，君子憂之，故作是詩也〔六〕。何草不黄？何日不行？

〔一〕「獄」字，阮本作「獻」。阮校：「相臺本『獻』作『獄』，《考文》古本同。案『獄』字是也，《正義》可證。」

〔二〕「使」字左下旁注「本無」。阮本無「使」字。

〔三〕阮本「人」字下無「之」字。

〔四〕「得」字右下旁注「止，本乍」。「乍」爲「作」之省文。阮本作「止」。句末無「也」字。

〔五〕自「言申后」爲《箋》。末句「悦」字，阮本作「説」。

〔六〕此選此詩首章和第三章。

哉。久矣。王不圖其憂之所由。昔
夏之衰。有二龍之妖。卜藏其漦。周厲王發
而觀之。化為玄黿。童女遇之。當宣王之時而
生女。懼而棄之。後褒人有獄。而
入之幽王。幽王嬖之。是謂褒姒。鼓鍾于宮。聲
聞于外。王失禮於內。而下國聞知。而化之。王弟（弗）能治。如鳴鍾鼓於宮中。而欲使外人
弟聞。亦不可得也。念子懆懆。視我邁邁。邁邁不悅也。言申后之忠於
王也。念之懆懆然。欲諫正之。王反不悅於其所言。
何草不黃。下國刺幽王也。四夷交侵。中
國背叛。用兵不息。視民如禽獸。君子
憂之。故作是詩也。何草不黃。何日不行。

416 用兵不息，軍旅自歲始草生而出。至歲晚矣，何草而不黃乎？草〔一〕皆黃矣。於是〔二〕間，將率何日不行
417 乎？言常行勞苦甚也〔三〕。何人不將？經營四方。言萬民無不從役者也。
418 匪兕匪虎，率彼曠野。兕、虎〔四〕，野獸也。曠，空也。兕虎者〔五〕，比戰士也。
419 哀我征夫，朝夕不暇。
420 《大雅》
421 《文王》，文王受命作周也〔六〕。受命，受天命而王天下，制立周邦。
422 文王在上，於昭于天。在上，在民上也。於，歎辭也。昭，見〔七〕。文王初爲西伯，
423 有功於民，其德著見於天，故天命之以爲王也〔八〕。周雖舊邦，其命

〔一〕自「用兵」爲《箋》。阮本「草」字上有「言」字。
〔二〕阮本「是」字下有「之」字。静嘉堂本作「於是」，無「之間」二字。南宋十行本作「於是之間」。
〔三〕「甚也」，阮本作「之甚」。
〔四〕《會箋》：「延文本《傳》『虎』下有『者』字。」
〔五〕自「兕虎者」爲《箋》。
〔六〕此選此詩首章前四句，删去後四句、第三章第七八兩句、第四章第五至八句、第五章前四句。
〔七〕阮本「辭」字下無「也」字，「見」字下有「也」字。
〔八〕阮本「王」字下有「使君天下」四字。

[illegible]

用兵不息，軍旅自歲始草生而出，至歲晚何，草而不黃乎？草皆黃矣。於是閒將率何日不行。卒言常行，勞苦之也。

何人不將，經營四方。言萬民無不從役者也。

匪兕匪虎，率彼曠野。兕虎野獸也。曠，空也。兕虎者以比戰士也。

長（哀）我征夫，朝夕不暇。

大雅

文王，文王受命作周也。受命，受天命而王天下，制立周邦。

文王在上，於昭于天。在上，在民上也。於，歎辭。昭，見也。文王初為西伯，有功於民，其德著見於天，故天命之以為王也。

周雖舊邦，其命

維新。乃新在文王也。濟濟多士，文王以寧。濟濟，多威儀也。商之孫子，其麗不億。上帝既命，侯于周服。麗，數也。商之孫子，其數不徒億，言多之也〔一〕。至天已命文王之後，乃爲君於周之九服之中。言衆之不如德也。侯服于周，天命靡常。則見天命之無常也。無常者，善則就之，惡則去之〔二〕。殷士膚敏，祼將于京。殷士，殷侯也。膚，美也〔三〕。敏，疾也。祼，灌鬯也。將，行也〔四〕。殷之臣壯美而敏，來助周祭也〔五〕。

《大明》，文王有明德，故天復命武王也〔六〕。

〔一〕自「商之」爲《箋》。「言多之也」，阮本作「多言之也」。静嘉堂本作「多言之也」，右旁注「言多之也，本乍」。
〔二〕自「無常者」爲《箋》。
〔三〕「祼」字左下旁注「古亂反」。阮本「美」字下無「也」字。
〔四〕阮本「行」字下無「也」字。
〔五〕阮本「祭」字下無「也」字。
〔六〕此選此詩首章和第三至第八句。

故天命之以爲王也

惟新乃新在文王也濟濟多士文王以寧濟濟多威儀也

商之孫子其麗不億上帝既命

侯于周服麗數也商之孫子其數不徒億多言之也至天已命文王之後乃爲君於周之九服之中言衆之不如德也侯服于周天命靡

常則見天命之無常也無常者善則就之惡則去之殷士膚敏

祼將于京殷士殷侯也膚美也敏疾也祼灌鬯也將行也殷之臣壯美而敏來助周祭也

大明文王有明德故天復命武王也

432 二聖相承，其明德日廣大，故曰大明也〔一〕。

433 明明在下，赫赫在上。明明，察也。文王之德明明在於下〔二〕，故赫赫然著見於天也〔三〕。

434 天難忱斯，不易維王。天位殷嫡，使

435 不浹〔四〕四方。忱，信也。浹，達也。天之意難信〔五〕矣。不可改易者，天子也。令紂居王位而〔六〕又殷之

436 正嫡，以其爲惡，乃絶棄之，使教令不行於四方，四方共叛之。是天命無常，唯德是與〔七〕耳。

437 維此文王，小心翼翼。昭事上帝，聿懷

438 多福，厥德不回，〔以〕〔八〕受方國。回，違也。小心翼翼，恭慎

439 貌也〔九〕。聿，述也〔一〇〕。懷，思也。方國，四方來附者也〔一一〕。《思齊》，文王所以聖也〔一二〕。

〔一〕阮本「明」字下無「也」字。

〔二〕阮本「明」字下無「在」字。《會箋》：「延文本『明明於下』，作『明明在於下』。」

〔三〕阮本「天」字下無「也」字。《會箋》：「延文本『天』下有『也』字。」

〔四〕「浹」字，阮本作「挾」字。下同。陳奐《詩毛氏傳疏》：「《爾雅》：『浹，徹也。』挾、浹同聲，達，徹同義。」

〔五〕自「天之意」爲《箋》。

〔六〕欄上注：「本乍今紂居天位而。」「乍」爲「作」之省文。

〔七〕「與」字，阮本作「予」字。

〔八〕「受」字上脱一「以」字。

〔九〕自「小心」爲《箋》，有删節。阮本「貌」字下無「也」字。

〔一〇〕阮本「述」字下無「也」字。

〔一一〕阮本「者」字下無「也」字。

〔一二〕此選此詩首章和第二章四至六句。

二聖相承其明德日廣大故曰大明也

明明在下赫赫在上

明明察也文王之德明明在於下故赫赫然著見於天也

天難忱斯不易維王天位殷適使不浹四方

忱信也使達也天之意難知矣不可改易者天子也今紂居天位而又殷之正適以其為惡乃絶棄之使教令不行於四方四方共叛之是天命無常唯德是与耳

雖此文王小心翼翼昭事上帝聿懷多福厥德不回以受方國

回違也小心翼翼恭慎[illegible]聿述也懷思也方國四方來附者也

思齊文王所以聖也

440 言其〔一〕非但天性，德有所由成也〔二〕。思齊大任，文王之母。思媚
441 周姜，京室之婦也〔三〕。齊，莊也〔四〕。媚，愛也。周姜，大姜〔五〕。京室，王室也。
442 常思莊敬者，大任也。及〔六〕爲文王之母，又常思愛大姜之配大王之禮，以〔七〕爲京室之婦。言其德行純備，以
443 生聖子〔八〕。大姒嗣徽音，則百斯男。大姒，文王之妃也。大
444 姒十子，衆妾則宜百子者〔九〕。徽，美也〔一〇〕。嗣大任之美者，謂續行其善教令。刑于
445 寡妻，至于兄弟，以御于家邦。刑，法
446 也。寡妻，寡有之妻，言賢也。御，迎〔一一〕也。文王以禮法接待其妻，至于其宗族，以此又能爲政，治於家邦。
447 《靈臺》，民始附也。文王受命，而民樂其

〔一〕阮本「言」字下無「其」字。靜嘉堂本「言」字右下旁注「其聖，本ナ」。
〔二〕阮本「成」字下無「也」字。
〔三〕「婦」字下「也」字，爲衍文。
〔四〕阮本「莊」字下無「也」字。《會箋》：「延文本傳『莊』下有『也』字。」
〔五〕阮本「姜」字下有「也」字。
〔六〕「自常思」爲《箋》。「及」字，阮本作「乃」字。
〔七〕「以」字，阮本作「故能」。
〔八〕「以」字，阮本作「故」字。「子」字下有「也」字。
〔九〕「者」字右下旁注「也乍」。「者」字，阮本作「也」字。
〔一〇〕自「徽美」爲《箋》。
〔一一〕上行欄上注：「御，立牙嫁反，鄭魚據反」，「立」爲「毛」字之訛。自「寡妻」爲《箋》。「迎」字，阮本作「治」字。「迎」字右注音訓「ケイ」，又注訓讀「シサムケ」，是其將「御」作「迎」解之証。靜嘉堂本作「治」。

四方来附者也

言其非但天性，德有所由成也。思齊大任，文王之母。思媚

周姜，京室之婦也。齊，莊也。媚，愛也。周姜，大姜。京室，王室也。

常思莊敬者，大任也。及為文王之母，又常思愛大姜之配大王之禮，以為京室之婦，言其德行純備，以生聖子。大姒嗣徽音，則百斯男。大姒，文王之妃也。大姒十子，衆妾則宜百子者。徽，美也。嗣大任之美音，謂續行其善教令。刑于

寡妻，至于兄弟，以御于家邦。刑，法也。寡妻，寡有之妻，言賢也。御，迎也。文王以禮法接待其妻，至于宗族，以此又能為政，治於家邦。

御…于然反　鄭…呉嫁反

靈臺，民始附。文王受命而民樂其

448 有靈德以及鳥獸昆蟲焉〔一〕。文王
449 受命，而作邑于豐，立靈臺也〔二〕。經始靈臺，經之營之。庶
450 民攻之，不日成之。文王應天命，度始靈臺之基阯，營表其位，衆民
451 則築作，不設期日而成之。言説文王之德，勸其事，忘己勞也。經始勿亟，庶
452 民子來。亟，急也。經〔三〕始靈臺之基趾，非有急成之意。衆民各以子成父事而來攻之。
453 《行葦》，忠厚也。周家忠厚，仁及草木，故能内睦於〔四〕
454 九族，外尊事黄耇，養老乞言，以成
455 其福禄焉〔五〕。乞言，從求善言，可以爲政者也〔六〕。敦彼行

〔一〕此選此詩首章。
〔二〕阮本「臺」字下無「也」字。
〔三〕自「亟急」爲《箋》。「經」字，阮本作「度」。
〔四〕阮本「睦」字下無「於」字。《會箋》：「延文本『睦』下有『於』字。」
〔五〕此選此詩首章和第八章。
〔六〕阮本「者」字下作「敦史受之」。下「敦」字旁注「徒端反」。

靈臺民始附也文王受命而民樂其
有靈德以及鳥獸昆蟲焉文王
受命而作邑于豐立靈臺也經始靈臺經之營之庶
民攻之不日成之文王應天命度始靈臺之基趾營表其位衆民
則築作不設期日而成之言樂文王之從勸其事忘己勞也經始勿亟庶
民子來亟急也經始靈臺之基趾非有急成之意衆民各以子成父事而來攻之
行葦忠厚忠厚也周家仁及草木故能內睦於
九族外尊事黃耇養老乞言以成
其福祿焉乞言從求善言可以爲政者也敦彼行徒端反

456 葦，羊牛〔一〕勿踐。履方苞方體，維葉
457 泥泥。敦，聚貌也〔二〕。行，道也。葦〔三〕初生泥泥然〔四〕。苞，茂也。體，成形也。敦敦然道旁之葦，牧羊牛〔五〕
458 者無使躢履折傷之。草物方茂盛，以其終將爲人用也。故周之先王爲此愛之，況於其〔六〕人乎？
459 黄耉台背，以引以翼。台之言鮐也，大老則背有鮐文也〔七〕。既告老
460 人，及其來也，以禮引之，以禮翼之。在前曰引，在其旁曰翼也〔八〕。壽考維祺，以
461 介景福。祺，吉。介，助也。養老人而得吉，所以助大福也〔九〕。
462 《假樂》，嘉成王也〔一〇〕。假樂君子，顯顯令
463 德。宜民宜人，受禄于天。假，嘉也。宜民宜

〔一〕《會箋》：「『牛羊』，延文本作『羊牛』，卷子本亦旁書云：本作『羊牛』。」
〔二〕阮本「貌」字下無「也」字。《會箋》：「延文本《傳》『貌』下有『也』字。」
〔三〕「葦」字，阮本作「葉」字。《會箋》：「《傳》『葉』字卷子本旁注：雲本作『葦』。」
〔四〕阮本「泥」字下無「然」字。《會箋》：「《傳》『泥泥』下折本無『然』字。」
〔五〕自「苞茂也」爲《箋》。「羊牛」，阮本作「牛羊」。
〔六〕阮本「於」字下無「其」字。
〔七〕自「台之」爲《箋》。阮本「文」字下無「也」字。
〔八〕阮本「在」字下無「其」字，「翼」字下無「也」字。
〔九〕自「介助」爲《箋》。
〔一〇〕此選此詩首章前四句，删去後兩句，第二章。

可以羞[illegible]者也

葦羊牛勿踐履方苞方體維葉泥泥

敦聚貌也行道也葦初生泥泥然苞茂也體成形也敦敦然道傍之葦牧羊牛者无使踐履折傷之物方茂盛以其終將為人用也故周之先王為此愛之況於其人乎

黄耇台背以引以翼

台之言鮐也大老則背有鮐文也既者老有人及其來也以礼引之以礼翼之在前曰引在其旁曰翼也

壽考維祺以介景福

祺吉也介助也養老人而得吉所以助大福也

假樂嘉成王也假樂君子顯顯令德宜民宜人受祿于天

假嘉也宜民宜

464 人，宜安民，宜官人也。天下〔一〕嘉樂，成王有光光之善德。安民，能官人，皆得其宜，以受福禄於天也。
465 干禄百福，子孫千億。穆穆皇皇，宜
466 君宜王。宜君王天下也。干，求也。成王行顯顯之令德，求禄得百福，其子孫亦勤行而
467 求之，得禄千億，故或爲諸侯，或爲天子，言皆相勗以道也〔二〕。不愆不亡〔三〕，率由
468 舊章。愆，過也〔四〕。率，循也。成王之令德，不過誤，不遺失，循用舊典之文章，謂周公之礼法也〔五〕。
469 《民勞》，召穆公刺厲王也〔六〕。民亦勞止，汔
470 可小康。惠此中國，以綏四方。汔，幾也。康、綏，皆安也。惠，
471 愛也。今周民疲〔七〕勞矣，王幾可〔八〕小安之乎？愛此〔九〕京師之人，以安天下。京師者，諸夏之根本也〔一〇〕。

〔一〕阮本「天」字下無「下」字。
〔二〕自「干求」爲《箋》。阮本「道」字下無「也」字。
〔三〕「亡」字左旁書「忘」字。
〔四〕自「愆過」爲《箋》。阮本「過」字下無「也」字。
〔五〕阮本「法」字下無「也」字。
〔六〕此選此詩首章。下「止」字旁注「辭也」。
〔七〕自「汔幾」爲《箋》。「疲」字，阮本作「罷」字。
〔八〕阮本「可」字下有「以」字。静嘉堂本「以」字左下旁注「本無」。
〔九〕阮本「愛」字下無「此」字。
〔一〇〕阮本「本」字下無「也」字。

德宜民宜人受祿于天　宜民宜
人宜安民宜官人也天下嘉樂成王有光光之善
德安民能官人皆得其宜以受福祿於天也
干祿百福子孫千億穆穆皇皇宜
君宜王　宜君子王天下也干求也成王行顯顯之
令德求祿得百福其子孫亦勤行而
求之得祿千億故或為諸侯或
為天子言皆相勗以道也　不愆不忘率由
舊章　愆過也率循也成王之令德不過誤不
遺失循用舊典之文章謂周公之禮法也
民勞召穆公刺厲王也民亦勞止汔
可小康惠此中國以綏四方　汔幾也康綏皆安也
愛也今周民疲勞矣王幾可小安之乎愛此京師
之人以安天下京師者諸夏之根本也

《板》，凡伯刺厲王也〔一〕。上帝板板，下民卒癉〔二〕。出話不然，爲猶不遠。板，反也。上帝，以稱王者〔三〕。癉，病也。話，善言也。猶，謀也。王爲政反先王與天之道，天下民盡病其出善言不行之也。以〔四〕此爲謀，不能遠圖，不知禍之將至也〔五〕。猶之不遠，是用大諫。王之謀不能圖遠，用是故我大諫王也〔六〕。介〔七〕人維藩，太師維垣。大邦維屏，太〔八〕宗維翰。介，善也。藩，屏也。垣，牆垣也。翰，幹也。太師〔九〕，三公也。大邦，成國諸侯也。太宗，王之同姓世嫡子也。王當用公卿諸侯及宗室之貴者爲藩屏垣幹，爲輔弼，無疏遠之也〔一〇〕。懷德維

〔一〕此選此詩首章和第七章。
〔二〕「癉」字左下旁書：「本乍僤。」「乍」爲「作」之省文。
〔三〕阮本「者」字下有「也」字。
〔四〕阮本「此」字前無「以」字。案：《正義》：「以此圖事，不能至遠。」以有此「以」字爲長。
〔五〕阮本「至」字下無「也」字。下「不」字旁注「未本」。
〔六〕自「王之」爲《箋》。
〔七〕「介」字，阮本作「價」字，下同。
〔八〕「太」字，阮本作「大」字，下同。
〔九〕自「太師」爲《箋》。「太」字，阮本作「大」字。
〔一〇〕阮本「之」字下無「也」字。

之人以安天下。京師者諸夏之根本也

板　凡伯刺厲王也

上帝板板。下民卒癉。出話不然。為猶不遠　板反也。上帝以稱王者。癉病也。話善言也。猶謀也。王為政反先王与天之道。天下民盡病。其出善言而不行之也。然此為謀不能遠圖。不知禍之將至也。　猶之未遠。是用大諫　王謀不能圖遠用。是故我大諫王也　价人維藩。大師維垣。大邦維屏。大宗維翰　价善也。藩屏也。垣墻也。翰幹也。大師三公也。大邦成國諸侯也。大宗王之同姓世嫡子也。王當用公卿諸侯及宗室之貴者為藩屏垣翰為輔弼。無疏遠之也　懷德維寧，宗子維城。無俾城壞，無獨斯畏。懷，和也。斯，離也。和汝德，無行酷暴之政，以安汝國，以是爲宗子之城，使免於難。宗子〔一〕城壞則乖離，而汝獨居而畏矣。宗子，適子也〔二〕。

《蕩》，召穆公傷周室大壞也。厲王無道，天下蕩蕩，無綱紀文章，故作是詩也〔三〕。

蕩蕩上帝，下民之辟。上帝，以斥〔四〕君王也。辟，君也。蕩蕩，言法度廢壞之貌也〔五〕。厲王乃以此居人上，爲天下之君。言其無可則像之甚也〔六〕。疾威上帝，其命多僻〔七〕。疾病人矣〔八〕，威罪人矣。疾病人者，重賦斂也；威罪人者，峻

〔一〕自「斯離」爲《箋》。「和汝德」，阮本「汝」字作「女」，下同。「宗子」上有遂行酷虐則禍及」七字，「宗子」下有「是謂城壞」四字，皆被删去。

〔二〕阮本「適」字上有「謂王之」三字，「子」字下無「也」字。

〔三〕上行首字「蕩」旁注「唐黨反」。《會箋》：「此十八字，注文入行耳。厲王之雅，有首序而無廣辭。」此選此詩首章和第五章第五至第八句、第七章、第八章第七八句。

〔四〕「斥」字左旁注「託本」。阮本作「托」。

〔五〕自「蕩蕩」爲《箋》。阮本「貌」字下無「也」字。

〔六〕阮本「甚」字下無「也」字。

〔七〕《會箋》：「『辟』，延文本作『僻』。」

〔八〕《會箋》：「延文本《傳》『病人』下『矣』作『也』。」

屏幹爲輔弼無疏遠之也

寧宗子維城無俾城壞無獨斯畏懷和也斯離也和汝德無行酷暴之政以安汝國以是爲宗子之城使免於難宗子城壞則乖離而汝獨居而畏矣宗子適子也

蕩召穆公傷周室大壞也厲王無道天下蕩蕩無綱紀文章故作是詩也

蕩蕩上帝下民之辟上帝以託君王也辟君也蕩蕩法度廢壞之貌厲王乃以此居人上爲天下之君言其無可則像之甚也

疾威上帝其命多辟疾病人矣威罪人矣疾病人者重賦斂也威罪人者峻

刑法也。其政教又多邪僻，不由舊章也〔一〕。天生烝民，其命匪諶。靡不有初，鮮克有終。天之生此衆民，其教道之，非當以誠信使之忠厚乎？今則不然，民始皆庶幾於善道，後更化於惡俗也〔二〕。既愆爾止，靡明靡晦。式號式呼，俾晝作夜。使晝爲夜也。愆，過也。汝〔三〕既過於〔四〕沉湎矣，又不爲明晦，有〔五〕止息也。醉則號呼相效，用晝日作夜，不視政事也〔六〕。文王曰咨，咨汝殷商。匪上帝不時，殷不用舊。此言紂之亂，非其生不得其時，乃不用先王之故法所致也〔七〕。雖無老成人，尚有典刑。老成人，謂若伊尹、伊陟、臣扈之屬也〔八〕。雖無此臣，猶有常事故法可案用〔九〕。

〔一〕自「疾病人者」爲《箋》。阮本「章」字下無「也」字。
〔二〕自「天之」爲《箋》。阮本「俗」字下無「也」字。
〔三〕自「愆過」爲《箋》。「汝」字，阮本作「女」字。
〔四〕阮本「過」字下無「於」字。
〔五〕阮本「有」字上有「無」字。静嘉堂本「無」字左下旁注「本無」。
〔六〕阮本「事」字下無「也」字。
〔七〕自「此言」爲《箋》。阮本「法」字下有「之」字，「致」字下無「也」字。
〔八〕自「老成人」爲《箋》。阮本「屬」字下無「也」字。
〔九〕阮本「用」字下有「也」字。

其命多僻　人者重賦斂也威罪嚴峻
刑法也其政教又多
邪僻不由舊章也　天生烝民其命匪諶
靡不有初鮮克有終　天之生此衆民其教道之非當以誠信
使之忠厚乎今則不然民始皆庶　既愆爾止靡
幾於善道後更化於惡俗也　使晝爲夜
明靡晦式號式呼俾晝作夜　也愆過也
汝既過於沈湎矣又不爲明晦有止息也　文王曰
醉則號呼相效用晝日作夜不視政事
咨咨女殷商匪上帝不時殷不用舊
此言紂之亂非其生不得其時　雖無老成人
乃不用先王之故法所致也
尚有典刑　老成人謂若伊陟臣扈之屬也雖
無此臣猶有常事故法可案用

496 曾是莫聽，大命以傾。莫，無也。朝廷臣皆任喜怒，曾無用典

497 刑治事者，以至誅滅也〔一〕。殷鑒不遠，近在夏后之世。

498 此言殷之明鏡不遠也。近在夏后之世，謂湯誅桀也。後而〔二〕武王誅紂。今之王〔三〕，何以不用爲戒乎也〔四〕？

499 《抑》，衛武公刺厲王也〔五〕。亦以自警也。

500 無競維人，四方其訓之。有覺德行，四

501 國順之。無競，競也。訓，教也〔六〕。覺，大〔七〕也。競，强也。人君爲政，無强於得賢人。得賢人，則天下教化於

502 其俗，有大德行，則天下順從其政，言在上所以倡道之〔八〕。

503 敬慎威儀，維民之則。則，法也〔九〕。慎爾出話，

〔一〕自「莫無」爲《箋》。阮本「滅」字下無「也」字。

〔二〕自「此言」爲《箋》。阮本「后」字下無「而」字。静嘉堂本無「而」字。

〔三〕阮本「王」字下有「者」字。静嘉堂本有「者」字。

〔四〕阮本「戒」字下無「乎也」二字。静嘉堂本無「也」字，而於「乎」字左下注「本無」。

〔五〕此選此詩第二章前四句和第七八句、第五章第四至第十句。

〔六〕阮本「教」字下無「也」字。

〔七〕「大」字左旁書「直」字。阮本作「直」字。

〔八〕自「競强」爲《箋》。阮本「道」字下無「也」字。本行后六字爲衍文。

〔九〕「則法也」爲《箋》。

尚有典刑　無此臣，猶有常事故法可案用。

曾是莫聽，大命以傾。莫，无也。朝廷君臣，皆任喜怒，曾无用典刑事者，以至誅滅也。

殷鑒不遠，在夏后之世。此言殷紂之明鏡不遠也，近在夏后之世，謂湯誅桀也。後殷武王誅紂，今之王何以不用爲戒乎也。

抑，衛武公刺厲王，亦以自警也。

無競維人，四方其訓之。有覺德行，四國順之。无競，競也。訓，教也。覺，大也。競，彊也。人君爲政，无彊於得賢人，得賢人則天下教化於其俗，有大德行則天下順從其政。言在所以倡道之。

敬慎威儀，維民之則。則，法也。

慎爾出話，

敬爾威儀，無不柔嘉。話，言也，謂教令也〔一〕。白珪之玷，尚可磨也；斯言之玷，不可爲也。玷，缺也。斯，此也。玉之玷缺，尚可磨鑢而平；人君政教一失，誰能反復之也〔二〕。《桑柔》，芮伯刺厲王也〔三〕。芮伯，王卿士也〔四〕。憂心慇慇〔五〕，念我立宇。我生不辰，逢天僤怒。自西徂東，靡所定處。宇，居也。僤，厚也。此士卒從軍久，不息〔六〕勞苦，自傷之言也〔七〕。人亦有言，進退維谷。谷，窮也。前無明君，卻迫罪役，故窮也〔八〕。維此良人，弗求弗

〔一〕《傳》：「話，善言也。」《箋》：「言，謂教令也。」此取《箋》。

〔二〕自「斯此」爲《箋》。阮本句末「之」字下無「也」字。

〔三〕此選此詩第四章前六句、第九章五六句、第十一章前四句、第十三章前四句。

〔四〕「王」字上删去「畿内諸侯」四字。「也」字下删去「字良夫」三字。本行後四字爲衍文。

〔五〕「慇」字下旁注「殷，本」。

〔六〕自「此士」爲《箋》。阮本「久」字下無「不息」二字。

〔七〕阮本「言」字下無「也」字。

〔八〕自「前無」爲《箋》。「罪」，小字本、相臺本同。阮校：「案《釋文》云一本作『罷役』，《正義》本是『罪』字。」静嘉堂本作「罪」。

[illegible]
敬尒威儀無不柔嘉 嘉善也謂教令也 白珪之
玷尚可磨也斯言之玷不可為也 玷缺也 斯此也
玉之玷缺尚可磨鑢而平人君政教
一失誰能反覆之也
桑柔芮伯刺厲王也 芮伯王卿士也 憂心慇慇
念我土宇我生不辰逢天
僤怒自西徂東靡所定處 宇居也僤厚也此士
卒從軍久不息勞苦 人亦有言進退維
自傷之言也
谷 谷窮也前无明君卻迫罪役故窮也 維此良人弗求弗

迪。維彼忍心，是顧是復。迪，進也。良，善也。國有善人，王不求索，不進用之；有忍爲惡之心者，王反顧念而重復之。言其忽賢者、愛小人也〔一〕。大風有隧，貪人敗類。聽言則對，誦言如醉。類，猶〔二〕等夷也。貪惡之人，見道聽之言，則應答之；見誦詩書之言，則眠〔三〕卧如醉。君居上位，而行如此，人或效之也〔四〕。

《雲漢》，仍叔美宣王也。宣王承厲王之烈，内有撥亂之志，遇災而懼，側身修行，欲消〔五〕去之。天下喜於王化復行，百姓見憂，故作是詩也〔六〕。仍叔，周大夫也。倬彼雲漢，昭回于

〔一〕自「良善」爲《箋》。阮本「人」字下無「也」字。

〔二〕自「類等」爲《箋》。阮本「類」字下無「猶」字。静嘉堂本無「猶」字。

〔三〕「眠」字，小字本、相臺本、閩本、明監本、毛本皆作「瞑」。阮校：「案《正義》云『則眠卧如醉』，是其本作『瞑』。『瞑』、『眠』古今字，易而説之也。《考文》古本作『瞑』，采《正義》而爲之。」案：静嘉堂本作「瞑」。

〔四〕阮本「之」字下無「也」字。

〔五〕「消」字，阮本作「銷」字。静嘉堂本作「銷」。

〔六〕此選此詩首章。

迫罪役故窮也

廸維彼忍心是顧是復 迪進也良善也國有善人王不求索

不進用之有忍為惡之心者王反顧念而

重復之言其忽賢者愛小人也 大風有

隧貪人敗類聽言則對誦言如醉 類猶

等戒也貪惡之人見道聽之言則應答之見誦

詩書之言則瞑卧如醉君居上位而行如此人賊效之也

雲漢仍叔美宣王也宣王承厲王之

烈内有撥亂之志遇災而懼側身脩行

欲消去之天下喜於王化復行百姓見

憂故作是詩也 仍叔周大夫也 倬彼雲漢昭回于

520 天。雲漢，謂天河也。昭，光也。倬然天河水氣也。精光轉運於天。時旱渴雨，故宣王夜仰視天河，望視其
521 候也〔一〕。王曰於乎，何辜今之人！天降喪亂，飢
522 饉薦臻。薦，重也〔二〕。臻，至也。辜，罪也。王憂旱而嗟歎云：何罪與！今時天下之人，天乃〔三〕下旱災，
523 亡亂之道，飢饉之害，復重至也。靡神不舉，靡愛斯牲。圭
524 璧既卒，寧莫我聽。靡、莫，皆無也。言王爲旱之故，求於群神，無不祭也。
525 無所愛於三牲也〔四〕。禮神之圭璧又已盡矣，曾無聽聆我之精誠而興雲雨者與〔五〕？
526 《崧高》，尹吉甫美宣王也。天下復平，能
527 建國親諸侯，褒賞申伯焉〔六〕。尹吉甫、申伯，皆周之卿士也。

〔一〕自「雲漢」爲《箋》。「候」字下「也」字，阮本作「焉」字。静嘉堂本作「焉」。

〔二〕阮本「重」字下無「也」字。小字本、相臺本無「也」字。阮校：「案《釋文》以『重也』作音，是其本有『也』字。《考文》古本有。」案：《會箋》：「延文本《傳》『重』下有『也』字。」

〔三〕「乃」字，阮本作「仍」字。静嘉堂本作「仍」。

〔四〕自「靡莫」爲《箋》。阮本「牲」字下無「也」字。

〔五〕阮本「雨」字下無「者與」二字。

〔六〕上「崧」字旁注：「胥忠反」。此選此詩首章第三至六句、第八章前四句。

……大夫也……

倬彼雲漢，昭回于天。雲漢，謂天河也。昭，光也。倬然天漢水氣也，精光轉運於天。時旱渴雨，故宣王夜仰視天河，望其候也。王曰於乎，何辜今之人！天降喪亂，饑饉薦臻。薦，重也。臻，至也。辜，罪也。王憂旱而嗟歎，云何罪與今時天下之人，天乃下旱災亡亂之道，饑饉之害復重至也。靡神不舉，靡愛斯牲。圭璧既卒，寧莫我聽。靡、莫，皆无也。言王爲旱之故，求於群神，无不祭也，无所愛於三牲，禮神之圭璧又已盡矣，曾无聽聆我之精誠而興雲雨者与。

崧高，尹吉甫美宣王也。天下復平，能建國親諸侯，褒賞申伯焉。尹吉甫、申伯，皆周之卿士也。

528 維嶽降神，生甫及申。維申及甫，維周
529 之翰。翰，幹也。申，申伯也。甫，甫侯也。皆以賢知入爲周之楨翰〔一〕之臣也〔二〕。申伯之德，
530 柔惠且直。揉此萬邦，聞于四國。揉，順也。四
531 國，猶言四方也〔三〕。
532 《烝民》，尹吉甫美宣王也。任賢使能，周
533 室中興焉〔四〕。天生烝民〔五〕，好是懿德。天之生衆
534 民，莫不好有美德之人也〔六〕。天臨〔七〕有周，昭假于下，保兹天
535 子，生仲山甫。臨，視也。假，至也。天視周王之政教，其光明乃至於下，謂及於〔八〕衆民也。

〔一〕上「翰」字旁注「户旦反」。自「申申」爲《箋》。「楨翰」，當爲「楨幹」之誤。
〔二〕今本「臣」下無「也」字。
〔三〕自「揉順」爲《箋》。
〔四〕此選此詩首章第一句和第四至第八句、第二章前四句、第四章、第五章、第六章。
〔五〕「民」字下脱「有物有則，民之秉彝」兩句。
〔六〕自「天之」爲《箋》。中間删去三十六字。今本句末「之」字下無「也」字。
〔七〕「臨」字，阮本作「監」字，下同。此本原寫作「監」字，後校爲「臨」字。
〔八〕自「臨視」爲《箋》。今本「及」字下無「於」字。

皆周之卿士也

維嶽降神，生甫及申。維申及甫，維周之翰。翰，幹也。申，申伯也。甫，甫侯也。皆以賢知入為周之積翰之臣也。申伯之德，柔惠且直。揉此萬邦，聞于四國。揉，順也。四國猶言四方也。

烝民，尹吉甫美宣王也。任賢使能，周室中興焉。天生烝民，好是懿德。天之生衆民，莫不好有美德之人也。天監有周，昭假于下。保茲天子，生仲山甫。監，視也。假，至也。天視周王之政教，其光明乃至於下，謂及於衆臣

536 天安愛此天子宣王，故生〔一〕仲山甫使佐也〔二〕。仲山甫之德，柔嘉維

537 則。令儀令色，小心翼翼。嘉，美也〔三〕。令，善也。善威儀，善顔色容貌，翼

538 翼然恭敬也〔四〕。肅肅王命，仲山甫將之。邦國若否，

539 仲山甫明之。將，行也。若，順也。順否，猶臧否，謂善惡也〔五〕。既明且哲，

540 以保其身。夙夜匪懈，以事一人。夙，早也〔六〕。匪，非也。

541 一人，斥天子也〔七〕。人亦有言，柔則茹之，剛則吐之。

542 維仲山甫，柔亦不茹，剛亦不吐。不侮鰥

543 寡，不畏强御。人亦有言，德輶如毛，民鮮

〔一〕阮本「生」字下有「樊侯」二字。

〔二〕阮本「佐」字下爲「之」字。案：以「之」字爲長。

〔三〕自「嘉美」爲《箋》。阮本「美」字下無「也」字。

〔四〕阮本「敬」字下無「也」字。下「否」字旁注「立鄙」，即「音鄙」。

〔五〕自「若順」爲《箋》。

〔六〕自「夙早」爲《箋》。阮本「早」字下無「也」字。

〔七〕阮本「子」字下無「也」字。

其光明。乃至於下。謂及於衆臣也。天。安愛此天子宣王。故生仲山甫使佐也。仲山甫之德。柔嘉維則。令儀令色。小心翼翼。嘉美也。令善也。善威儀。善顏色。容貌翼翼恭敬也。肅肅王命。仲山甫將之。邦國若否。仲山甫助〔明〕之。將行也。若順也。順否猶臧否。謂善惡也。既明且哲。以保其身。夙夜匪解。以事一人。夙早也。匪非也。一人天子也。人亦有言。柔則茹之。剛則吐之。維仲山甫。柔亦不茹。剛亦不吐。不侮鰥寡。不畏彊禦。人亦有言。德輶如毛。民鮮

544 克舉之。我儀圖之，輶，輕也。儀，疋〔一〕也。人之言云，德甚輕，然而衆人寡能
545 獨舉之以行者，言政事易耳，人不能行者，無其志也。我與倫疋圖之，而未能爲也。維仲
546 山甫舉之。仲山甫能獨舉是〔二〕德而行之。衮職有闕，維
547 仲山甫補之。王之職有缺，輒能補之者，仲山父也〔三〕。
548 《瞻仰》，凡伯刺幽王大壞也〔四〕。
549 瞻仰昊天，降此大厲〔五〕。昊天，斥王者也。厲，惡也。邦靡
550 有定，士民其瘵。瘵，病也〔六〕。人有土田，汝〔七〕反有之。
551 人有民人，汝覆奪之。此言王削黜諸侯及卿大夫無罪者也〔八〕。覆猶反也。

〔一〕自「輶輕」爲《箋》。「疋」字，阮本作「匹」字，下同。
〔二〕自「仲山甫」爲《箋》。「是」字，阮本作「此」字。
〔三〕上「衮」字旁注「古本反」。自「王之職」爲《箋》。「缺」字，阮本作「闕」。「父」字，阮本作「甫」字。
〔四〕此選此詩首章第一和第三句、第二章、第三章、第四章第五至八句、第五章第五至八句。
〔五〕「降此大厲」，上刪去「則我不惠，恐填不寧」二句。
〔六〕阮本「病」字下無「也」字。《會箋》：「延文本『病』下有『也』字。」
〔七〕「汝」字，阮本作「女」。下同。
〔八〕自「此言」爲《箋》。阮本「者」字下無「也」字。

克舉之。我儀圖之。輶，軽也。儀，疋也。人之言云：德甚輕，然而衆人寡能獨舉之以行者，言政事易耳，人不能行者，无不其志也。我与倫疋圖之，而未能為也。維仲山甫舉之。仲山甫能行獨舉是德而行之。袞職有闕，維仲山甫補之。王之職有闕，輙能補之者，仲山甫也。

瞻卬，凡伯刺幽王大壞也。

瞻卬昊天，降此大厲。昊天，王者也。厲，惡也。邦靡有定，士民其瘵。瘵，病也。人有土田，汝反有之。人有民人，汝覆奪之。此言王削黜諸侯及卿大夫无罪者也。覆，猶反也。

552 此宜無罪，汝反收也。彼宜有罪，汝覆說
553 之。收，拘收也。說，放〔一〕赦也。喆〔二〕夫成城，喆婦傾城。喆謂多謀慮也。城猶國也〔三〕。
554 懿厥喆婦，爲梟爲鴟。懿，有所痛傷之聲也。梟鴟，惡聲之鳥也〔四〕，喻哀
555 姒之言無善也〔五〕。婦有長舌，維厲之階。亂匪降自
556 天，生自婦人。匪教匪誨，時維婦寺。寺，近也。長
557 舌，喻多言語也〔六〕。今王之有此亂政，非從天而下，但從婦人出耳。又非有教王爲惡者〔七〕，語王之爲亂〔八〕者，是惟近
558 愛婦人，用其言，是故致亂也〔九〕。如賈三倍，君子是識。婦無與
559 公事，休其蠺織。婦人無與外政，雖王后猶以蠺織爲事。識，知也。賈〔一〇〕而有三倍

〔一〕阮本「說」字下無「放」字。

〔二〕「喆」字旁注「哲本乍」。「乍」爲「作」之省文。

〔三〕自「喆謂」爲《箋》。

〔四〕自「懿有所」爲《箋》。阮本「鳥」字下無「也」字。

〔五〕阮本「善」字下無「也」字。

〔六〕自「長舌」爲《箋》。阮本「語」字下無「也」字。

〔七〕阮本「爲」字下無「惡」字。

〔八〕阮本「王」字下無「之」字，「亂」字作「惡」字。

〔九〕「是故致亂也」，阮本作「故也」。

〔一〇〕「蠺」，「蠶」的俗字。見可洪《新集藏經音義隨函録》。「蠺」字右旁注「蠶扌」，「扌」爲「搢」之省，搢，即搢本，指印本。自「識知也」爲《箋》。阮本「賈」字下有「物」字。

人有民人女覆奪之 夫允乘者也覆猶反也

此宜無罪汝反收也彼宜有罪汝覆說之 收拘收也說赦也 喆夫成城喆婦傾城 喆謂多謀慮也城猶國也

懿厥喆婦為梟為鴟 懿有所痛傷之聲也梟鴟惡聲之鳥也喻褒姒之言無善也 婦有長舌維厲之階亂匪降自天生自婦人匪教匪誨時維婦寺 寺近也長舌喻多言語也今王之有此亂非從天而下但從婦人出耳又非有教王為惡語王之為亂者是維近愛婦人用其言是故致亂也 如賈三倍君子是識婦無與公事休其蠶織 婦人無外政雖王后猶以蠶織為事識知也賈而有三倍

560 之利者，小人所宜知也。而君子反知之，非其宜也。今婦人休其蠶桑織紝之事〔一〕，而與朝廷之事〔二〕，爲非宜，亦猶是也。
561 不弔不祥，威儀不類。人之云亡，邦國殄
562 瘁。弔，至也。王之爲政，德不至於天矣，不能致徵祥於神矣，威儀又不善於朝廷矣。賢人皆言奔
563 亡，則天下邦國將盡困病也〔三〕。
564 《清廟》，祀文王也。周公既成雒〔四〕邑，朝諸侯
565 率以祀文王焉〔五〕。清廟者，祭有清明之德者之宮也。謂祭文王也。天德清明，文王象焉，故祭
566 之而歌此詩也。於穆清廟，肅雍顯相。於，歎辭〔六〕也。穆，美也〔七〕。肅，敬也〔八〕。雍，和也〔九〕。
567 相，助也。顯，光也。於乎，美哉！周公之祭清廟也，其禮〔一〇〕敬且和；又諸侯有光明著見之德者來助祭也〔一一〕。

〔一〕「事」字，阮本作「職」。

〔二〕阮本「事」字下有「其」字。

〔三〕自「弔至」爲《箋》。阮本「病」字下無「也」字。

〔四〕「雒」字左下旁注「立洛，本又作『洛』」。「立」，「音」之省文。《會箋》：「『洛』，延文本作『雒』。」「雒」字，阮本作「洛」。

〔五〕自《清廟》爲《周頌》，按此本例，前當有一行書「周頌」二字。此選此全詩。

〔六〕「辭」字右旁書「之」字。《會箋》：「《傳》『歎』下延文本有『之』字。」阮本無。

〔七〕阮本「美」字下無「也」字。《會箋》：「延文本『美』下有『也』字。」

〔八〕阮本「敬」字下無「也」字。《會箋》：「延文本『敬』下有『也』字。」

〔九〕阮本「和」字下無「也」字。《會箋》：「延文本『和』下有『也』字。」

〔一〇〕自「顯光」爲《箋》。阮本「禮」字下有「儀」字。静嘉堂本有「儀」字。

〔一一〕阮本「祭」字下無「之也」二字。

……爲事識知也賈而有三倍
之利者小人所宜知也而君子反知之非其宜也今婦人
休息其蠶桑織紝之事而与朝廷之事爲非宜亦猶是也
不弔不祥威儀不類人之云亡邦國殄
瘁　弔至也王之爲政德不至於天矣不能致徵祥
於神矣威儀又不善於朝廷矣賢人皆言奔
亡則天下邦國
將盡困病也
清廟祀文王也周公既成雒邑朝諸侯
率以祀文王焉　清廟者祭有清明之德宮也謂祭
文王也天德清明文王象焉故祭
之而歌　於穆清廟肅雝顯相　於歎辭穆美也
此詩也　肅敬也雝和也
相助也顯光也於美哉周公之祭清廟也其禮敬且和又諸
侯有光明著見之德者來助祭也

568 濟濟多士，秉文之德。對越〔一〕在天。對，配也〔二〕。越，於也。濟濟之
569 衆士，皆執行文王之德。文王精神已在天矣，猶配順其素行〔三〕，如生存焉〔四〕。
570 《振鷺》，二王之後來助祭也〔五〕。二王，夏、殷也，其後，杞〔六〕、宋也。
571 振鷺于飛，于彼西雍〔七〕。我客戾止〔八〕，亦有
572 斯容。興也。振振〔九〕，群飛之貌也〔一〇〕。鷺，白鳥也。雍，澤也。客，二主之後也〔一一〕。白鳥集於西雍之澤，言所集得其處也。興者，
573 喻杞宋之君有潔白之德，來助祭於周之廟，得禮之宜也。其至止〔一二〕亦有此容，言威儀之善如鷺鳥然也〔一三〕。
574 《雍》，禘大祖也〔一四〕。禘，大祭。大祖，謂文王。
575 有來雍雍，至止〔一五〕肅肅。相維辟公，天子穆

〔一〕「越」字左下旁書「辭字也」。

〔二〕自「對配」爲《箋》。阮本「配」字下無「也」字。下「越」字旁注「辭字也」。

〔三〕阮本「素」字下無「行」字。静嘉堂本「素」字右下有旁注「行，本無」。案：考《正義》曰正謂「順其素先之行」，蓋本有此「行」也。

〔四〕阮本「存」字下無「焉」字。「如生存」，阮本原作「如存生存」。阮校：「閩本上『存』作『在』，明監本同。毛本『如』誤『知』，相臺本無上『存』字，《考文》古本無，亦同。案無者是也。」案：此本可證阮説不虛。

〔五〕「振」字旁注「之慎反」，「鷺」字旁注「立路」，「立」爲「音」之省文。全詩一章八句，此選前四句。

〔六〕阮本「杞」下有「也」字。

〔七〕「雍」字，静嘉堂本作「雝」。《會箋》：「『雝』，唐石經作『雍』。」

〔八〕「止」字左下旁書：「辭字也。」

〔九〕《會箋》：「《傳》『振振』，延文本作『振』，卷子本旁注亦同。」

〔一〇〕阮本「飛」字下無「之」字。《會箋》：「『群飛貌』，延文本作『群飛之貌也』。」

〔一一〕阮本「後」字下無「也」字。

〔一二〕自「白鳥」爲《箋》。「止」字左下旁書：「辭字也。」

〔一三〕阮本「鷺」字下無「鳥」字。「然」字下無「也」字。

〔一四〕「禘」字旁注「大計反」。此詩一章十六句，此選前四句。

〔一五〕「止」字左下旁注「辭字也」。

侯有光明著見之從者來助之義也

濟濟多士秉文之德對越在天對配也越於也濟濟衆士皆執行文王之德文王精神已在天矣猶配順其素行如生存焉

振鷺二王之後來助祭也二王夏殷也其後杞宋也

振鷺于飛于彼西雝我客戾止亦有斯容興也振振群飛之皃鷺白鳥也雝澤也客二王之後也白鳥集于西雝之澤言所得其處也興者喻杞宋之君有潔白之德來助祭於周之廟得禮之宜也其至止亦有此容言威儀之善如鷺鳥然也

雝禘大祖也禘大祭大祖謂文王

有來雝雝至止肅肅相維辟公天子穆穆

穆。相，助也〔一〕。雍雍，和也。肅，敬也。有是來時雍雍然，既至〔二〕而肅肅然者，乃助王禘祭百辟與諸侯也。天子是時〔三〕穆穆然，言〔四〕得天下之歡心也。《有客》，微子來見於〔五〕祖廟也〔六〕。微子代殷後，既受命，來朝見之〔七〕也。有客有客，亦白其馬。殷尚白也。

《敬之》，群臣進戒嗣王也〔八〕。

敬之敬之，天維顯思〔九〕。命不易哉！無曰高高在上，陟降厥士，日監在兹。顯，光也〔一〇〕。監，視也。群臣見王，謀即政之事，故因此〔一一〕時戒之曰：敬之哉，敬之哉，天乃光明，去惡與善，其命吉凶，不可〔一二〕變易也。無謂天高

〔一〕阮本「助」字下無「也」字。

〔二〕自「雍雍」爲《箋》。阮本「至」字下有「止」字。静嘉堂本「止」字左下旁注「本無」。

〔三〕阮本「時」字下有「則」字。

〔四〕「言」字前删去十九字。

〔五〕阮本「見」字下無「於」字。

〔六〕此詩一章十二句，此選前兩句。

〔七〕「微」字前删去「成王既黜殷命殺武庚命」十字。阮本「見」字下無「之」字。

〔八〕此詩一章十二句，此選前六句。

〔九〕「思」字左下旁注「辭字也」。

〔一〇〕自「顯光」爲《箋》。阮本「光」字下無「也」字。

〔一一〕阮本「因」字下無「此」字。

〔一二〕阮本「不」字下無「可」字。

至止肅相維君天子穆

々相助也雍々和也肅々敬也有是來時雍々然既至而肅々然著乃助王禘祭百辟与諸侯也天子是時穆々然言得天下之歡心也

有客嶽子來見於祖廟也 嶽子代殷後既受命來朝見之也

有客有客亦白其馬 殷尚白也

敬之群臣進戒嗣王也

敬之敬之天維顯思命不易哉 顯光也

無曰高高在上陟降厥士日監在茲 監視也

群臣見王謀即政之事故因時戒之曰敬之哉敬之哉天乃光明去惡与善其命吉凶不可變易也无謂天高

584 又高在上〔一〕遠人而不畏也。天上下其事，謂轉運日月，施其所行，日日視瞻〔二〕，近在此也。

585 《魯頌》

586 《閟宫》，頌僖公之能復周公之宇也〔三〕。宇，居〔四〕。

587 王曰叔父，建爾元子，俾侯于魯，大啓

588 爾宇，爲周室輔。王，成王也。元，首也〔五〕。宇，居也。成王告周公：叔父，我立汝〔六〕首

589 子，使爲君於魯。謂欲封伯禽也。以爲周之後也〔七〕。大開汝居，以爲〔八〕周家輔，謂封以方七百里也〔九〕。

590 乃命魯公，俾侯于東，錫之山川，土田

591 附庸。既告周公，乃策命伯禽，使爲君於東，加錫之以山川土田及附庸，令專統之也。

〔一〕「無謂天高又高在上」，小字本、相臺本同。阮校：「案《正義》云定本注云無所謂『天高又高在上』，如其所言非爲異本，當有誤也。意必求之，或定本仍作『高高』，無『又』字，故《正義》用注以明之。」

〔二〕「視瞻」，今本作「瞻視」。

〔三〕「閟」字旁注「筆位反」。此選第三章前八句。

〔四〕阮本「居」字下有「也」字。

〔五〕阮本「首」字下無「也」字。

〔六〕自「成王」爲《箋》。「汝」字，阮本作「女」字。

〔七〕「以」字前删去「封魯公」三字，阮本「周」字下無「之」字，「後」字下無「也」字。

〔八〕阮本「大」字上有「故云」二字，「爲」字下有「我」字。

〔九〕阮本「里」字下無「也」字，有「欲其强於衆國」六字。

執天乃光明去惡与善其命吉凶不可變易也无言天高
又高在上遠人不畏也天上下其事謂轉
運日月施其所行日日視瞻近在此也

魯頌

閟宮頌僖公之能復周公之宇也宇居

王曰叔父建爾元子俾侯于魯大啓

爾宇為周室輔王成王也元首也宇居也成王告周公叔父我立汝首

子使為君於魯謂封伯禽也以為周家輔謂以方七百里也

乃命魯公俾侯于東錫之山川土田

附庸既告周公乃策命伯禽使為君於東加錫之以山川土田及附庸令專統之也

592 《商頌》

593 《長發》，大禘也〔一〕。大禘，郊祭天也。

594 湯降不遲，聖敬曰躋。昭假遲遲，上帝

595 是祇，帝命式于九圍。不遲，言疾也。躋，升也。九圍，九州也。降，下也〔二〕。

596 假，暇也。祇，敬也〔三〕。式，用也。湯之下士，尊賢甚疾，其聖敬之德日進，然而能〔四〕以其〔五〕聰明寬暇天下之人遲遲

597 然。言其〔六〕急於己而緩於人也，天用是故愛敬之。天於是又命之，使用事於天下，言王之〔七〕。

598 不競不絿，不剛不柔。敷政優優，百禄是

599 遒。絿，急也。優優，和也。遒，聚也。

〔一〕「禘」字旁注「大計反」。此選此詩第三章、第四章第四至第七句。

〔二〕自「降下」爲《箋》。今本「下」下無「也」字。

〔三〕阮本「暇」字下、「敬」字下均無「也」字。

〔四〕阮本「而」字下無「能」字。

〔五〕阮本「其」字下有「德」字。

〔六〕阮本「言」字下無「其」字。

〔七〕阮本「之」字下有「也」字。

錫之以山川土田及附庸令專統之也

商頌

長發大禘也 大禘郊祭天也

湯降不遲聖敬日躋昭假遲遲上帝 不遲言疾也躋升也 九圍九州也降下也

是祗帝命式于九圍 假暇也祗敬也式用也湯之下士尊賢甚疾其聖敬之德日進然而能以其聰明寬暇天下之人遲遲然言其急於己而緩於人也故天用是愛敬之也天於是又命之使用事於天下言王之也

不競不絿不剛不柔敷政優優百祿是遒 絿急也優優和也遒聚也

《殷武》，祀高宗也〔一〕。
天命降監，下民有嚴。不僭不濫，不敢
怠遑〔二〕。命于下國，封建厥福。不僭不監〔三〕，賞不僭，刑
不濫也。封，大也。皇，暇也。天命乃下視下民，有嚴顯之君，能明德慎罰，不敢怠惰自暇於政事者，則
命之於小國以爲天子，大立其福。謂命湯使由七十里王天下也〔四〕。商邑翼
翼，四方之極。商邑，京師也。極，中也。商邑之禮俗，翼翼然可則傚，乃四方之中正也〔五〕。
群書政要卷弟三
建長五年十月五日點之了
蓋依灑掃員外少尹之嚴命也
前參河守清原教隆

〔一〕此選此詩第四章，第五章前兩句。
〔二〕「遑」字左下旁書「皇本」。
〔三〕「監」字，當爲「濫」字之誤。
〔四〕自「遑暇」爲《箋》。
〔五〕自「極中」爲《箋》。

適過也

殷武，祀高宗也。

天命降監，下民有嚴。不僭不濫，不敢怠遑。命于下國，封建厥福。不僭不濫，賞不僭，刑不濫也。封，大也。皇，暇也。天命乃下視下民有嚴明之君，能德慎罰，不敢怠惰自暇於政事者，則命之於小國，以為天子，大立其福，謂命湯使與七十里王天下也。商邑翼翼，四方之極。商邑，京師也。極，中也。商邑之礼俗翼翼然可則，乃四方之中正也。

群書治要卷第三

參考文獻

《毛詩二南殘卷》，《京都帝國大學文學部景印舊鈔本》第十集，京都帝國大學文學部，一九四二年六月。
〔日〕小川環樹著《清原宣賢〈毛詩抄〉について》，《小川環樹著作集》第五卷，東京：筑摩書房，一九九七年，第三十—五十六頁。
〔日〕西崎亨著《大念佛寺藏〈毛詩二南〉残卷の訓點について》，《訓點資料の基礎的研究》，東京：思文閣，一九九九年。
〔日〕内野熊一郎著《大念佛寺本鈔寫毛詩傳私考》，《漢文學會會報》，東京教育大學，一六，一九五五年。
〔日〕吉川幸次郎著《毛詩正義校定資料解説》，載《東方學報》，京都，第十三册第二分册。又，《吉川幸次郎全集》，第十卷，筑摩書房，一九八六年。
〔日〕杉本つとむ著《異體字研究資料集成》一期別卷一，東京：雄山閣，一九九五年。
張涌泉著《漢語俗字叢考》，北京：中華書局，二〇〇〇年。
張涌泉著《漢語俗字研究》，北京：商務印書館，二〇一〇年。
黄征著《敦煌俗字典》，上海：上海教育出版社，二〇〇五年。
伏俊璉著《敦煌文獻叢稿（增訂本）》，北京：中華書局，二〇一一年。
曾良著《敦煌文獻叢札》，杭州：浙江古籍出版社，二〇一〇年。
陸錫興著《詩經異文研究》，北京：中國社會科學出版社，二〇〇二年。

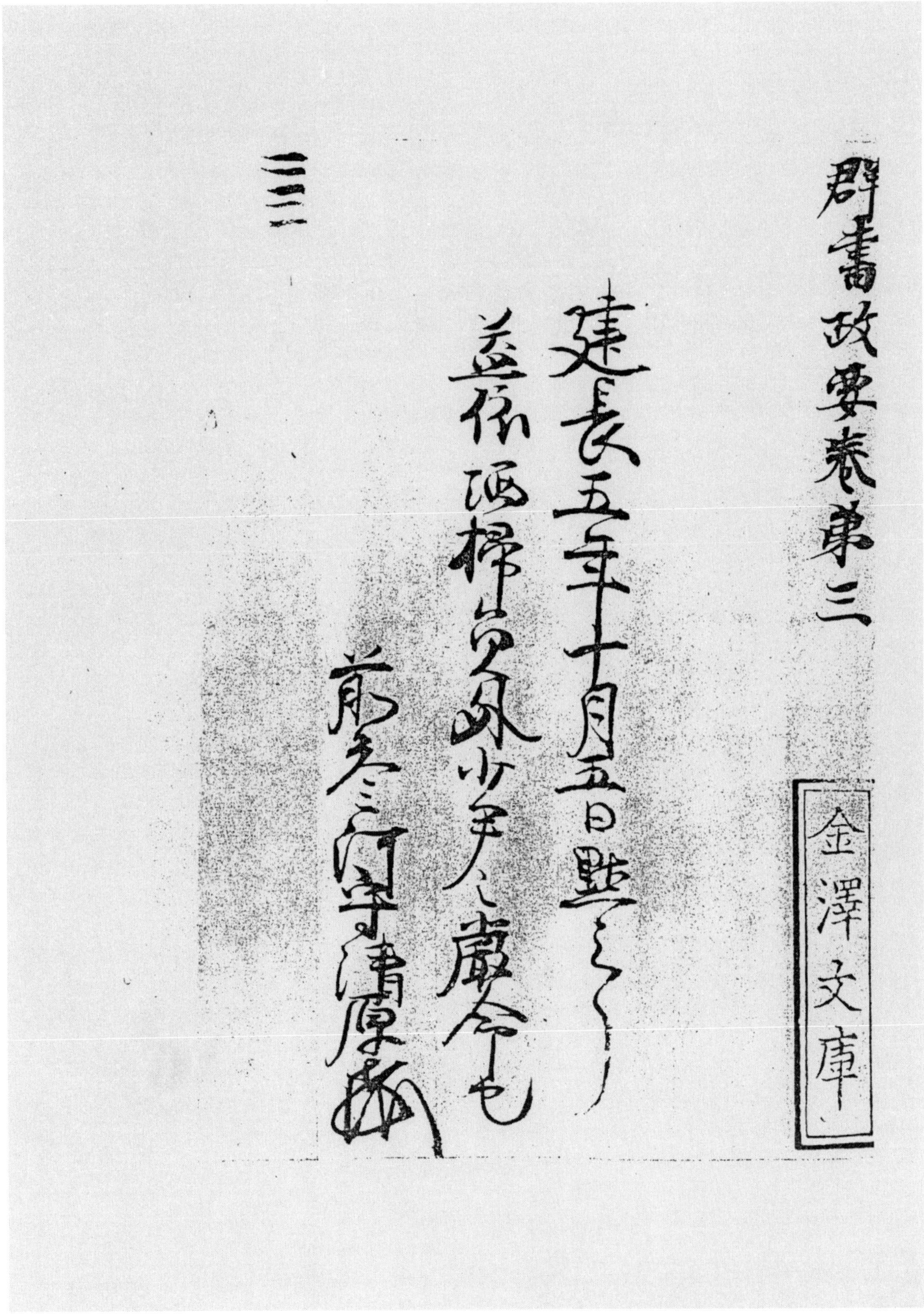
群書政要卷第三

金澤文庫

建長五年十月五日點之了

並依洒掃少尹之嚴命也

前參河守清原（花押）

三三